W0470518

À PROPOS DE L'AUTRICE

Faith Martin, également connue sous son véritable nom, Jacquie Walton, est l'autrice de nombreux romans policiers à succès. Née à Oxford et amoureuse de la campagne anglaise, elle situe nombre de ses romans dans le cadre bucolique de la région oxonienne.

Un pique-nique presque parfait

DE LA MÊME AUTRICE

Série « Loveday & Ryder »

Le corbeau d'Oxford
Un pique-nique presque parfait
Meurtre en coulisse
Le secret de Briar's Hall

FAITH MARTIN

Un pique-nique presque parfait

Traduit de l'anglais (Royaume-Uni) par
ALEXANDRA HERSCOVICI-SCHILLER

Harper
Collins
POCHE

Titre original :
A FATAL MISTAKE

Ce livre est publié avec l'aimable autorisation de HarperCollins Publishers, Limited, UK.

HARPERCOLLINS FRANCE

83-85, boulevard Vincent-Auriol, 75646 PARIS CEDEX 13
Tél. : 01 42 16 63 63

www.harpercollins.fr

ISBN 979-1-0339-0995-8

Pour tous les nouveaux fans
de Loveday et de Ryder

1

Été 1960

Jimmy Roper s'arrêta pour laisser Tyke, son bâtard noir et blanc vieillissant mais toujours aussi curieux, lever la patte contre le mur donnant sur Port Meadow. C'était une belle matinée de mi-juin, avec un soleil éclatant qui semblait indiquer que la température grimperait en flèche avant midi.

On aurait pu croire que par une journée pareille, rien de mal ne pouvait arriver.

Il avait presque dépassé le village de Wolvercote, mais par une fenêtre entrouverte, il entendait une radio transmettre le dernier tube pop à la mode, celui que tous les jeunes semblaient trouver irrésistible. Un DJ obligeant l'informa qu'il écoutait le succès d'avril des Everly Brothers, *Cathy's Clown*.

En approchant de la vaste étendue de Port Meadow, il fit une pause pour admirer la vue magnifique sur les légendaires « clochers rêveurs » d'Oxford. Devant lui, la rivière serpentait à travers la prairie, qui abandonnait tout juste son manteau printanier de boutons d'or flamboyants. Tyke suivait gaiement une piste à travers les chardons.

Près de la rive, Jimmy remarqua deux pêcheurs installés pour la journée. L'un d'eux, assis sur la berge, les jambes pendantes, portait un vieux chapeau mou aux bords larges. En plus de lui éviter une insolation, il devait le protéger des reflets éblouissants du soleil sur l'eau. Il était piqué de mouches de pêche colorées. Le pêcheur ne quittait pas sa ligne des yeux, la tête baissée. Au bout d'un instant, Jimmy la repéra également – un point rouge qui dérivait doucement vers l'aval.

Son compagnon avait également un chapeau et, pour faire bonne mesure, de grandes lunettes de soleil. Il s'était installé plus près de la rivière, à un endroit où les berges pentues s'étaient effondrées, les locataires précédents (un troupeau de vaches holstein) s'étant frayé un chemin pour boire. Mais il semblait somnoler plutôt que surveiller son appât : Jimmy remarqua que sa mouche était empêtrée dans un amas d'algues.

Il leur lança un « bonjour » poli mais discret et, ne voulant pas effrayer les poissons, marcha sur la pointe des pieds en passant près d'eux.

Il remontait toujours la rivière, non loin de là, quand il entendit des bruits de fête et des éclats de voix. Jeunes et survoltées, elles détonnaient dans ce paisible cadre champêtre.

En contournant un gué, il remarqua soudain une foule enjouée rassemblée sur les rives devant lui : au moins une vingtaine d'étudiants qui fêtaient la fin de leurs examens.

Certaines des jeunes femmes du groupe avaient déjà étendu des serviettes de plage rayées sur l'herbe et préparaient un pique-nique. Il était à peine 11 heures du matin et Jimmy se demanda s'il s'agissait d'un petit déjeuner tardif ou d'un déjeuner anticipé. Pour ces jeunes tout heureux, ça ne faisait probablement guère de différence. Il nota que les fraises, les boîtes de chocolat, des fruits divers et les bouteilles de vin dominaient le menu.

La belle vie, songea-t-il, un rien jaloux.

Ces étudiants respiraient l'insouciance. Ils étaient bien décidés à profiter de leur jeunesse, du soleil et des délices d'une fête improvisée. Pour eux, la mort n'était qu'un concept lointain duquel ils n'auraient pas à se soucier avant plusieurs dizaines d'années.

Et par une journée aussi belle, que pouvait-il se passer ?

Une jeune femme dotée d'une crinière aux reflets cendrés tapota la serviette près d'elle et un petit jeune qui faisait à peine dix-huit ans s'empressa de la rejoindre.

Jimmy était certain que tout ce bruit et cette agitation ne seraient pas du goût des pêcheurs qu'il avait croisés. Tous les brochets, chevesnes, perches, gardons et vandoises dans un rayon de cinq cents mètres avait dû fuir vers des contrées plus calmes.

Un ou deux jeunes gens en maillot se préparaient à entrer dans l'eau fraîche.

Jimmy continua sa promenade, souriant quand une (jolie) fille glapit parce qu'un garçon l'avait éclaboussée. En dépassant le groupe, cependant, il remarqua un grand type au visage couvert de taches de rousseur et aux cheveux d'un roux flamboyant qui se tenait en retrait, observant la scène avec une expression dédaigneuse. Il semblait avoir au moins vingt-cinq ans, soit quelques années de plus que les autres étudiants, si bien qu'il n'avait pas l'air à sa place.

Jimmy était trop pressé de se réfugier à l'ombre d'arbres tout proches pour prêter attention à ces inconnus et à leurs petites affaires. Mais en poursuivant son chemin, il aperçut soudain, droit devant, une kyrielle de têtes désincarnées qui flottaient au milieu de la rivière. D'abord paralysé, il constata quand ils se rapprochèrent que ce n'était que de nouveaux fêtards, serrés dans deux grandes barques.

Amusé et un peu inquiet, il constata que les barques étaient surchargées et très basses sur l'eau. Mais enfin, ils n'avaient pas pu s'entasser aussi nombreux sur chaque bateau ? Le pire, c'était que les deux garçons debout à l'arrière qui maniaient de longs bâtons avaient l'air bien éméchés !

Sous ses yeux, l'étudiant à la poupe de la première barque cria quelque chose à un de ses passagers, penché dangereusement près du bord. Après s'être fait remonter les bretelles, le jeune homme, très mince et vêtu d'un pantalon et d'une chemise blancs assortis à ses cheveux platine, sortit ce qui ressemblait à une bouteille de champagne ouverte, qu'il tendit à son ami.

Celui-ci accepta avec un cri triomphal. Il arrêta de pagayer le temps d'avaler une gorgée et fit un pas en arrière. Il aurait à coup sûr fini dans la rivière si quelqu'un d'autre ne l'avait pas rattrapé par son pantalon juste à temps.

Évidemment, les autres ricanèrent et Jimmy secoua la tête, sans trop savoir s'il devait rire de la situation ou se demander où allait le monde.

Il atteignit enfin l'ombre d'une rangée d'arbres qui longeaient la route du village, et il s'assit sur un vieux tronc. Heureux de reposer ses vieux os, Tyke poussa un grognement de satisfaction en s'allongeant aux pieds de son maître dans l'herbe fraîche.

Si certains chiens possédaient un instinct les prévenant d'une catastrophe imminente, ce qui restait à prouver, Tyke était dépourvu de ce don.

Pendant une dizaine de minutes, le livreur de lait à la retraite et son petit chien restèrent assis là à écouter le bourdonnement des abeilles et à regarder des papillons jaune soufre à la pointe des ailes orange voleter dans la prairie. Puis un rapide coup d'œil à sa montre informa Jimmy que sa femme lui servirait bientôt son déjeuner, si bien qu'avec un soupir, il se releva et commença à rentrer. S'il ne se trompait pas, ce seraient des sandwichs fourrés aux rillettes de poisson et une part de *Madeira cake*, un de ses péchés mignons.

En revenant sur ses pas, près du groupe d'étudiants

chahuteurs, il remarqua qu'une troisième barque suivait derrière lui, mais il n'y prêta pas attention. Il fit un grand détour pour les éviter tous et ne retourna vers la rivière qu'après avoir dépassé le gué.

Il ne fut pas surpris, un peu plus loin, de constater que les deux pêcheurs avaient disparu. Ils devaient avoir maudit les étudiants d'avoir choisi cet endroit pour faire la fête.

Jimmy Roper et son chien repartirent vers le village et leur déjeuner, sans plus penser aux étudiants.

C'est donc quelqu'un d'autre qui découvrit la tragédie qu'un destin capricieux réservait à cette belle journée ensoleillée. Quelqu'un beaucoup moins préparé à affronter un spectacle aussi choquant qu'un ancien soldat.

À peine une heure plus tard, Miriam Jenks, jeune mère d'une petite fille replète et placide, poussait son landau dans la grande-rue. Elle se rendait à la boutique du village pour commander quelques provisions. En attendant sur le trottoir que la vieille Morris Minor « Moggy » du Dr Thomas passe, elle décida que ce serait une bonne idée de se mettre à l'abri de la chaleur écrasante. Elle se dirigea donc vers le chemin de terre plat et durci qui longeait la rivière pour profiter de l'ombre des saules pleureurs. Tout en avançant, elle chantait une berceuse à son bébé, qui s'était mis à pleurnicher.

Elle la fredonnait toujours quand un mouvement attira son attention. Elle baissa les yeux. Un corps humain flottait dans l'eau tout près d'elle. S'étant emmêlé dans les racines protubérantes d'un saule particulièrement énorme, il était pris dans un petit tourbillon qui levait et descendait son bras, comme s'il lui faisait signe.

Mais le jeune homme aux cheveux noirs était sur le ventre, le visage dans l'eau, et elle comprit tout de suite qu'il était mort. À l'instant où elle se fit cette réflexion, le courant changea de direction et lentement, sous ses yeux horrifiés, le cadavre se retourna sur le dos.

Bien entendu, Miriam se sentit « toute chose », comme elle le raconterait plus tard à sa meilleure amie. Pendant quelques instants, elle resta pétrifiée.

Mais la vue de ce visage pâle, pitoyable, que personne ne pouvait plus aider, la fit vaciller, et elle se retrouva soudain dans l'herbe. Elle bloqua sa chute avec les mains, mais malgré tout, elle était désormais bien plus près du bord de la rivière et du cadavre qu'elle berçait.

Elle remarqua que ses vêtements avaient gonflé, l'air emprisonné aidant le jeune homme à rester à la surface. Elle nota aussi que c'était un beau garçon, de vingt ans à peine.

Si jeune.

Pauvre petit.

Elle entendit un bruit. C'était elle qui sanglotait doucement.

L'espace d'un instant, elle eut l'impression d'être assez proche de lui pour pouvoir le toucher si elle tendait la main – mais bien sûr, elle savait que c'était une illusion. Mais elle vit sa main s'avancer, prise de tremblements, comme pour… Quoi ? lui demanda son cerveau ébranlé, d'un air dédaigneux. Le secourir ? Le réconforter ? L'aider ?

D'un ton sec, une petite voix dans sa tête lui dit qu'elle ne pouvait rien faire de tel.

Elle fut prise de violents frissons, ce qui lui parut absurde. Le soleil était quasiment à son zénith. Même les oiseaux avaient arrêté de chanter, comme si la chaleur les avait épuisés.

Malgré sa nausée, elle se força à se relever et se mit à courir, derrière la poussette qui rebondissait sur chaque ornière. Évidemment, ces cahots délicieux réussirent là où la berceuse avait échoué : sa fille s'endormit.

C'était absurde, mais elle se sentait coupable, comme si elle avait abandonné le garçon mort au moment où il avait le plus besoin d'elle. Elle avait presque envie de se retourner pour vérifier qu'il ne suivait pas sa fuite lâche de ses yeux accusateurs et suppliants.

Mais elle gardait juste assez de bon sens, malgré le choc, pour se rappeler que c'était impossible.

Elle sanglotait toujours quand elle atteignit la rue à proprement parler, et, paniquée, elle arrêta la première personne qu'elle croisa, un vieil homme qui poussait sa brouette vers les jardins ouvriers tout proches. En larmes, elle lui raconta ce qu'elle avait vu.

Le vieil homme s'empressa de la ramener chez lui. Et après avoir demandé à sa femme de s'occuper d'elle et appelé la police, il se précipita vers la rivière pour voir le spectacle.

Ça faisait des années qu'il ne s'était rien passé d'aussi palpitant dans le village !

2

Presque une semaine plus tard, le Dr Clement Ryder, coroner de la ville d'Oxford, siégeait dans son tribunal, écoutant les progrès de l'enquête sur la mort de M. Derek Chadworth, âgé de vingt et un ans, ancien étudiant de St Bede's, un *college* d'Oxford.

À cinquante-sept ans, le coroner avait une crinière blanche abondante et des yeux gris larmoyants. Il commençait à être un peu plus enveloppé que dans sa jeunesse, mais il portait bien les kilos en trop, d'autant qu'il faisait 1 m 85. Son travail de coroner était une seconde carrière : jusqu'à récemment, c'était un chirurgien renommé. Clement, qui n'aimait pas ressasser les raisons de sa reconversion forcée, préférait observer avec intérêt le tribunal et sa faune. Comme on pouvait s'y attendre avec une affaire pareille, les bancs réservés au public étaient bondés, et occupés en bonne partie par des journalistes locaux. Le jury, à la fois intimidé et tout fier, venait de prendre place. Un policier attendait d'exposer les preuves rassemblées, l'air nerveux. Il était jeune et semblait peu expérimenté, et le Dr Ryder espérait qu'il resterait concentré sur les faits.

Réputé pour son aversion pour les imbéciles, le Dr Ryder était un homme imposant, que de nombreux badauds (et quelques employés du tribunal) observaient avec intérêt. Visiblement compétent, il semblait tout à fait disposé à trancher des questions de vie ou de mort.

Il ne trahit aucune impatience tandis que l'audience commençait enfin. La première tâche qui incombait au tribunal (identifier le défunt) fut rapidement réglée, les parents de Derek ayant identifié le corps.

On aborda ensuite la deuxième question, bien plus délicate : comment le défunt avait-il perdu la vie ?

Pour commencer, une jeune mère nerveuse affirma avoir vu un corps flotter dans la rivière près du village de Wolvercote. Elle chuchotait, si bien que le Dr Ryder – qui la questionnait avec beaucoup de délicatesse – dut lui demander plusieurs fois de parler plus fort.

Ce fut ensuite le tour du médecin. Bien sûr, le Dr Ryder le connaissait, et c'était réciproque ! Tous ceux qui avaient dû présenter des preuves médico-légales devant son tribunal savaient qu'aucun flou artistique ne serait toléré, puisque le coroner était aussi versé qu'eux en médecine – si ce n'est plus. C'est ce que laissait entendre le Dr Clement Ryder, en tout cas. Il n'était donc pas étonnant que les experts médicaux et les pathologistes n'aient pas l'air ravi de se présenter devant son tribunal. Certains vieux briscards, qui se sentaient naturellement supérieurs au jury et au coroner, et s'étaient habitués à ce que leur témoignage ait force de loi, refusaient désormais de venir au tribunal quand il présidait. Bien sûr, aucun d'eux n'était prêt à admettre qu'ils avaient peut-être négligé de se tenir au courant des avancées scientifiques et médicales des dix dernières années. Et ils étaient encore moins disposés à accepter que l'ancien chirurgien s'accorde le droit de les corriger en public ou d'étaler leurs erreurs et leur ignorance devant la presse.

Le médecin du jour, cependant, faisait partie de la jeune génération, plus sûre d'elle et fanfaronne, et il n'hésita pas à donner son avis sur les résultats de l'autopsie. Il exposa très clairement le dossier au jury, et estima que le décès devait avoir eu lieu entre 8 heures et 14 heures, ou juste avant ou après.

Le Dr Ryder écouta sans l'interrompre (un miracle en soi, auraient dit certains habitués de son tribunal) et hocha même la tête d'un air approbateur car le jeune homme, sans trop simplifier ni s'adresser au jury avec condescendance, exposait les faits de façon limpide et concise.

La victime était morte de noyade. Par ailleurs, l'eau trouvée dans ses poumons présentait les mêmes caractéristiques qu'un échantillon prélevé dans la rivière. La quantité de sédiments suggérait que l'eau dans laquelle il s'était noyé était agitée. De plus, l'écume aux lèvres et tous les autres signes d'une mort par noyade avaient été méticuleusement transcrits. Il n'y avait pas de trace de violence – comme un coup à la tête, le genre de détails qu'on trouve dans les romans de gare. Le médecin n'avait pas non plus noté d'égratignures sur son visage ou ses mains, ou d'autres signes de lutte.

Le coroner nota avec cynisme qu'une bonne partie de l'assistance parut déçue. De toute évidence, ils espéraient plus de détails croustillants – surtout les journalistes.

Sans s'en apercevoir, le jeune docteur poursuivit. Il avait trouvé de l'alcool dans l'estomac du défunt ; pas assez pour qu'il ait été soûl, mais suffisamment pour suggérer qu'il n'était peut-être pas au mieux de sa forme. (On découvrit ensuite que le jeune homme avait bu jusqu'à tard la nuit précédente.)

Quand le médecin se tut enfin, tout fier des remerciements bourrus du coroner, Clement constata qu'il avait fait bonne impression au jury, qui était un peu plus détendu, si ce n'est profondément soulagé. Ce n'était pas étonnant.

Coroner depuis deux ans, Clement avait appris à lire les jurys aussi clairement que ses livres de médecine autrefois. Quelle que soit l'affaire, il s'était aperçu que tous les jurys présentaient certains points communs.

Par exemple, la majorité des jurés avaient conscience de la responsabilité qui leur incombait, et cela les inquiétait. C'était particulièrement visible dans les cas de suicide, où aucun d'eux ne voulant ajouter à la détresse de la famille endeuillée en s'appesantissant sur les raisons du passage à l'acte de leur proche, ils préféraient inclure dans leur verdict la formule « alors qu'il n'était pas en pleine possession de ses moyens ».

Parfois, quand la cause du décès était particulièrement affreuse, les jurés redoutaient de devoir écouter des témoignages trop bouleversants, par exemple quand un pauvre ouvrier agricole était broyé dans une moissonneuse-batteuse.

Dans les (rares) cas de mort suspecte, le scandale et l'excitation les faisaient rosir.

Clement avait vu toutes sortes de jurés : des hommes qui travaillaient, des femmes au foyer, des mères, quelques représentants de professions libérales, et de temps en temps, un chômeur ou un universitaire. Dans l'ensemble, cependant, c'étaient des gens bien, honnêtes (faute d'être particulièrement brillants), ordinaires, pleins de bon sens, et on pouvait compter sur eux pour trouver le verdict adéquat. Mais si par hasard les jurés penchaient pour le mauvais verdict, que ce soit par bêtise, par arrogance, ou parce qu'ils avaient été manipulés, c'était à lui de les ramener dans le droit chemin.

De temps en temps, il arrivait qu'un juré le surprenne. Mais il pensait avoir bien analysé ceux-là.

Le vieil homme au costume bleu chiffonné, par exemple, allait sûrement s'octroyer le poste de président du jury, avec le soutien des deux femmes d'âge mûr assises tout à droite. Une jeune femme et deux jeunes hommes semblaient impatients. Ils pensaient sûrement avoir mieux à faire. Un homme d'un certain âge au regard vague enregistrait néanmoins les moindres détails de l'affaire, mais on ne pouvait pas en dire autant d'une vieille dame qui tricotait discrètement. Quant aux autres, c'était un mélange représentatif de la société britannique.

Après le médecin, ce fut à l'un des tuteurs du défunt de témoigner. Il affirma que c'était un garçon fiable et sérieux, qui aurait presque certainement obtenu de bonnes notes à ses examens. Pour autant qu'il le sache, Derek Chadworth n'avait pas de problèmes d'argent, ni d'ennuis avec une fille, et la dernière fois qu'il l'avait vu, il paraissait aussi insouciant que d'habitude. En d'autres termes, se dit Clement en regardant le témoin avec indulgence, il affirmait clairement que le garçon n'avait aucune raison de se jeter dans la rivière et par là même d'embêter tout le monde.

Le jury apprécia et se détendait un peu plus à présent que l'hypothèse du suicide semblait écartée.

Puis vint le tour des parents. Bien que compatissant à sa douleur, tout le monde se sentit gêné devant les larmes de la mère. Elle aussi déclara que la dernière lettre qu'il leur avait envoyée était joyeuse, et détaillait tout ce qu'il comptait faire après avoir décroché son diplôme. Quand le coroner lui posa la question, elle répondit que son fils savait un peu nager, sans être « particulièrement à l'aise dans l'eau ».

Pour l'instant, se dit Clement, en surveillant l'heure de près (car il mettait un point d'honneur à faire en sorte que les choses ne traînent pas, pour éviter que ses employés deviennent impatients), le verdict de noyade accidentelle semblait probable.

Il s'attendait à ce que tout soit réglé avant 16 heures, ce qui l'arrangeait bien. Il n'aurait rien contre une petite partie de golf avant la tombée de la nuit. Et s'il tombait sur ce bon vieux Maurice Biggleswade au dix-huitième trou, il gagnerait peut-être une guinée en pariant qu'il ferait un birdie.

Malheureusement, les témoins suivants accaparèrent son attention.

D'abord, le rapport de police, exposé par une jeune recrue. De prime abord, tout semblait simple. Ils avaient établi que le jour en question, une bonne cinquantaine d'étudiants s'étaient réunis sur les berges de la rivière à Port Meadow pour fêter la fin de leurs examens autour d'un pique-nique improvisé. Ces étudiants étaient divisés en trois contingents. Premièrement, un groupe d'une quinzaine d'étudiants étaient venus en bus ou en voiture. Il s'agissait surtout de jeunes femmes, avec quelques garçons, qui avaient apporté la nourriture, les serviettes, les maillots de bain, etc. Un deuxième groupe avait loué deux barques près du pont de Magdalen et était parti vers 9 h 30, dans le but de les retrouver. Mais un troisième groupe, qui avait également loué une barque, était tombé sur eux par hasard et leur était rentré dedans, envoyant bon nombre d'étudiants à l'eau.

Quelques questions du cynique Dr Ryder suffirent à établir que la plupart des témoins, quand ils avaient été interrogés en début d'après-midi le jour fatidique (une fois qu'on eut repêché le cadavre de Derek Chadworth en aval), avaient un peu trop bu.

Le policier admit, le visage grave, que la plupart des étudiants avaient avoué être « un peu pompettes » après avoir bu le jus d'orange et le champagne fournis par lord Jeremy Littlejohn dans sa chambre au *college*, avant même de louer les barques. De plus, pendant le trajet vers Port Meadow, la bière et le champagne avaient coulé à flots.

Il devint clair que lord Littlejohn était le soleil autour duquel la plupart des autres étudiants gravitaient, le leader par excellence, et qu'il était inenvisageable de le décevoir ou de le contrarier. Pas si on voulait intégrer la crème de la société estudiantine, en tout cas !

La moitié des fêtards avaient décidé de rester « traîner » sur les barques tandis que l'autre moitié s'était déshabillée et avait nagé vers la rive avant l'arrivée de la troisième barque et la collision.

Quand on leur avait demandé ce qui s'était passé quand les embarcations s'étaient rentrées dedans, envoyant la majorité des étudiants dans la rivière, la plupart avaient trouvé ça « hilarant », jugeant que c'était « une bonne blague ». Presque tous les passagers des deux premières barques avaient pataugé jusqu'à la rive, la rivière n'étant pas très large à ce niveau. Ils avaient ensuite retiré tout ce que la décence permettait (« voire un peu plus », marmonna le policier d'un air sombre) dans l'espoir que le soleil les sécherait rapidement, leurs vêtements et eux.

En revanche, le groupe de la troisième barque avait décidé de retourner sur leur embarcation et – tout en débattant joyeusement pour déterminer qui avait causé l'accident – de rentrer à Oxford.

Toutes les personnes interrogées jurèrent n'avoir entendu aucun appel à l'aide et n'avoir vu personne en difficulté dans l'eau.

Après avoir fait son rapport, l'agent de police se retira sans cacher son soulagement.

De toute évidence, on n'avait pas demandé à tous les étudiants présents à la fête de témoigner ; on n'en avait sélectionné que quelques-uns. Mais c'est à partir du moment où ces étudiants furent appelés à la barre pour donner un témoignage plus précis que Clement Ryder commença à trouver que ça sentait le roussi.

Pour commencer, il fit témoigner une lady « Millie » Dreyfuss. Étudiante de troisième année en littérature anglaise à Cadwallader College, elle déclara sans ambiguïté que, même si elle ne connaissait pas Derek Chadworth, elle était certaine qu'il n'avait pas pu faire partie de la bande qui avait apporté le pique-nique. Elle avait été chargée de disposer la nourriture sur les serviettes et d'organiser le trajet, et avait délégué certaines de ces corvées à trois autres filles, auxquelles leurs petits amis étaient venus donner un coup de main. Mais ils n'avaient pas proposé à la victime de l'amener en voiture, et il ne faisait pas non plus partie du petit groupe qui était venu en bus.

Le témoin suivant était le garçon responsable de la troisième barque – celle qui sortait de nulle part, se dit Clement. Indigné, il insista sur le fait que l'accident n'avait pas été causé par sa conduite. Il affirma que les deux barques « de lord Littlejohn » s'étaient collées l'une contre l'autre à l'endroit où la rivière faisait un coude, si bien qu'il n'avait pu éviter la collision.

Étant donné que d'après le policier, ses passagers et lui faisaient partie des témoins les plus sobres, le coroner comprenait que le jury soit enclin à le croire.

Il affirma également que la victime n'était pas sur sa barque. Non seulement sa barque n'avait charrié que le nombre de passagers autorisé (pas comme les deux autres, largement surchargées), mais elle ne comprenait que des élèves ingénieurs qui se connaissaient tous.

De toute évidence, Derek Chadworth devait avoir été sur l'une des barques de lord Littlejohn. Au premier abord, cela semblait être l'explication la plus probable, de loin, puisque plusieurs témoins avaient déclaré s'être « entassés comme des sardines sur les barques au pont de Magdalen ». Et que « personne ne voulait être laissé pour compte, parce que les fêtes de lord Jerry sont toujours épatantes ».

Cependant, à mesure que l'après-midi avançait, le Dr Ryder comprit qu'il se tramait quelque chose de louche. Pire, il n'était pas certain que le jury l'ait remarqué.

Les étudiants mal à l'aise se succédaient à la barre.

Tous témoignaient être montés sur une barque, mais ne pas très bien se souvenir de ce qui s'était passé après ça. « J'ai un peu abusé du champagne » était une litanie familière. Tout comme « quand on s'est tous retrouvés à l'eau, j'ai rejoint la rive comme j'ai pu ». Et « je n'ai pas remarqué que quelqu'un avait des difficultés, ou je l'aurais aidé ». Mais personne n'affirma avoir vu Derek Chadworth ou lui avoir parlé avant l'accident.

Le jury eut l'air de voir ces festivités avinées d'un mauvais œil, mais la plupart semblaient penser que « c'est toujours comme ça ». Les riches s'amusent. Et les accidents, ça arrive.

Mais Clement n'était pas sûr que ce soit aussi simple.

Il finit par intervenir plus activement pour obtenir des réponses, en choisissant ses victimes avec soin.

Il attendit qu'un étudiant en théologie du nom de Lionel Gulliver ait été appelé à la barre, puis – en partant du principe optimiste que quelqu'un qui se destine à être prêtre aurait moins de chances de mentir sous serment – il commença à l'interroger dans les règles.

— Alors, monsieur Gulliver, j'imagine qu'en tant que futur pasteur, vous aviez peut-être un peu moins bu que certains de vos condisciples quand vous êtes monté dans la barque au pont de Magdalen ? demanda-t-il en le fixant.

Lionel Gulliver, un jeune homme petit, propre sur lui, avec un toupet blond et de grands yeux bleus, pâlit.

— Eh bien, j'avais bu un verre du Buck's Fizz de lord Littlejohn. Pour ne pas gâcher l'ambiance, tout ça, admit-il.

— Mais juste un ?

— Oui, monsieur.

— Vous étiez donc plus attentif à votre environnement et à vos camarades que la plupart ?

— Oh ! eh bien, j'imagine que je n'étais pas aussi… euh…

L'étudiant tritura nerveusement son col.

— Mais comme dit le Seigneur, que celui qui n'a jamais péché jette la première pierre.

— Oui, je comprends bien que vous ne voulez pas prendre l'air supérieur, monsieur Gulliver, rétorqua-t-il avec un sourire sardonique. Mais nous sommes dans un tribunal, vous avez juré sur la Bible de dire la vérité, et Mesdames et Messieurs du jury ont besoin de faits pour livrer un verdict juste.

En entendant ce sermon, le jeune homme pâlit encore plus et se raidit.

— Oui, bien sûr.

— Merveilleux. Alors, voyons voir… connaissiez-vous Derek Chadworth de vue ?

— Oh ! euh… oui, je l'avais croisé une ou deux fois.

Il vira à l'écarlate et jeta un bref regard inquiet à la galerie du public.

— Et donc, poursuivit le coroner, M. Chadworth était-il dans votre barque ?

À nouveau, le témoin tritura son col et parcourut la salle du regard, comme s'il cherchait l'inspiration. Mais il ne dut pas en trouver, car il se tourna vers le coroner, l'air pitoyable.

— En fait, monsieur, je ne crois pas, répondit-il à contrecœur.

Pourquoi à contrecœur ? se demanda Clement. Après tout, c'était une question simple – il n'y avait pas de quoi s'angoisser autant.

Il frémit, soudain enthousiaste. Oui, il en était sûr. Cette affaire n'était pas aussi simple qu'elle le paraissait. Mais qu'est-ce qui clochait, exactement ? Et pourquoi avait-il l'impression que tous les étudiants qui venaient de témoigner cachaient quelque chose ?

Il était temps de passer à l'attaque.

— Les deux barques étaient surpeuplées, monsieur

Gulliver. Êtes-vous certain que Derek Chadworth n'aurait pas pu monter sans que vous le voyiez ?

— Si, c'est possible, s'empressa de répondre le jeune homme, l'air soulagé. Oui, bien sûr, c'est possible.

Le Dr Ryder eut un sourire sinistre. Pas si vite, mon petit monsieur, pensa-t-il presque affectueusement. Quand il était médecin, ses jeunes internes essayaient souvent de lui cacher des choses. Sans succès : s'ils n'avaient pas lu ses consignes, ou n'avaient pas fait les expériences prescrites, il s'en rendait toujours compte.

Il fit un sourire de requin à l'étudiant en sueur.

— Voyons voir, dit-il en ignorant son greffier qui commençait à s'agiter. Où exactement dans la barque étiez-vous assis, monsieur Gulliver ?

— Euh, tout au fond, monsieur, avoua le jeune homme, brusquement mal à l'aise. Je devais relayer Bright-Allsopp à la rame s'il se fatiguait.

— Vous aviez donc tous les occupants de la barque devant vous ?

— Euh… oui, monsieur.

— Et avez-vous vu Derek Chadworth ?

Vaincu, il fut forcé d'admettre qu'il ne l'avait pas vu. Après avoir jeté un œil au jury pour vérifier qu'ils suivaient, le coroner le remercia.

Il dut ensuite patienter avant de trouver le candidat idéal. Il lui fallait maintenant un témoin de la deuxième barque. À défaut d'étudiant en théologie, il opta finalement pour une certaine Mlle Maria DeMarco, une étudiante en art italienne.

Tandis qu'elle s'approchait de la barre, il approuva son choix de tenue : un tailleur-jupe gris foncé, sobre et élégant, et son petit chapeau en feutre noir. Sans être belle, elle avait une certaine vivacité. Et comme on pouvait l'attendre de la part d'une bonne catholique, elle prêta serment avec gravité, l'air calme mais très mal à l'aise.

Il se montra doux mais ferme avec elle.

— Mademoiselle DeMarco, j'ai cru comprendre que vous étiez sur ce que j'appellerai la deuxième barque – c'est-à-dire celle sur laquelle lord Littlejohn lui-même avait embarqué ?

— C'est exact, oui.

— Et lord Littlejohn était le principal instigateur de la fête ?

— Oui, c'est exact.

— Il vous a invitée ?

— Oh non. Un ami à lui m'a invitée. Ce n'était pas très formel, vous savez. La plupart des étudiants étaient de bons amis de lord Littlejohn, mais ses amis avaient invité des gens, qui en avaient à leur tour invité d'autres. Vous comprenez ?

— Oui. Cela explique peut-être que lord Littlejohn ait mal calculé le nombre de barques nécessaires pour conduire tout le monde jusqu'au site du pique-nique en toute sécurité, remarqua Clement, acerbe. Connaissiez-vous la victime ?

Clement demanda à son greffier de lui montrer une photographie de Derek Chadworth, fournie par les parents du garçon.

— Oh non, répondit-elle sans hésiter. Je ne connais pas cet homme.

— Pourriez-vous l'examiner en détail, s'il vous plaît, *signorina* DeMarco ? Très bien. À présent, dites-nous. Avez-vous vu cet homme sur votre barque ?

— Je n'en suis pas sûre. C'est difficile à dire. Tout le monde était serré comme… comment vous dites… comme des sardines ?

— Oui, acquiesça le Dr Ryder. Mais une barque n'est pas un yacht, mademoiselle DeMarco. Et le trajet du pont de Magdalen à Port Meadow a dû vous prendre au moins vingt minutes.

— Oui, mais la plupart du temps, je parlais à mes amis – Lucy Cartwright-Jones et Bunny Fleet. Je ne fais pas attention aux hommes. Ils étaient assez… euh… bruyants, à cause de la bière et du vin.

— Je vois. Quand l'accident s'est produit et que votre barque a chaviré, vous avez dû être effrayée ? suggéra-t-il, adoptant une nouvelle stratégie.

— Oh non, je nage comme un poisson, rétorqua la jeune Italienne avec insouciance. J'étais surtout énervée de mouiller mes beaux vêtements.

— Je vois. Avez-vous remarqué qu'un de vos camarades avait du mal à rejoindre la rive ?

— Ah non ! Autrement, je l'aurais aidé, bien sûr. Mais la rivière n'était ni large, ni profonde.

— Bien, je vois. Merci, mademoiselle DeMarco.

En regardant la jeune femme s'éloigner, impressionné par sa capacité à esquiver les questions, il se retint de secouer la tête.

Pourquoi étaient-ils tous aussi évasifs quand ils parlaient de la victime ? Au point que personne ne semblait prêt à dire s'il était ou non à la fête ?

— Je crois qu'il est temps d'interroger lord Jeremy Littlejohn, déclara le Dr Ryder.

3

L'agent de police stagiaire Trudy Loveday étouffa un bâillement en quittant la chaise inconfortable sur laquelle elle était assise depuis quatre heures. Son postérieur était tout ankylosé et elle était contente de se dégourdir les jambes, mais elle ne put s'empêcher de jeter un coup d'œil au pauvre homme allongé dans le lit d'hôpital devant elle. Il était immobile. Et d'après les discussions entre médecins qu'elle avait surprises ce matin-là, elle avait bien peur qu'il ne se réveille jamais.

Une voiture était montée sur le trottoir et avait heurté M. Michael Emerson sur Little Clarendon Street tard la nuit précédente. Le chauffeur ne s'était pas arrêté et les témoins n'avaient pas réussi à décrire le véhicule qui l'avait renversé, lui cassant le bras et lui fracturant le crâne.

Quand elle était arrivée au commissariat ce matin-là, son supérieur hiérarchique, le capitaine Harry Jennings, lui avait ordonné de rester au chevet de la victime, au cas où elle reprendrait conscience et se mettrait à parler.

Mais au bout de moins d'une demi-heure à l'hôpital Radcliffe (qui, ironie du sort, était tout près du lieu de l'accident), elle avait commencé à soupçonner que c'était une perte de temps. De toute évidence, aucun des médecins ne pensait qu'il survivrait, et Trudy était très peinée pour l'épouse, qui dormait sur la chaise de l'autre côté du lit.

En faisant bien attention à ne pas la réveiller, Trudy posa son carnet et son stylo sur la table de chevet et alla se poster à la fenêtre, toute raide.

L'hôpital était un grand bâtiment construit en belles pierres pâles, de style palladien, entourant une cour centrale sur trois côtés, avec Cadwallader College à droite et un bosquet de vieux cèdres à gauche. En regardant le pub noirci par la suie de l'autre côté de Woodstock Road, elle cligna des yeux, éblouie par le soleil éclatant.

C'était encore une chaude journée d'été et on étouffait dans l'hôpital, si bien que sous son uniforme noir et blanc, elle transpirait un peu. Au moins, elle n'avait pas besoin de porter sa casquette de policière à l'intérieur, mais ses longs cheveux bruns et bouclés étaient serrés dans un chignon sur le dessus de sa tête, et son cuir chevelu humide la grattait.

Heureusement, la fenêtre ouverte laissait entrer une petite brise, et elle se dit qu'elle devrait se réjouir que ce ne soit pas l'hiver, quand la fumée des cheminées était étouffante. Mais sous ses yeux, un vieux camion Foden se traîna en émettant un peu de pollution qui s'ajouta à la crasse recouvrant la ville aux clochers rêveurs.

Elle envisageait de retourner s'asseoir sur sa chaise inconfortable quand elle entendit le claquement des chaussures plates que portaient toutes les infirmières. Elle se retourna, s'attendant à ce que l'une d'entre elles soit venue prendre les constantes vitales du patient.

Mais non, une jeune infirmière qu'elle n'avait jamais vue lui faisait signe.

— Il y a un appel pour vous, lui dit-elle à voix basse. Vous pouvez répondre au poste de soins

— Ah, merci.

Trudy fit un sourire d'excuses à Mme Emerson, que le bruit avait réveillée, mais la pauvre femme la remarqua à peine, tout occupée à scruter son mari. L'infirmière chef lui avait confié que le couple était marié depuis presque vingt-cinq ans et avait trois enfants adultes, et Trudy n'arrivait même pas à imaginer ce qu'elle devait ressentir.

Déprimée, elle suivit l'infirmière qui ne lambinait pas jusqu'à un bureau au milieu du service, où une femme au visage fermé lui tendit le combiné avant de s'éloigner. Clairement, l'infirmière considérait qu'elle avait mieux à faire que de jouer les secrétaires pour une petite policière, et Trudy ne lui en voulait pas.

— Bonjour, Loveday à l'appareil.

— Loveday, rentrez au commissariat tout de suite, s'il vous plaît. J'ai une nouvelle mission à vous confier.

Elle reconnut immédiatement la voix du capitaine Jennings et se mit d'instinct au garde-à-vous.

— Oui, monsieur, répondit-elle.

Mais il avait déjà raccroché.

Elle repartit à toute allure au chevet de M. Emerson et rangea ses affaires dans sa sacoche, s'arrêtant simplement au poste de soins pour demander que quelqu'un prévienne le commissariat si le patient disait quoi que ce soit.

Puis elle courut récupérer son vélo et pédala à toute vitesse vers St Aldate's. Heureusement, ce n'était pas loin et elle n'en aurait pas pour longtemps. Elle savait que le capitaine Jennings détestait attendre.

Tout en avançant, en faisant bien attention d'esquiver les nombreux autres cyclistes sur St Giles, elle se demanda pourquoi on l'avait rappelée au commissariat aussi vite.

À presque vingt ans, Trudy était une jeune femme intelligente, qui avait vite compris que le capitaine Jennings voyait d'un mauvais œil le fait qu'on ait assigné une des rares femmes agent de police dans son commissariat. Trudy s'était vite résignée à se coltiner les corvées dont personne ne voulait se charger et à se faire la plus discrète possible. Elle s'était donc attendue à passer plusieurs longues journées à l'hôpital, accrochée à son carnet au cas où le patient marmonnerait quelque chose.

Alors que pouvait bien signifier cette convocation soudaine ? Elle espérait que ce n'était pas pour lui passer un savon parce qu'elle avait commis une bévue. Le moindre faux pas lui valait toujours des commentaires sarcastiques, tandis que si Rodney Broadstairs, le chouchou du commissariat, commettait les mêmes fautes, personne ne disait rien.

En arrivant au commissariat, elle ne croisa personne susceptible de l'éclairer, même si Walter Swinburne, le policier le plus âgé du commissariat, lui fit un sourire encourageant.

Mais quand elle frappa à la porte du capitaine, son abattement se dissipa comme par magie. La personne assise devant le bureau du capitaine Jennings, et qui le fusillait du regard, n'était autre que le Dr Clement Ryder.

Et la stagiaire Trudy Loveday était probablement le seul agent de police de la ville à se réjouir de le voir !

Le capitaine Jennings l'observa tandis qu'elle entrait dans la pièce, remarquant ses joues rouges et ses cheveux humides – la jeune fille devait souffrir de la chaleur et être essoufflée après le trajet à vélo. Il réprima un soupir d'impatience et se retint de lui faire remarquer qu'un homme n'aurait eu aucun mal à réaliser cette course. D'accord, certains de ses subordonnés masculins étaient en surpoids, mais ce n'était pas pareil.

Il poussa un long soupir et indiqua la chaise près de son visiteur importun.

— Asseyez-vous, Loveday.

— Merci, monsieur ! répondit Trudy en se redressant sur sa chaise.

— Bonjour, mademoiselle Loveday, lui dit Clement Ryder.

Il se fit la réflexion qu'elle était charmante, ce jour-là.

Un peu échevelée, peut-être, mais une lueur de curiosité qu'il connaissait bien dansait dans ses yeux marron.

— Docteur Ryder, répondit-elle d'une voix égale en dissimulant sa joie.

Non sans peine : elle avait déjà deviné qu'il était venu la sauver de son train-train quotidien. Comme la dernière fois qu'elle l'avait vu, quand il lui avait demandé son aide sur une affaire. Qu'ils avaient élucidée, se rappela-t-elle, tout heureuse.

— Le Dr Ryder me parlait de l'affaire Chadworth, Loveday, déclara Jennings en se redressant. Vous en avez entendu parler ?

— Non, monsieur, avoua Trudy, en se demandant si ça lui vaudrait des ennuis.

Aurait-elle dû étudier cette affaire ?

Harry Jennings haussa les épaules.

— Vous n'avez aucune raison de l'avoir suivie, admit-il à contrecœur. Si je me souviens bien, vous ne faisiez pas partie de l'équipe chargée de l'enquête. Peut-être que le Dr Ryder peut vous la résumer brièvement.

On lui avait déjà rebattu les oreilles pendant un quart d'heure avec cette histoire et il n'avait aucune envie de se répéter.

— Derek Chadworth, étudiant en droit, a été retrouvé mort dans la rivière la semaine dernière, expliqua succinctement Clement.

— Ah oui, j'en ai entendu parler, répondit Trudy, soulagée.

Elle détestait avoir l'air ignorante devant le coroner. Comme l'avait dit le capitaine, elle n'enquêtait pas là-dessus, mais elle avait entendu des collègues en discuter.

— C'était l'un des étudiants ivres sur les barques qui ont chaviré, c'est ça ? Noyade accidentelle ?

— C'est le verdict auquel nous nous attendions tous, interrompit le capitaine Jennings d'un ton sardonique.

Cependant, il semblerait que le… jury… dans sa grande sagesse, a opté pour un verdict non concluant.

Les lèvres du coroner frémirent. Trudy, qui sentait la tension dans la pièce, réprima un sourire. Si ces deux hommes rivalisaient d'intelligence ou d'humour, elle savait qui gagnerait.

— Et comme je le disais au capitaine, intervint Clement Ryder, l'air aussi innocent qu'un enfant de chœur, un verdict non concluant donne lieu à une enquête un peu plus approfondie.

Jennings poussa un soupir.

— Et comme je le disais moi, répliqua-t-il, les dents serrées, c'est un verdict qui inquiétera de nombreuses familles.

— Celle de la victime, vous voulez dire, monsieur ? demanda Trudy, un peu étonnée.

Le capitaine la fusilla du regard.

— Il ne s'agit pas que des parents du défunt, Loveday, rétorqua-t-il. Même si, naturellement, un verdict aussi insensé n'a pas dû leur faire plaisir. Je pensais aussi aux parents des autres étudiants présents ce jour-là.

— La plupart appartiennent à la haute société, évidemment, glissa Clement.

— Quoi qu'il en soit, répliqua Jennings, on peut comprendre leur point de vue ! Personne n'a envie que son fils ou sa fille soit confronté à une tragédie pareille pendant ce qui aurait dû être une journée de fête. Un ami qui meurt jeune, c'est traumatisant quelles que soient les circonstances. Mais empirer la situation en faisant traîner les choses parce que le jury du coroner refuse de se prononcer… sans que personne comprenne pourquoi… franchement !

Il fit un geste irrité.

— Bien sûr, les gens veulent des réponses pour pouvoir tourner la page dignement. Et c'est ce qu'aurait permis un verdict de décès accidentel. Le commandant divisionnaire pense que l'affaire devrait être classée sans faire trop de bruit, pour permettre aux parents du garçon de l'enterrer et de faire leur deuil. Et pour que tous les autres jeunes impliqués puissent reprendre le cours de leur vie.

Le Dr Ryder croisa lentement les jambes et observa distraitement sa chaussette. Bien sûr, comme le capitaine le soupçonnait, il avait influencé – certains diraient *provoqué* – le verdict.

Ç'avait été assez facile à réaliser, pour un homme de la trempe de Clement Ryder. Il lui avait suffi de fixer le président du jury en leur résumant les faits, et d'insister sur certains points. Par exemple, il leur avait dit que « si, après mûre réflexion, vous avez l'impression que *certains points n'ont pas été suffisamment éclaircis*, vous devez alors, *par souci d'impartialité*, opter pour un verdict non concluant ». Et « si *vous* avez le *moindre doute* concernant la façon dont M. Chadworth s'est noyé la semaine dernière, vous *ne pouvez* pas *vous permettre* de faire des suppositions, ou de vous laisser *influencer* par les théories qui vous ont été présentées ». Ce dernier sermon était destiné aux femmes au foyer, qui comprirent ce qu'il attendait d'elles.

Oh non. Il ne voulait pas que le jury décide de classer l'affaire, pour avoir le temps d'enquêter sur ce qui s'était vraiment passé dans son tribunal, et un verdict non concluant était le seul qui lui permettrait d'arriver à ses fins.

Il adressa un sourire bienveillant au capitaine furieux.

— Bien entendu, c'est une situation intolérable pour tout le monde, admit-il, à la grande surprise de Jennings. C'est pour cette raison qu'il convient d'enquêter encore un peu.

— Comme si nous n'avions pas assez de pain sur la

planche. Hier soir, un chauffard a renversé un passant avant de prendre la fuite, et on n'a toujours pas réglé l'affaire Sussinghurst…

— Je suis sûr que vous êtes très occupé, capitaine, l'interrompit habilement Clement. C'est pour cela que je vous ai demandé de me détacher une seule de vos stagiaires.

Trudy Loveday était radieuse : ses espoirs étaient fondés. La dernière fois que le coroner était venu au commissariat pour demander l'appui d'un policier dans une enquête, le capitaine lui avait assigné Trudy.

Et à eux deux, ils avaient réussi à démasquer un assassin !

Bien sûr, il y avait peu de chances que leur exploit se reproduise, mais n'empêche ! C'était mieux que de poireauter pendant des heures dans une chambre d'hôpital étouffante en attendant que le patient se mette à parler ou finisse par mourir.

Jennings, qui en avait assez d'être le dindon de la farce, secoua la tête et décida, tel Ponce Pilate, de s'en laver les mains.

— Je vous ai déjà dit que vous pouvez avoir Loveday quelques jours, non ? rétorqua-t-il, bougon. Mais seulement pour quelques jours, hein ! Je ne peux pas la laisser perdre son temps sur une affaire qui devrait déjà être réglée, juste parce que vous trouvez les témoignages des étudiants suspects !

— Merci, capitaine. Je louerai votre patience au préfet la prochaine fois que je le croiserai au club, déclara Clement en se levant avec un sourire affable.

Jennings vira à l'écarlate. Il soupçonnait que le « club » dont parlait le coroner était franc-maçon – institution qu'il était décidé à intégrer dès que possible.

Tous les gradés ambitieux se devaient d'en faire partie, et se rappelant qu'il n'avait pas intérêt à se mettre à dos l'influent Dr Ryder, il battit en retraite, quoique de mauvaise grâce.

— Oui, eh bien, merci, docteur Ryder, marmonna Jennings.

Quand le médecin se dirigea vers la porte, Jennings se leva également.

— J'ai juste quelques mots à dire à Loveday avant votre départ.

— Bien sûr, bien sûr, répondit gaiement Clement en sortant sans refermer la porte derrière lui.

En voyant l'expression du capitaine, Trudy s'empressa de rectifier cet oubli avant de se poster docilement devant son bureau.

Mais son cœur battait à toute vitesse. Elle allait à nouveau travailler avec le Dr Ryder ! Elle allait observer, écouter et apprendre, au lieu d'être ignorée et reléguée à la paperasse. Elle était si heureuse qu'elle aurait pu se mettre à chanter.

— Bien, Loveday, commença Jennings. Vous connaissez la musique – comme la dernière fois. Faites plaisir au vieux et faites-moi un rapport tous les jours. Je veux savoir tout ce que ce type fagote. C'est compris ?

— Oui, monsieur, répondit Trudy.

Elle savait que le Dr Ryder était trop intelligent pour ne pas deviner qu'elle serait obligée d'envoyer un rapport quotidien à Jennings, si bien qu'elle ne se sentait pas coupable d'obéir aux ordres.

— Essayez de l'empêcher de partir en vrille. Et attention à ne pas irriter des personnalités importantes ! La plupart des parents des jeunes qui ont participé à ce pique-nique sont des aristocrates ou des nouveaux riches. Si vous les contrariez, ils se plaindront à mes chefs, qui me passeront un savon. Et ça, c'est hors de question ! Compris ?

Trudy déglutit. Elle ne voyait pas bien comment elle

pourrait empêcher le Dr Ryder de faire ce qui lui chantait, sachant qu'il pouvait être… un peu direct.

En la voyant hésiter, et en devinant pourquoi, le capitaine Jennings poussa un profond soupir. Même lui devait concéder qu'il était injuste de demander à une jeune fille de dix-neuf ans de contrôler un type comme Ryder. Quelqu'un capable de changer l'atmosphère d'une pièce d'une pique acide, et qui avait battu à plate couture les avocats les plus chevronnés, ainsi qu'une série d'autres dignitaires.

— Faites de votre mieux, Loveday, conclut-il d'un air las.

— Oui, monsieur, répondit Trudy.

Et elle s'empressa de quitter le bureau, infiniment soulagée.

Une fois sortie du commissariat, elle n'avait que quelques minutes de marches pour rejoindre le bureau du Dr Ryder dans le bâtiment qui abritait à la fois le tribunal du coroner et la morgue, sur Floyds Row. Sa secrétaire, qui connaissait Trudy depuis leur collaboration six mois plus tôt, sourit à la jeune femme tandis que Clement lui passait devant en aboyant « du thé et du gâteau, et ne lésinez pas sur les quantités ».

La quinquagénaire secoua la tête et soupira devant ses manières brusques. Mais Trudy remarqua qu'elle souriait.

Quelques minutes plus tard, Clement Ryder mangeait une part d'*angel cake* en regardant pensivement sa jeune protégée lire le compte rendu du tribunal sur la mort apparemment banale de l'étudiant en droit noyé. Il était curieux de voir ce qu'elle en penserait.

Pendant leur dernière enquête, il avait appris à respecter l'intelligence et le culot de cette jeune femme. Bien sûr, elle était toujours débutante, mais si on la guidait, elle pourrait développer tout son potentiel. C'était pour cette raison qu'il s'était débrouillé pour que Jennings la lui assigne à nouveau. Évidemment, ça n'avait pas été difficile, étant donné que cet imbécile sous-estimait complètement sa subordonnée. Si ses collègues plus expérimentés lui enseignaient les ficelles du métier, elle était capable de briller. Mais ça ne risquait pas d'arriver, se dit-il, un peu lugubre.

Malgré tout, il ferait tout son possible pour la former pendant qu'elle l'assisterait sur cette affaire.

Il lui fallut une demi-heure pour lire tous les documents du dossier, et quand elle eut fini, elle fronça les sourcils, plissant ses yeux bruns.

— Alors ? demanda-t-il brusquement.

— À première vue, monsieur, ça paraît plutôt simple, non ? Il y avait un grand groupe d'étudiants ivres et deux barques surpeuplées. Il y a eu une collision avec une troisième barque, si bien que beaucoup de gens se sont retrouvés à l'eau. Il est tout à fait possible que Derek n'ait pas pu rejoindre la surface assez vite, ou peut-être qu'il a été piétiné par quelqu'un, qu'il s'est noyé avant d'avoir le temps de comprendre ce qui lui arrivait.

— Oui, oui. Tout cela est possible, admit le coroner, à sa grande surprise. Malgré tout, je trouve toujours étrange que personne ne l'ait vu se démener. Il y avait une bonne vingtaine d'étudiants dans l'eau.

— Qui étaient probablement très occupés à sauver leur peau.

— Oui, c'est presque certain.

— Peut-être qu'il n'a pas pu rejoindre la surface à cause de la foule ? Qui sait, peut-être qu'en se débattant, quelqu'un l'a maintenu accidentellement sous l'eau ?

— Encore une fois, c'est possible. Mais en supposant que cela se soit passé de cette façon, avec tant de témoins dans l'eau, et tant d'autres qui regardaient depuis la rive, est-il probable que personne n'ait vu le corps flotter à la surface et dériver ?

— Peut-être qu'il n'a pas flotté ? rétorqua Trudy, qui se faisait l'avocat du diable.

— La plupart des corps remontent à la surface, rétorqua le coroner. Mais enfin, qui peut en être certain ? Peut-être qu'ils ont vu un cadavre flotter à la surface mais se sont entendus entre eux pour ne pas en parler.

— C'est un peu tiré par les cheveux, non ? Pourquoi auraient-ils fait ça ?

Le coroner haussa les épaules.

— Qui sait ? Si l'on ouvre une enquête, c'est bien pour répondre au comment et au pourquoi.

— Donc vous n'êtes pas convaincu que le tribunal a correctement reconstitué les événements ?

Trudy avait beaucoup appris pendant sa dernière collaboration avec cet homme parfois difficile, mais toujours brillant. S'il trouvait que quelque chose clochait, elle n'allait pas le contredire d'emblée.

— Oubliez la logique et les faits pendant un instant, Trudy, lui conseilla calmement Clement, dont la jambe droite tremblait légèrement.

Fronçant les sourcils, il la frotta discrètement sous son bureau, vérifia que la policière n'avait pas remarqué ce signe de faiblesse, et soupira.

— Repassez-vous les témoignages des étudiants dans votre tête. Qu'est-ce qui vous marque le plus ?

Trudy monta encore dans son estime quand elle ne répondit pas immédiatement, prenant le temps de réfléchir à la question.

— Eh bien… je trouve assez étrange que la victime ait été invitée à la fête. Je veux dire, d'après ce que j'ai compris, la plupart des étudiants avaient été invités par ce lord Jeremy Littlejohn, poursuivit-elle en vérifiant le nom. Le fils cadet d'un duc, c'est bien ça ?

— En effet, répondit Clement, l'air méprisant.

Trudy lui jeta un regard perçant.

— Il vous a déplu ?

— Peu importe, rétorqua le coroner. Continuez.

— Eh bien…

Trudy ne savait pas très bien comment parler de classes sociales avec cet homme de profession libérale, sans laisser ses origines ouvrières interférer.

— J'ai l'impression que les gens comme lui… Je veux dire, la plupart de ses amis étaient riches et issus des classes supérieures. Mais d'après ses professeurs et ses parents, Derek Chadworth était boursier. Son père est un simple avocat de campagne. Et il n'avait pas l'air d'avoir un talent extraordinaire qui l'aurait fait se démarquer, si ? Ce n'était pas une star de l'aviron, du rugby ou je ne sais quoi, n'est-ce pas ?

— Et donc ? l'encouragea Clement.

— Eh bien… il paraît peu probable qu'il ait fait partie de leur clique, conclut-elle nerveusement.

À son grand soulagement, le coroner lui adressa un signe de tête approbateur.

— En effet. Vous avez tout à fait raison. Et pourtant, quand il a été appelé à la barre, rappela Clement en désignant le dossier sur ses genoux, lord Jeremy a clairement déclaré, avec désinvolture, qu'il avait peut-être convié Derek Chadworth à la fête. Mais il ne se souvenait pas s'il avait accepté l'invitation.

Trudy acquiesça en relisant le témoignage du jeune lord.

— Oui. Il dit… Oui, voilà. « Je connaissais un peu Derek – j'avais bu quelques cidres avec lui à l'Eagle and Child, ce genre de choses. Je lui ai dit qu'on allait faire la fête à Port Meadow et que s'il voulait venir, il faudrait qu'il aille sur le pont et monte sur une barque à 9 h 30. » Il dit aussi que ce jour-là, il avait bu quelques verres d'une boisson du nom de… euh… Buck's Fizz…

au petit déjeuner, qu'il se sentait un peu pompette et n'était pas sûr de l'avoir vu dans la foule qui s'entassait sur les barques.

— Le Buck's Fizz est un mélange d'oranges pressées et de champagne. La boisson préférée des jeunes fainéants et des petits seigneurs arrogants qui aiment organiser des *brunchs* arrosés dans leur chambre avec leur cour, l'informa le Dr Ryder d'un ton acerbe.

Trudy nota que le Dr Ryder n'aimait vraiment pas lord Littlejohn. Il avait dû irriter le coroner. Mais d'après les documents qu'elle avait lus, elle ne comprenait pas bien pourquoi. D'accord, son incertitude concernant la présence du défunt à la fête était agaçante, mais les autres étudiants s'étaient montrés tout aussi vagues.

— Il n'y a rien d'autre qui vous semble étrange ? demanda Clement d'un ton nonchalant, mais le regard acéré.

Trudy fronça les sourcils. Il y avait bien quelque chose qui la chiffonnait, qui n'allait pas avec le reste. Mais elle n'arrivait pas à déterminer ce qui la contrariait. Elle finit par hausser les épaules.

— Je ne sais pas trop.

Clement acquiesça en soupirant. Ce n'était pas très étonnant. Ce n'était pas comme si la jeune policière avait assisté à autant d'audiences au tribunal du coroner que lui !

— Bon, essayez de vous mettre à la place de l'un d'entre eux, suggéra Clement en grimaçant. Non que ce soit tentant, bien sûr. Mais vous venez de finir vos examens. Vous avez un travail à la City, ou dans l'entreprise de papa ou je ne sais quoi qui vous attend, et vous avez votre vie devant vous, une vie de privilégié. Est-ce que vous auriez vraiment envie de rentrer d'Oxford en étant mêlé à un scandale de noyade ?

Trudy frissonna.

— Jamais de la vie ! Déjà, ça ne plairait pas à papa et

maman. Ce genre de personnes ne peuvent se permettre de ternir leur réputation, n'est-ce pas, et… oh !

Trudy comprit soudain et parcourut rapidement le compte rendu.

— Exactement ! la félicita le Dr Ryder. Alors pourquoi n'ont-ils pas tous simplement nié que la victime avait fait partie de leur groupe ? Après tout, rien, parmi les preuves physiques, ne certifie qu'il a trouvé la mort pendant cette fête. Il aurait pu entrer dans la rivière par d'autres moyens, à une autre heure. L'heure du décès est estimée entre 8 heures du matin et 14 heures. D'accord, ce serait une coïncidence étonnante, mais enfin…

Trudy, qui était très occupée à relire le témoignage de la jeune Italienne, fronça les sourcils en ne l'écoutant qu'à moitié.

— Eh bien, peut-être qu'ils ne pouvaient pas nier. Je veux dire, s'il était là… avec tant de témoins… ils auraient couru le risque que leurs mensonges soient révélés au grand jour. Mentir sous serment, c'est un parjure, non ? À moins qu'ils se soient tous entendus pour dire la même chose… Et c'est presque impossible, n'est-ce pas ? Je veux dire, il y avait tellement de monde… une conspiration à cette échelle… c'est impossible.

Elle releva les yeux de ses papiers et le fixa.

— Je n'en suis pas si sûr, Trudy, répondit-il en soupirant. Les gens se comportent parfois très différemment quand ils sont en groupe. Il n'y a qu'à voir les émeutes, l'hystérie de masse, les foules furieuses. Ces étudiants avaient tous le même âge, étaient amis et avaient intérêt à sauver leur peau. Donc ils avaient une très bonne raison de faire concorder leurs témoignages. Et n'oubliez pas qu'ils étaient tous – tous, j'insiste – sous la coupe de notre lord Jeremy Littlejohn, à des degrés divers. Un vrai petit machiavel, celui-là ! C'est ce que je me suis dit dès qu'il a ouvert la bouche pour témoigner devant mon tribunal. Et vous savez, la pression du groupe peut être difficile à supporter. Personne n'a envie de cafter. Et qui parmi eux aurait pu se permettre de devenir un paria en ignorant le consensus ? N'oubliez pas que lord Littlejohn et sa famille ont beaucoup d'influence dans le monde qu'habitent ces gens. Un mot glissé à l'oreille d'un banquier, et quelqu'un ne décroche pas l'emploi à la City qu'il convoitait. Un murmure de la duchesse à une dame de la haute société et une jeune fille ne trouve pas à se marier. Oh ! oui. Je vois bien comment tous ont pu être forcés à se tenir à carreau, à coup de menaces ou de promesses.

Trudy reprit la lecture du dossier. Se laissait-elle influencer par les commentaires du Dr Ryder ? Ou tous les témoignages avaient-ils désormais l'air identiques ?

— Donc vous croyez qu'on leur a dit quoi raconter ? demanda-t-elle, sceptique. Que lord Littlejohn s'en est chargé ? Qu'ils ont tous menti pour ne pas se le mettre à dos ?

Le coroner secoua la tête, frustré.

— Pas nécessairement. Je veux simplement dire que quelque chose clochait dans leurs témoignages. Ils ont répété la même phrase vague, encore et encore. « Derek était peut-être là, mais je ne l'ai pas vu. » Ou « j'étais tellement ivre que je ne peux pas confirmer qu'il était là. Ni qu'il n'y était pas. » Tant qu'à prendre de la distance par rapport à un événement aussi tragique, tant qu'à s'entendre pour présenter un front uni, pourquoi ne pas aller jusqu'au bout et dire « Derek n'était pas là. Personne ne l'a vu. » La police aurait été obligée de les croire sur parole. Et même si elle ne les croyait pas, comment le prouver ?

Dit comme ça…

— Mais peut-être qu'ils disaient la vérité. Peut-être qu'ils étaient tous trop ivres pour s'en souvenir.

— Peut-être, répondit le Dr Ryder, visiblement pas convaincu. Mais croyez-moi sur parole, ma petite Trudy… Quelqu'un, poursuivit-il en désignant le dossier qu'elle n'avait pas lâché, essayait de duper le jury pendant cette audience. Dans mon tribunal ! Hors de question que je laisse passer ça. Comme dirait Shakespeare, il y a quelque chose de pourri au royaume du Danemark, et je compte bien trouver ce que c'est. Bien sûr, ajouta-t-il pour être parfaitement honnête, quand nous découvrirons le pot aux roses, ce ne sera peut-être rien d'extraordinaire. Il est même possible que ce soit sans rapport avec la mort de M. Chadworth. C'est peut-être une farce idiote ou un secret que les étudiants gardaient pour une raison ou une autre. Mais tant que nous n'aurons pas le fin mot de l'histoire, nous ne pouvons en être certains, n'est-ce pas ?

— Vous pensez que c'est possible qu'ils se soient tous ligués pour le tuer ? demanda-t-elle, les yeux brillants et les joues rosies par l'excitation.

Devant tant d'enthousiasme juvénile, Clement ne put s'empêcher de sourire.

— Ouh là ! Personne n'a suggéré une chose pareille ! lui rappela-t-il gentiment.

— Mais est-il possible que quelqu'un l'ait assassiné à cette fête ? insista-t-elle.

— Eh bien, réfléchissons deux minutes, répondit-il, amusé. Il y avait une bonne vingtaine d'étudiants qui barbotaient dans l'eau. À votre avis, est-il probable que quelqu'un l'ait attrapé et maintenu sous l'eau sans que personne ne remarque rien ? Les noyés ont tendance à s'agiter.

Trudy se décomposa, avant de se reprendre.

— Mais… Et si, disons, trois personnes l'ont vu et ont décidé, pour une raison inconnue, de ne rien dire ? Ça expliquerait peut-être que vous trouviez leurs témoignages suspects.

— Peut-être. Mais si vous décidiez de tuer quelqu'un, pourquoi prendriez-vous le risque de le faire devant autant de témoins ? Et n'oubliez pas que même si vous vous sentiez capable de corrompre ou de menacer les autres étudiants, ça n'empêcherait pas que quelqu'un qui échapperait à votre contrôle – un passant qui se serait promené sur les berges, par exemple – vous voie et vende la mèche.

Trudy poussa un soupir, mais elle ne voulait pas abandonner aussi facilement.

— Eh bien, peut-être qu'il ne s'est pas noyé à la fête. Peut-être que quelqu'un savait qu'il y aurait une fête et en a profité.

Elle se redressa, de plus en plus enthousiaste.

— L'assassin attire Derek vers la rivière et le noie là-bas, en sachant qu'on attribuera son décès à la fête.

— Dans ce cas, comment savait-il qu'il y aurait un accident ? À moins d'avoir un complice sur une des barques ?

— Effectivement, ça paraît trop compliqué, admit Trudy. Mais ce n'est pas comme si ce n'était jamais arrivé, si ? Deux personnes qui s'associent pour commettre un meurtre. À moins que l'accident n'ait été une coïncidence ? L'assassin ne savait pas qu'il y aurait une collision, mais à un pique-nique, par une chaude journée d'été près de la rivière, il ou elle pouvait compter sur le fait que de nombreux étudiants se baigneraient. Peut-être que l'assassin a simplement tablé sur le fait que si on retrouvait un étudiant noyé dans la rivière un jour où de nombreux autres jeunes pataugeaient dans l'eau, on supposerait naturellement qu'il faisait partie du groupe et avait été victime d'un accident à la fête ?

— Peut-être. Mais avez-vous considéré les difficultés de ce scénario ? L'assassin aurait dû attirer Derek à la rivière. Comment ? Sous quel prétexte ? Ensuite, il ou elle aurait dû noyer un jeune homme en pleine forme, dans une large étendue d'eau. L'autopsie a révélé qu'il n'avait pas reçu de coup à la tête ni été paralysé par un médicament. Même s'il était un peu groggy après une nuit de beuverie, Derek se serait certainement défendu. Et il aurait eu de bonnes chances de s'échapper, vous savez. Ce n'est pas aussi facile de noyer quelqu'un qu'on le croirait. Pour commencer, l'assassin serait certainement trempé.

— Mais c'est quand même possible, insista Trudy.

— Peut-être. Mais encore une fois, le médecin légiste estime que le décès a eu lieu à 8 heures du matin, au plus tôt. Où l'assassin se serait-il senti à l'abri des regards indiscrets ? À cette heure-là, il y a beaucoup de passage près de la rivière, entre les gens qui vont travailler, ceux qui promènent leur chien, ceux qui pêchent, et j'en passe. Si vous étiez un meurtrier, prendriez-vous ce risque ? Comment être sûr de ne pas être vu ?

Trudy admit à contrecœur que sa théorie posait problème. Son expression affligée fit sourire le coroner.

— Je ne dis pas qu'aucune de vos hypothèses n'est juste. Simplement, nous n'en savons rien ! Ce qui veut dire que nous allons devoir creuser la question. Alors… prête à enquêter ?

L'agent de police stagiaire Loveday fit un grand sourire. Si elle était prête ?

Bien sûr qu'elle était prête !

— Allons-nous commencer par le lieu de l'accident ? demanda-t-elle, toute contente.

— Pourquoi faire ? demanda Clement, l'air surpris. Je doute qu'il reste quelque chose à voir après tout ce temps, et la police a passé l'endroit au peigne fin. Tous les indices qu'ils auraient pu manquer ont dû être piétinés par du bétail ou effacés par la rivière. Ou croyez-vous que nous allons trouver un mégot de cigarette, contenant du tabac cultivé exclusivement dans un petit village de Malaisie, et vendu en Angleterre uniquement à trois professeurs émérites et un ermite ? Ce qui nous mènera directement à notre suspect ?

Trudy éclata de rire.

— C'est bon, j'ai compris ! Ce genre de choses n'arrivent que dans les aventures de Sherlock Holmes. Alors, par quoi commençons-nous ?

4

Leur premier arrêt fut Webster Hall, le *college* où Lionel Gulliver étudiait la théologie depuis trois ans. Il devait rentrer chez lui dans les deux semaines, et le coroner était conscient qu'ils allaient devoir se dépêcher : la plupart des témoins allaient bientôt se disperser.

Le *college* était calme, et quand ils demandèrent au concierge à parler à Lionel Gulliver, celui-ci reconnut immédiatement le Dr Ryder. Trudy savait (surtout grâce aux bougonnements de son capitaine) que le Dr Ryder avait toutes sortes d'amis influents en ville, et les concierges des *colleges* étaient célèbres pour leur capacité à reconnaître les gens importants – et à se mettre dans leurs petits papiers. Elle ne fut donc pas particulièrement surprise quand l'individu coiffé d'un chapeau melon salua le coroner par son nom.

— Ah, docteur Ryder, ravi de vous revoir. Je suppose que notre Dr Fairweather n'a pas encore réussi à vous battre aux échecs, monsieur ?

Clement éclata de rire.

— Non, et ça ne risque pas d'arriver. Mais étant donné qu'il a le meilleur porto d'Oxford, je suis tout à fait prêt à le laisser continuer à essayer. Pourriez-vous nous dire dans quel bâtiment et quelle chambre loge Lionel Gulliver ?

— Bien sûr, docteur, répondit le concierge en consultant une liste.

Il leur donna l'information avant d'ajouter à voix basse :

— J'imagine que vous enquêtez sur la mort de ce pauvre garçon de St Bede's ? Une histoire tragique, monsieur, si je peux me permettre.

— Oui, en effet, répondit Clement, impassible.

Trudy, qui s'était attendue à ce qu'il soit pressé, le regarda s'appuyer nonchalamment contre la porte et soupirer.

— Un jeune homme assassiné dans la fleur de l'âge… C'était un triste jour pour l'université, Barstock. Est-ce que vous connaissiez personnellement le jeune M. Chadworth ?

Trudy dressa l'oreille. Comme presque tous les concierges de *colleges*, Barstock semblait tout savoir et n'hésitait pas à partager quelques commérages s'il était d'humeur.

— Pas très bien, docteur Ryder. Non, je ne dirais pas ça, répondit-il prudemment. Mais je l'ai croisé plusieurs fois. Lui et, euh, d'autres jeunes gentlemen faisaient partie d'un club qui se réunissait parfois ici.

— Ah, répondit le Dr Ryder avec un sourire. Je vois. Les jeunes gens adorent les clubs. Dans ma jeunesse, je faisais partie d'un club de pudding, confia-t-il d'un ton complaisant. Une fois par mois, nous nous retrouvions pour goûter un pudding dans chaque restaurant d'Oxford. J'en serais incapable aujourd'hui, ajouta-t-il en tapotant son ventre bedonnant. Déjà, j'aurais une belle indigestion !

Le concierge s'esclaffa. Et Trudy, qui commençait à se lasser de ce bavardage, finit par comprendre avec un temps de retard que le coroner dirigeait la conversation vers un sujet plus spécifique.

— Bien sûr, de nos jours, les étudiants fréquentent des clubs beaucoup plus, euh, ésotériques, suggéra Clement.

— Oh oui, monsieur. Prenez M. Gulliver, par exemple, monsieur, le jeune homme que vous cherchez. Un gentil garçon – son oncle était évêque de Durham. Il espère l'imiter un jour, j'imagine. Il fait partie de plusieurs clubs.

— Rien de bien méchant, j'imagine, reprit le coroner. C'est un étudiant en théologie, après tout.

— Oui, docteur. Inoffensifs, pour la plupart. Un club d'ornithologie, un autre d'étude du folklore. Et bien sûr, puisque son oncle maternel est baron, il fait aussi partie du club de lord Littlejohn, ajouta distraitement le concierge.

En entendant cela, Trudy se raidit comme un lévrier qui voit un faisan tomber. Elle fit bien attention à rester immobile et silencieuse, pour ne pas attirer l'attention, au cas où son uniforme couperait court aux confidences du concierge.

— Ah oui… lord Littlejohn, dit Ryder d'un ton indifférent. Il a dû témoigner devant mon tribunal. Un garçon… intéressant.

— Oui, docteur, acquiesça le concierge d'un ton neutre.

— Très content de lui et de son rang, j'ai trouvé, poursuivit Ryder, ayant deviné que le concierge partageait son avis sur Littlejohn. En fait, j'ai eu l'impression qu'il pensait mériter d'être l'héritier du trône, plutôt qu'un simple fils de duc – cadet, qui plus est.

Mais il était allé un peu trop loin pour le concierge, qui murmura quelque chose, et le coroner baissa d'un ton.

— Malgré tout, j'imagine que le club qu'il a fondé ne fait de mal à personne. A-t-il un nom officiel ?

— Oui, docteur, le Marquis Club. Je crois que c'est une référence à leurs origines aristocratiques.

Trudy était perplexe, mais Ryder comprit tout de suite la référence.

— Oh ! bien sûr, les boxeurs ! Alors lord Littlejohn se considère comme un homme fort, dirait-on ? C'est drôle, ce n'est pas l'image qu'il m'a laissée durant l'audience.

Le concierge réprima un sourire. Et ayant décidé qu'il avait accompli son devoir de citoyen sans porter atteinte à la réputation de son *college*, il conclut la conversation en informant le coroner qu'il trouverait sûrement M. Gulliver dans sa chambre. Conscient qu'il n'obtiendrait rien de plus, Clement le remercia et s'éloigna.

Pendant qu'ils traversaient la cour en direction de l'escalier indiqué par le concierge, Trudy regarda autour d'elle avec intérêt. Elle avait rarement l'occasion de pénétrer dans un des fameux *colleges* de la ville. La réalité correspondait à peu près à ce qu'elle avait imaginé (bâtiments en pierre dorée, pelouses vert tendre, fleurs bien entretenues), et elle ne tarda pas à repenser à l'affaire en cours.

Elle refusait de révéler son ignorance en demandant au Dr Ryder l'origine du nom du club. En plus, elle n'en avait pas besoin – clairement, le Marquis originel, qui que ce soit, avait été boxeur. Et d'après les commentaires du concierge sur l'oncle baron de Lionel Gulliver, il semblait qu'il fallait plus ou moins faire partie de l'aristocratie pour devenir membre.

Elle se concentra sur l'attitude du concierge.

— Il ne pensait pas beaucoup de bien de lord Littlejohn, n'est-ce pas ? Ni du nom qu'il a choisi pour son club.

— Non, et je ne le lui reproche pas, rétorqua Clement avec un reniflement méprisant. Je n'ai jamais vu un spécimen aussi indolent, paresseux et content de lui.

Trudy s'apprêtait à dire quelque chose quand, en bas de l'escalier en pierre, elle vit le coroner tituber en levant un pied. Elle tendit automatiquement la main pour l'aider, mais le coroner attrapa la rampe en bois et, sans un mot, commença à monter vigoureusement les marches.

Elle décida de se taire, à raison. Elle savait que les gens d'un certain âge perdaient bien souvent de leur vigueur. Et si sa vieille grand-mère était un exemple représentatif, ils n'aimaient pas qu'on le leur rappelle !

De son côté, le Dr Ryder monta l'escalier les lèvres

serrées – il savait que ce n'était pas à cause de son âge qu'il avait chancelé.

Quelques années plus tôt, il avait remarqué un léger tremblement dans sa main gauche, et comme il était chirurgien, il s'en était immédiatement préoccupé. Sous un faux nom, il avait passé toute une batterie d'examens, et avait reçu un diagnostic de ce qu'on commençait à appeler la maladie de Parkinson. La maladie était connue depuis des siècles, bien sûr, sous de nombreux noms – *paralysis agitans* en Europe, Kampavata selon la médecine ayurvédique indienne.

Mais quel que soit le nom qu'on lui donnait, la maladie l'empêchait de manier un scalpel, d'où sa reconversion. Jusque-là, il avait réussi à cacher son secret à ses amis et collègues, conscient que s'ils apprenaient la vérité, cela mettrait un terme à sa carrière.

À mesure que la maladie progressait et empirait lentement, et que ses divers symptômes devenaient de plus en plus visibles, il dut admettre à contrecœur que ce n'était qu'une question de temps avant qu'on découvre le pot aux roses.

Malgré tout, il était décidé à continuer aussi longtemps que possible. Et pour l'instant, il était sûr que personne ne soupçonnait la vérité. Il espérait simplement que sa jeune protégée n'avait pas remarqué qu'il avait trébuché, ou l'avait mis sur le compte de sa maladresse.

En haut de l'escalier, ils trouvèrent la chambre 8. En faisant tinter le heurtoir en fer contre la porte en bois vieille de plusieurs siècles, il annonça leur présence avec brusquerie.

Un jeune homme mince, de petite taille, ouvrit assez vite, et se décomposa en reconnaissant son visiteur. Il avait des cheveux bruns et courts qui avaient tendance à boucler (probablement à son grand désespoir), un menton fuyant et de grands yeux noisette. Quand ils se posèrent sur l'uniforme de Trudy, il eut l'air presque paniqué.

— Monsieur Gulliver ? Vous vous souvenez de moi ? Docteur Clement Ryder, le coroner ?

— Oh ! euh, oui, bien sûr.

— J'ai simplement une ou deux questions supplémentaires concernant la mort de M. Derek Chadworth.

L'étudiant en théologie déglutit.

— Ah bon ? Euh… je croyais que c'était fini.

— Non, monsieur. Le verdict étant ouvert, nous continuons à enquêter, répliqua-t-il, satisfait. Pouvons-nous entrer ? demanda-t-il d'un ton qui indiquait que les jeunes d'aujourd'hui n'avaient plus de manières, à faire attendre à leur porte leurs aînés et supérieurs.

Le jeune homme rougit et s'empressa de s'effacer.

— Oui, bien sûr. Excusez-moi. Entrez, je vous en prie. Désolé pour le bazar. Je suis en train de faire mes valises pour rentrer chez moi.

Trudy ne voyait pas de quel bazar il parlait. La pièce était propre et bien rangée, quoiqu'un peu dégarnie.

— Nous essayerons de ne pas vous faire perdre trop de temps, assura Clement. Il y avait juste quelques petites choses dans votre témoignage que j'aurais aimé clarifier.

— Oh ! euh, très bien. Asseyez-vous, je vous en prie. Voulez-vous que j'aille chercher un domestique pour demander du thé ? proposa-t-il.

— Non merci, répondit Clement.

Trudy choisit la chaise la plus éloignée de l'étudiant et se fit toute petite. Pourtant, quand elle sortit son carnet de sa sacoche, il lui jeta un regard nerveux.

L'air abattu, il regarda le coroner s'asseoir.

— Mon témoignage ? Je ne suis pas sûr d'avoir servi à grand-chose, monsieur. Je ne suis au courant de rien, malheureusement.

— Oui, vous avez bien insisté sur ce point, rétorqua

Clement d'un ton sarcastique qui fit rougir sa victime. Essayons d'entrer un peu plus dans les détails, d'accord ?

L'étudiant tenta de sourire.

— Je ne suis pas sûr que ça soit très utile, monsieur. Pour être honnête, je ne comprends même pas pourquoi on m'a demandé de témoigner.

Le coroner balaya son argument d'un geste.

— Vous dites que vous n'avez pas vu Derek Chadworth sur la barque où vous étiez ? commença le Dr Ryder, d'un ton doux mais ferme.

— Non, effectivement. C'est ce que j'ai dit. Mais bien sûr, il aurait pu être sur l'autre barque.

— Humph.

Le coroner ne cacha pas sa désapprobation devant sa mauvaise foi, et se contenta de changer d'angle d'attaque.

— Vous connaissiez bien Derek ? demanda-t-il brusquement.

— Ça non.

— Mais il faisait partie du Marquis Club ?

Trudy constata avec intérêt que, devant cette attaque sournoise, le jeune homme sursauta et pâlit.

— Quoi ?

Pendant un instant, son visage parut hésiter entre plusieurs expressions. L'horreur ? La surprise ? La consternation ? Le désarroi, en tout cas. Il finit par esquisser un sourire maladif.

— Non. Non, je suis sûr qu'il n'en faisait pas partie.

— Ah. Je pensais que c'était pour cette raison que lord Littlejohn l'avait invité, répondit Clement d'un ton neutre.

Lionel Gulliver se reprit au prix d'un gros effort et leur adressa un deuxième sourire, plus convaincant.

— Oh ! non. Je ne crois pas. Mais enfin, il faudrait poser la question à Jeremy, non ? suggéra-t-il en regardant la fenêtre avec envie.

Trudy, qui transcrivait tout en sténo, se dit que Lionel avait l'air prêt à sauter par la fenêtre tant il était mal à l'aise.

— Oui, nous lui poserons certainement la question quand nous le verrons, répondit Clement. Mais clarifions les choses, une bonne fois pour toutes. Pensez-vous que Derek Chadworth n'était pas à la fête le jour de sa mort ?

Une fois de plus, Lionel sursauta. C'était visiblement quelqu'un de très nerveux, se dit Trudy, qui commençait à penser que le coroner avait raison de trouver cette affaire louche.

— Eh bien, non, je ne crois pas que c'est ce que j'ai dit, répondit Lionel en s'embrouillant un peu dans ses formules. Je commence à penser que Derek était peut-être sur l'une des barques, finalement.

Trudy resta bouche bée devant ce retournement inattendu. Elle jeta un coup d'œil perplexe au coroner, qui observait l'étudiant en théologie la tête penchée sur le côté, comme un rouge-gorge qui examine un ver de terre appétissant.

— Dans ce cas, êtes-vous en train de dire que vous l'avez bien vu ce jour-là ? À la fête ? reprit lentement Clement.

— Non ! Je veux dire… Ça me paraît possible. Mais je ne pourrais pas en jurer.

Le coroner fixa le jeune homme pendant quelques instants et remarqua que le pauvre garçon se mettait à transpirer – et à gigoter nerveusement sur sa chaise.

Il nota aussi que Gulliver pinçait les lèvres et relevait le menton. De toute évidence, il comptait se montrer entêté. Le pousser davantage dans ses retranchements ne servirait à rien.

Clement se releva donc en soupirant, à la grande surprise de Trudy.

— Eh bien, merci de nous avoir accordé un entretien,

monsieur Gulliver, conclut-il abruptement. J'ai cru comprendre que vous vouliez devenir prêtre ?

— Pasteur dans l'Église anglicane, oui, précisa le jeune homme en se relevant d'un bond, l'air soulagé.

— Hum. Dans ce cas, vous savez ce que la Bible dit des faux témoignages ?

Lionel Gulliver déglutit bruyamment.

— Oui, monsieur, je sais, marmonna-t-il, l'air désespéré.

Le coroner acquiesça, lui adressa un bref sourire et lui tapota le dos avec une telle vigueur que le garçon dut avancer d'un pas pour ne pas tomber.

— Eh bien, bon courage, monsieur Gulliver, dit-il d'un ton jovial.

Trudy s'empressa de ranger tout son matériel dans sa sacoche et lui courut après, tandis que l'étudiant en théologie les suivait du regard, l'air défait et blanc comme un linge.

Après être sortie, elle cligna des yeux devant la lumière du soleil et poussa un profond soupir.

— Bon, eh bien c'était une perte de temps, marmonna-t-elle.

— Vous trouvez ? releva Clement.

En remarquant son ton, elle lui jeta un regard interrogateur.

Qu'avait-il vu, entendu ou déduit qu'elle ait raté ?

— Vous savez, je suis prêt à parier… oui, je suis prêt à parier une demi-couronne que ce garçon a été intimidé, affirma Clement. Quelqu'un l'a persuadé de ne rien dire.

Trudy trouvait que le docteur allait vite en besogne, mais elle garda sagement le silence, consciente qu'il ne serait pas plus précis.

Ils empruntèrent le chemin qui longeait le carré central, et dirent au revoir au concierge en sortant avant de se diriger vers la voiture du coroner. C'était une élégante Rover 75-110 P4, qu'il avait garée (en toute illégalité, remarqua Trudy avec une pointe de culpabilité) dans une allée perpendiculaire.

Gentleman jusqu'au bout, il lui ouvrit la porte côté passager puis la referma. Mais une fois derrière le volant, il s'installa confortablement sur son siège au lieu de démarrer le moteur, plongé dans le spectacle de la ville affairée.

— Vous savez, Trudy, je pense qu'il est temps que vous appreniez à infiltrer des groupes, déclara-t-il à sa grande surprise.

— Que voulez-vous dire ? demanda-t-elle, tout excitée.

— Eh bien, vous avez l'âge d'être étudiante. Sans votre uniforme, vous pourriez facilement passer pour telle. À partir de demain, je veux que vous vous habilliez en civil et que vous fréquentiez les repaires préférés des étudiants – la librairie-café de St Ebbes, pour commencer. Et le pub près de la rivière, vous voyez duquel je parle. Prenez des initiatives. Faites-vous des amis. Parlez de Derek et du Marquis Club. Découvrez ce que l'étudiant moyen qui ne fait pas partie du cercle intime de lord Littlejohn pense de tout cela. Mais ne soyez pas trop directe. Vous pensez en être capable ?

Trudy, qui se sentait à la fois angoissée et exaltée à l'idée de travailler sous couverture, se força à prendre l'air calme et sérieux.

— Bien sûr que oui, docteur Ryder.

Mais en son for intérieur, son cœur battait comme un oiseau pris dans un piège. Jouer les détectives sans être identifiée et restreinte par son uniforme, quelle liberté ! Secrètement, elle rêvait de devenir détective un jour. Elle serait la première femme à…

Mais la réalité la rattrapa, douchant son enthousiasme.

— Je ne suis pas sûre que le capitaine Jennings accepte, docteur Ryder, dit-elle d'un ton malheureux.

En fait, si elle avait bien cerné son supérieur (et hélas,

elle ne le connaissait que trop bien), il aurait peur qu'elle ait des ennuis en travaillant en civil. Il redouterait qu'elle fasse honte à la police et lui attire les foudres de ses supérieurs hiérarchiques.

— Ne vous inquiétez pas pour lui, il obéira, prédit Clement.

— Oui, monsieur, répondit Trudy, admirant sa confiance en lui.

Mais elle n'était pas certaine que le vieux coroner revêche parviendrait à imposer au capitaine quelque chose qui risquait de ternir sa réputation.

Satisfait de leurs progrès, le Dr Ryder la raccompagna au commissariat pour qu'elle puisse finir sa journée de travail, avant de retourner à son bureau pour avancer sur ses autres dossiers.

Trudy ne perdit pas de temps avant d'aller frapper à la porte de son supérieur hiérarchique pour lui faire un rapport sur leurs activités du jour. À sa grande surprise, après l'avoir écoutée calmement, Jennings accepta qu'elle délaisse – temporairement – son uniforme pour jouer les étudiantes.

En quittant son bureau, toute contente, elle conclut qu'il ne pensait pas que sa stagiaire pourrait s'attirer des ennuis en interrogeant quelques étudiants au sujet de théories farfelues élaborées par le coroner.

Ce qui prouvait à quel point le capitaine Jennings pouvait se montrer naïf !

5

Ce soir-là, en dînant avec ses parents dans la cuisine de leur maison subventionnée par la mairie, elle leur raconta son affaire en cours, tout excitée. À la radio, Anthony Newley chantait *Do You Mind ?*. Le poste n'était allumé que parce que son père ne voulait pas manquer la rediffusion de gags de Tony Hancock.

Elle fit bien attention à ne pas entrer dans les détails, consciente que la police ne devait pas partager des informations confidentielles avec des civils. Mais elle savait que son père et sa mère regrettaient son choix de carrière, et elle voulait leur montrer qu'elle réussissait dans son métier – quitte à enjoliver un peu les choses !

— Vous voyez, s'il m'autorise à travailler sous couverture, c'est que le capitaine Jennings commence enfin à me faire confiance, conclut-elle un peu hypocritement.

— Eh bien, je ne sais pas, ma petite Trudy, répondit sa mère, Barbara Loveday, d'un ton inquiet. Ces étudiants sont capables de tout. Et un garçon noyé, c'est pas joli joli.

En arpentant le sol en lino jaune et brun pour poser les assiettes sales dans l'évier, elle jeta un regard inquiet à son mari.

Frank Loveday avait été conducteur de bus toute sa vie. Il était fier de son fils, Martin, menuisier pour une entreprise de construction. À ses yeux, l'artisanat était bien plus valorisant que de travailler comme conducteur de bus. Et même si en apparence, il soutenait sa femme quand elle disait que Trudy ferait mieux de trouver un jeune homme bien et de se marier, en son for intérieur, il était encore plus fier de sa fille.

Il fallait du courage pour s'engager dans la police, et surtout à une petite jeune femme… Malgré tout, en bon père, il s'inquiétait pour elle.

Il plia son journal et la regarda. Elle rayonnait, les yeux brillants d'excitation et les joues roses de plaisir. Et il n'avait pas le cœur de la démoraliser.

Cependant, il avait l'estomac noué. Quand elle faisait sa ronde en uniforme, il la savait en sécurité. Les gens admiraient et respectaient la police, et il avait l'impression que son uniforme la protégeait.

Mais si elle se mettait à fureter en civil, en enquêtant sur une affaire louche…

— Qu'est-ce que tu es censée faire pour ce coroner, exactement, ma petite Trudy ? demanda-t-il d'un ton grave.

— Oh ! papa… Rien de dangereux ! Rien d'inconscient ! Je vais juste traîner dans des repaires d'étudiants et bavarder. Ce n'est pas comme si j'allais visiter des maisons closes.

Près de l'évier, sa mère poussa un gros soupir. Elle comptait des billets qu'elle plaçait dans une boîte à biscuits – ils lui serviraient à payer le loyer. L'argent des factures d'eau et d'électricité, qu'elle payait à la poste aussitôt les avoir reçues, occupaient respectivement une boîte censée contenir du gingembre et une vieille bonbonnière Bisto.

— Heureusement, on est en été et la facture d'électricité ne sera pas aussi salée cette fois-ci, marmonna-t-elle.

Trudy se sentit honteuse. Même si elle payait sa part, elle savait que ce n'était pas grand-chose et que c'était loin de suffire. Le problème, c'était que son salaire n'était pas très généreux. Mais elle pouvait toujours faire des sacrifices, non ? Par exemple, on n'avait pas besoin de collants en été.

— Maman, tu veux que je te donne un peu plus par mois ? demanda-t-elle en enlaçant la taille épaisse de sa mère. Je me débrouillerai…

— Hors de question, rétorqua Barbara Loveday. Brian est passé tout à l'heure, il voulait savoir si tu avais envie d'aller danser samedi soir. Il te faut une jolie robe neuve pour sortir, l'ancienne fait un peu vieillot. Économise et fais-toi plaisir.

Trudy, qui savait que sa mère considérait Brian Bayliss, un garçon qu'elle connaissait depuis la maternelle, comme un beau parti, réprima un soupir et se força à sourire.

— Oh ! j'imagine que je le croiserai, acquiesça-t-elle pour avoir la paix, en lâchant sa mère et en retournant s'asseoir.

Comme d'habitude, la table de cuisine était ornée d'un chemin de table en dentelle légué par sa tante Gertrude, celle à qui elle devait son nom. Au centre, un petit vase de poterie Poole (la fierté de sa mère, hérité de sa propre grand-mère maternelle) avec un bouquet d'œillets de poète. Son père les faisait pousser religieusement dans le jardin, puisque sa femme comme sa fille raffolaient du parfum des œillets.

— Aller danser, ça pourrait être sympa, dit-elle.

Il était plus facile de faire plaisir à sa mère que de lui expliquer une fois de plus qu'elle n'était pas pressée de se marier et de se transformer en poule pondeuse. Et Brian – un héros local en raison de ses prouesses au rugby – était un gentil garçon. Et un bon danseur !

— Fais attention à ne pas aller dans ces pubs d'étudiants le soir, hein, ma fille, lui dit son père d'un ton sévère.

Trudy lui lança un regard attendri. Comme s'il avait encore de l'autorité sur elle, pensa Trudy avec un petit serrement de cœur. Elle n'était plus sa petite fille. Si le capitaine Jennings ou le Dr Ryder lui demandait de s'y rendre en soirée, elle serait bien obligée d'obtempérer !

Mais Trudy Loveday n'avait pas atteint l'âge avancé de dix-neuf ans sans apprendre à rassurer ses parents.

— Oui, papa, répondit-elle docilement.

Elle se demandait ce qu'elle devait porter le lendemain. Mentalement, elle fit l'inventaire de sa garde-robe, plutôt réduite. Elle n'était pas sûre d'avoir une tenue qui conviendrait. Après tout, les étudiantes d'Oxford étaient toutes des bas-bleus issus de familles aisées, et leurs vêtements étaient bien sûr de la meilleure qualité. Elle était à peu près certaine que sa plus belle tenue, achetée au supermarché, ne conviendrait pas !

Elle aurait bien aimé avoir le courage de demander au Dr Ryder si elle pouvait s'acheter des vêtements plus chics, pour s'intégrer plus facilement à leurs groupes. Mais elle ne se voyait pas lui demander de l'argent pour un beau chapeau ! Et elle n'osait imaginer la tête que ferait le capitaine Jennings si elle faisait une note de frais pour une nouvelle tenue !

6

Reginald Porter (Reggie pour sa famille et ses rares amis) était nonchalamment adossé au mur entourant l'Ashmolean Museum, et contemplait paresseusement Beaumont Street. Par cette belle journée d'été, le quartier était envahi par les touristes et les locaux venus faire des courses. Un peu plus loin, quelques étudiants étaient assis sur les marches du musée mondialement connu, en train de fumer des cigarettes françaises et de débattre avec enthousiasme de quelque chose en rapport avec l'art oriental. Reginald poussa un reniflement méprisant et les ignora. Quelle importance, ce que pensaient ces intellos de fils à papa ?

Deux hommes d'affaires portant des costumes bleu marine rayés et des chapeaux melon assortis passèrent devant lui en parlant tennis.

— Je suis prêt à parier que la finale masculine se jouera entre Australiens cette année, dit l'un d'eux, son accent chic teinté d'amertume. Ces temps-ci, ils dominent tout le monde à Wimbledon.

— Vraiment ? Qui va remporter l'argent, alors, à votre avis ? Rod Laver ou Neale Fraser ? En fait, je m'en fiche un peu – personnellement, je préfère le cricket. Avez-vous suivi le deuxième match contre l'Afrique du Sud ? Une honte…

Ils le dépassèrent, emportant avec eux leur bavardage à propos de sports sans intérêt. Reggie, lui, ne quittait pas sa proie des yeux. Il l'avait suivi tout le long du Broad après l'avoir vu quitter son *college*. Enfin, se dit Reggie, débordant de haine, ce n'était pas difficile de le repérer, avec ses cheveux d'un blond ostentatoire, presque blanc, et sa façon de marcher comme si le monde lui appartenait.

Il traversait la rue près du Martyr's Memorial et allait, bien entendu, déjeuner à l'hôtel Randolph. Car où quelqu'un comme lord Jeremy Littlejohn pourrait-il bien aller manger un morceau si ce n'est là-bas, se dit Reggie Porter avec mépris.

Il suivait l'aristocrate, plus ou moins régulièrement (en fonction de ses horaires de travail), depuis plus d'un mois. Il commençait donc à bien connaître l'homme et ses habitudes. Reggie n'ignorait désormais rien des petits restaurants chics de Sa Seigneurie.

Il soupira quand la tête blonde disparut dans l'hôtel. Comme d'habitude, il était habillé en blanc – aujourd'hui, il avait enfilé une chemise immaculée et une veste d'été en lin blanc par-dessus un pantalon en flanelle gris pâle.

Il n'avait pas fallu longtemps à Reggie pour remarquer que sa proie avait un faible pour cette couleur, et à nouveau, il sentit l'amertume le gagner. Quel poseur – efféminé, en plus ! Et quelle honte que lord Jeremy Littlejohn s'habille en blanc, la couleur de l'innocence ! Il ne comprenait vraiment pas ce que Rebecca, sa petite sœur, lui avait trouvé.

En pensant à Becky, Reggie sentit son cœur se serrer. Où était-elle ? Que lui était-il arrivé ? S'était-elle vraiment enfuie à Londres, comme tout le monde le disait ? Il fallait qu'il en ait le cœur net. Ne pas le savoir le torturait.

Il se souvenait du jour où ses parents l'avaient ramenée à la maison, alors qu'il avait à peine sept ans. Au début, il en avait voulu à cette petite chose qui bouleversait sa vie et menaçait de voler l'amour de ses parents, dont il avait auparavant l'exclusivité.

Mais elle l'avait vite fasciné – quand elle n'était qu'un nourrisson braillard, puis une toute petite fille potelée qui faisait ses premiers pas. Enfant, elle était tout simplement adorable, avec une crinière de cheveux bouclés, blonds aux reflets cuivrés, et un visage de lutin. Précoce, drôle et un peu sauvage, elle l'avait naturellement vite conquis, lui et tous ceux qu'elle rencontrait.

Dès dix ans, elle avait commencé à chanter et à danser, à mettre du maquillage et à déclarer vouloir devenir une « star ». Étrangement, ses rêves de gloire et son ingénuité avaient poussé sa famille à la gâter d'autant plus. Bien sûr, sous ce vernis de sophistication, se cachait toujours un petit être innocent.

Il grimaça en pensant à elle, seule et sans défense quelque part dans ce monde cruel, sans sa famille pour la protéger. Une femme qui passait avec un sac de courses lui jeta un coup d'œil étonné et s'empressa de le dépasser.

Il masqua rapidement son trouble, chassant toute expression de son visage. Il savait qu'avec ses cheveux roux flamboyants et son visage couvert de taches de rousseur, il n'était pas très discret, alors autant éviter d'attirer l'attention. Après tout, la dernière chose dont il avait envie, surtout maintenant, c'était qu'on commence à le remarquer.

Il sortit discrètement son carnet, nota l'heure et transcrit les mouvements de Littlejohn ce matin-là. Il était heureux de décortiquer toute la vie de ce type. Il étudiait ses habitudes et ses points faibles. Ses secrets les plus inavouables.

Il était tellement plus facile de le tourmenter dans ces conditions.

Et il n'arrêterait pas tant qu'il n'aurait pas tiré au clair ce qui était arrivé à Becky – parce qu'il était sûr que ce salaud d'aristocrate savait quelque chose.

Il soupira et s'étira. Bientôt, il devrait abandonner sa

filature et retourner travailler. Il était actuellement sous-directeur d'un magasin de vélos sur High Street, mais il espérait bien être bientôt promu directeur. Le vieux Huddlestone devait prendre sa retraite l'hiver suivant, et il était sûr de décrocher son poste. Malgré tout, il ne pouvait pas se permettre de manquer à ses obligations, et combiner sa guerre d'usure contre lord Jeremy Littlejohn et son travail lui donnait le tournis.

Pour autant qu'il pouvait en juger, la série de lettres anonymes acerbes et de plus en plus menaçantes qu'il avait envoyées à l'aristocrate ne semblait pas avoir d'effet sur l'affreux petit dilettante. Il continuait à faire la fête sans retenue et à paresser comme si le monde lui appartenait. Ce qui était probablement le cas, se dit Reggie en le maudissant.

Mais Reggie comptait bien faire monter la pression. On verrait combien de temps Sa Seigneurie continuerait à fanfaronner et ne faire semblant de rien.

Il eut un sourire cruel en se souvenant des événements de la semaine précédente.

La mort de son ami lui avait fait un choc, il en était sûr. Oh ! oui – le tragique destin de ce pervers de Derek Chadworth qui passait son temps à jouer les lèche-bottes devait l'empêcher de dormir la nuit !

Ses cheveux roux si caractéristiques dissimulés sous un chapeau, Reggie avait réussi à assister à l'audience du coroner. Il avait bien vu que lord Jeremy était nerveux dans le box des témoins, même s'il avait témoigné avec son habituel laconisme, ce qui avait eu le don d'exaspérer Reggie.

Mais sous cette façade, il était comme un chat sur le toit d'une maison en feu. À se demander comment l'affaire se terminerait…

Ç'avait été très satisfaisant à observer, se dit Reggie Porter avec un sourire de prédateur. À présent, il n'avait plus qu'à trouver une petite faille dans l'armure étincelante de Sa Seigneurie avant de l'exploiter.

Il allait trouver sa petite sœur, ou découvrir ce qui lui était arrivé, et rien ni personne ne l'en empêcherait. Il était prêt à tout.

Ses grandes mains couvertes de taches de rousseur tremblaient tandis qu'il rangeait son carnet, et avec un dernier coup d'œil méprisant à la belle façade de l'hôtel, il s'éloigna à grands pas en direction de High Street.

7

Maria DeMarco se tordit nerveusement les mains tout en contemplant le vieil homme inquiétant qui lui faisait face.

Elle était entrée dans le salon de thé Bluebell pour retrouver son amie Lucy pour un déjeuner d'adieu, mais comme d'habitude, la jeune fille capricieuse était en retard. Elle s'apprêtait à rembarrer l'homme qui s'était assis à sa table en marmonnant « j'espère que cela ne vous dérange pas que je me joigne à vous quelques minutes », en rétorquant que si, cela la dérangeait – beaucoup – quand elle l'avait reconnu.

— Mademoiselle DeMarco, n'est-ce pas ? lui demanda le Dr Clement Ryder avec un sourire jovial en s'installant confortablement dans son siège Windsor. Il m'a semblé vous reconnaître. Puis-je reposer ma vieille carcasse ici quelques minutes ?

Bien sûr, ce n'était pas une coïncidence s'il l'avait croisée ici. Il était allé à son *college* pour l'interroger, mais en chemin, il l'avait vue marcher sur le trottoir et l'avait suivie jusqu'au petit café.

Il poussa un profond soupir.

— Cette chaleur ne me plaît pas. Mais j'imagine que vous êtes habituée à des températures bien plus élevées, en Italie ?

Maria, qu'on avait élevée dans le respect de ses aînés, eut un sourire nerveux en priant pour que son amie arrive, lui offrant une excuse pour se débarrasser poliment de lui.

— Oui, je suppose que vous avez raison, murmura-t-elle d'un ton dégagé.

— Je me demandais simplement si vous aviez eu des nouvelles idées à propos de la mort de ce pauvre jeune homme, demanda-t-il fermement, au grand désarroi de l'étudiante qui cherchait un sujet de conversation anodin.

— Moi ? Non… Enfin, si, naturellement, j'y ai repensé, se corrigea-t-elle hâtivement, désarçonnée. C'était une telle tragédie.

— Oui. C'est aussi l'avis de ses parents, rétorqua Clement, d'un ton culpabilisant.

Douchée par cette réplique brutale, Maria acquiesça, malheureuse.

— Oui – ses pauvres parents ! Oh ! comme je regrette d'avoir été à cet horrible pique-nique, répliqua-t-elle brusquement.

C'était probablement la première fois que la jeune fille faisait preuve d'honnêteté, se dit Clement, cynique.

— Oui. La vie n'est pas toujours rose, j'en ai peur, acquiesça-t-il avec douceur.

Maria rougit.

— Maintenant, vous vous moquez de moi, je crois.

— Toutes mes excuses, mademoiselle DeMarco. Permettez-moi d'être franc. Je ne suis pas satisfait des témoignages livrés devant mon tribunal concernant la mort de Derek Chadworth. Pas satisfait du tout.

Maria prit une grande inspiration, cherchant des yeux une échappatoire. Mais les serveuses, en uniforme noir et blanc, étaient occupées à servir le déjeuner, et personne ne leur prêtait attention. Près de la fenêtre de l'autre côté de la pièce, deux jeunes hommes fumaient et bavardaient, et l'un d'eux lui faisait de l'œil, mais il ne semblait pas assez intéressé pour interrompre son tête-à-tête avec un homme âgé.

Elle maudit silencieusement Lucy d'arriver toujours en retard et tenta d'éviter le regard perçant du coroner.

— Oh ? marmonna-t-elle, gênée.

— Oui. Vous comprenez, je crois qu'on m'a menti. Et cela a tendance à m'énerver.

Maria cilla. C'était intolérable ! Qu'elle se retrouve dans une telle posture…

— J'espère que vous ne pensez pas que je vous ai menti, Dottore ? répliqua-t-elle en le regardant droit dans les yeux.

— Non, répondit-il, à sa grande surprise. Je ne pense pas qu'une bonne catholique puisse mentir après avoir juré sur la Sainte Bible, compromettant la pureté de son âme.

Il lui adressa un sourire aimable. Sa remarque lui donnait mauvaise conscience, et elle sentit les larmes lui monter aux yeux. Elle s'empressa de les ravaler. Il était hors de question qu'elle perde le contrôle d'elle-même – et de la situation.

— Vous avez tout à fait raison, répondit-elle honnêtement. Je n'ai pas menti sous serment.

Le Dr Ryder soupira.

— Mais peut-être que vous n'avez pas dit toute la vérité ? insista-t-il.

Maria rougit.

— J'ai dit que je n'avais pas vu ce pauvre garçon le jour du pique-nique, et c'est vrai.

— Hmm. C'est ce que vous avez dit, comme les autres. Mais seriez-vous étonnée d'apprendre que certains de vos camarades de classe disent maintenant l'avoir peut-être aperçu ?

Le Dr Ryder ne mentait pas. Après Lionel Gulliver, il avait parlé à trois autres étudiants, qui n'avaient pas témoigné au tribunal mais qui avaient participé à la fête, et tous les trois lui avaient servi la même rengaine : Derek était peut-être là, mais personnellement, ils ne pouvaient pas en jurer.

Il vit immédiatement que la nouvelle surprit Maria.

Clement comprit que la personne qui avait dû demander à tous les étudiants d'arrêter de dire que Derek n'était *pas* présent ce jour-là, n'avait pas transmis le message à Maria.

Il se pencha en avant sur la table, plantant les coudes sur la nappe en posant le menton les mains. Il la regarda droit dans les yeux, par-dessus la vaisselle et le petit vase de marguerites qui trônait au milieu de la nappe à carreaux bleus et blancs.

— Qui tire les ficelles, Maria ? demanda-t-il avec douceur. Lord Littlejohn ?

Elle sursauta.

— Eh bien, c'est le meneur évident, non ? Le chef de votre petit gang. Le grand manitou du Marquis Club ?

— Ah, ça ! répondit-elle avec une moue méprisante. Un petit club stupide fréquenté par des petits aristocrates stupides qui n'ont aucun respect pour les femmes et se prennent pour des rebelles ! Pff ! Qu'est-ce que j'en ai à faire ? cracha-t-elle avec une arrogance et une théâtralité toutes italiennes. Je n'étais là que parce qu'un garçon qui me plaisait m'avait invitée.

— Et il vous plaît toujours ? s'enquit Clement, amusé par son tempérament passionné malgré le sérieux de la situation.

— Non, rétorqua-t-elle. Comme je vous l'ai dit, je regrette d'avoir participé à ce pique-nique.

— Très bien… Y a-t-il quelque chose que vous voulez me dire, Maria ? Maintenant que nous ne sommes plus au tribunal, à l'abri des oreilles indiscrètes.

La jeune femme hésita visiblement.

— Puisque vous rentrez bientôt à la maison, de toute

façon. En Italie, loin de toutes ces manigances. Ce que vous me confierez restera entre nous, je vous assure.

— C'est vrai. J'ai hâte de partir, déclara-t-elle en contemplant la ville à travers la fenêtre.

De l'autre côté des rideaux en vichy, la ville d'Oxford était particulièrement charmante ce jour-là, avec la pierre dorée des Cotswold qui étincelait malgré la saleté, les murs couverts de lierre aux contours brouillés par la brume d'été, et tous les clochers qui sonnaient un peu au hasard.

— Oh ! ça paraissait agréable au début, cet endroit, mais derrière…

Maria soupira, puis elle se redressa et jeta un regard solennel au coroner.

— Je crois, Dottore, que vous devriez faire attention. Oxford est un endroit très… élitiste. Et vous n'avez pas, à mon avis, assez de pouvoir pour… comment dire… faire des vagues là où il ne faut pas ?

Abasourdi, Clement Ryder se demanda une demi-seconde si la jeune dame avait le culot de le menacer. Mais en croisant son regard inquiet, il comprit qu'elle essayait de le mettre en garde.

Il réprima un fou rire et acquiesça, solennel.

— Je ne suis pas dépourvu de pouvoir ni d'influence, mademoiselle DeMarco, répondit-il calmement.

Et c'était un euphémisme.

Pendant un instant, Maria y réfléchit. Elle savait que son désarroi était visible. Le problème, c'était que même au bout de trois ans, elle n'était pas complètement chez elle ici. Et bien qu'elle sût certaines choses, elle en ignorait bien d'autres. Comme ses condisciples, elle était consciente de devoir garder le silence sur cet affreux après-midi près de la rivière.

Elle ne comprenait pas assez les rapports de pouvoir de la ville pour savoir qui avait vraiment de l'influence.

Bien sûr, elle avait entendu parler du Marquis Club et savait que les membres de cette petite clique étaient issus de familles puissantes. Les fils de ducs seraient toujours protégés et dorlotés. C'était ainsi – en Angleterre comme en Italie, Maria en avait conscience.

Ce coroner avait-il raison d'avoir autant confiance en lui ? Oui, elle avait entendu dire qu'il avait des amis puissants à des postes importants. Mais étaient-ils assez influents ?

En croisant son regard calme et persuasif, elle sentit sa résolution vaciller. Après tout, comme il le disait, la semaine suivante, elle serait rentrée en Italie, et elle pourrait laisser cette partie de sa vie derrière elle. Sa famille aurait les moyens de la protéger là-bas.

— Mademoiselle DeMarco, un garçon est mort, attaqua Clement, en la tirant de sa rêverie. Si vous pouvez m'aider, d'une façon ou d'une autre, ne croyez-vous pas que vous devriez ?

Maria rougit. Oui, oui, mais il fallait se protéger. Et cafarder la mettait mal à l'aise.

Elle soupira. Peut-être ne risquait-elle rien à lui donner un indice ou deux ? Après tout, il avait promis que rien de ce qu'elle lui dirait ne serait répété.

— Je ne sais rien sur la mort de ce garçon, dit-elle en le regardant droit dans les yeux. Vous me croyez ?

— Oui, je crois bien que oui.

— Très bien, répondit-elle, satisfaite. Je ne peux rien vous dire de plus sur les événements de cet après-midi-là… mais je peux vous dire autre chose. Le garçon qui s'est noyé ? Je ne crois pas que c'était un type bien.

Clement cilla. Il ne s'était pas du tout attendu à une confidence pareille. Il déplia lentement les bras et se renversa en arrière pour lui laisser plus de place.

— Pourquoi dites-vous cela ? demanda-t-il d'une voix égale.

Il ne voulait surtout pas lui faire peur, juste au moment où elle se confiait à lui. Mais il avait besoin de davantage d'informations.

— Je croyais vous avoir entendue dire que vous ne le connaissiez pas ?

— En effet, rétorqua Maria. Mais j'ai entendu certaines rumeurs… Pas grand-chose. Rien de spécifique. Juste des on-dit, vous comprenez. J'ai surpris quelques conversations à son sujet. Personne ne disait du mal de lui ouvertement. Mais j'ai senti, à leur ton, aux regards entendus qu'ils échangeaient quand son nom était évoqué, que ce garçon avait quelque chose de louche. Et c'est tout ce que je peux vous dire, conclut-elle fermement.

Puis son visage s'illumina, et le coroner vit qu'une grande brune se dirigeait vers eux.

— Oh ! Maria, je suis désolée d'être aussi en retard…

Elle s'interrompit, s'attendant de toute évidence à ce qu'on lui présente l'interlocuteur de son amie.

Mais la jeune Italienne se levait déjà et répondit d'un ton sans appel :

— Ne t'en fais pas, Lucy. Le monsieur était justement en train de partir.

Le Dr Ryder lui fit un petit sourire sardonique, murmura un adieu, et ressortit dans la rue illuminée par le soleil de l'après-midi, l'air pensif.

8

Trudy commanda un *welsh rarebit* et une tasse de thé au comptoir, en espérant qu'elle parvenait à dissimuler sa nervosité. Pour un observateur extérieur, elle n'avait aucune raison de s'inquiéter.

Elle était dans une cafétéria au sous-sol d'une librairie juste en face de la gare, un endroit chaleureux et abordable qui regorgeait d'étudiants sans le sou (d'après eux), plus quelques vendeurs du coin, attirés par le menu déjeuner au prix attractif.

La majorité des clients fumait, rendant l'atmosphère du petit réfectoire sans fenêtre suffocante.

Trudy avait du mal à respirer. Elle n'avait jamais aimé l'odeur du tabac, et les quelques fois où elle avait essayé d'en fumer, elle avait tellement toussé qu'elle en avait eu la nausée. Du coup, même si tous ses amis fumaient, elle était l'une des rares femmes du café à ne pas avoir une cigarette aux lèvres.

Elle avait réussi à entamer une conversation avec trois autres filles qui faisaient la queue au comptoir, après les avoir entendues parler d'une dissertation sur laquelle elles travaillaient toutes, ce qui avait confirmé qu'elles étaient bien étudiantes. Elle les suivit avec son plateau, pleine d'espoir, tandis qu'elles se dirigeaient vers l'une des rares tables libres. Comme elle l'avait espéré, l'une des filles croisa son regard et lui proposa de s'asseoir avec elles.

— Merci, dit Trudy en s'asseyant. Je déteste manger seule, pas vous ?

L'une des filles, une grande brune aux yeux bleus coiffée d'un élégant chignon, poussa un soupir théâtral.

— Moi aussi ! On se sent tellement vulnérable, pas vrai ? Je m'appelle Mavis Whitchurch, au fait, et voici Mary-Beth.

Elle désigna une fille très en surpoids aux cheveux courts presque noirs.

— Et Christine, conclut-elle.

Le dernière membre du groupe était une grande amazone blonde qui avait l'air suffisamment musclée pour faire un massacre sur un terrain de hockey.

— Enchantée. Je m'appelle Trudy, répondit-elle.

Elle se mordit la langue. Elle était censée être en mission d'infiltration, non ? Aurait-elle dû donner un faux nom ? Ou était-ce inutile ? Elle se sentit un peu submergée et regretta de ne pas avoir eu le bon sens de demander au Dr Ryder ou au capitaine Jennings ce qu'elle était censée faire exactement – ou ne pas faire – pendant qu'elle récoltait des rumeurs.

Puis elle se morigéna : quelle poule mouillée ! Après tout, elle allait simplement parler à des gens !

— Je regrette d'avoir pris la *shepherd's pie* plutôt que le *rarebit*, se plaignit Mary-Beth en picorant d'un air abattu dans son assiette composée de viande hachée trop cuite et de purée de pommes de terre.

— Oh ! tu regrettes toujours de ne pas avoir commandé autre chose, rétorqua Christine l'amazone. Dites-moi, vous avez fini la dissertation pour le vieux Pinkers ou pas ? Et si oui, je peux copier ?

— Pas sur moi, répliqua Mavis. Tu es trop flemmarde, Chris. Fais tes devoirs.

— Merci, c'est gentil ! Tu sais comment est Pinkers quand on est en retard.

— Mes profs sont pareils, intervint Trudy.

Elle sentait qu'il était temps de mettre à l'épreuve sa (fausse) identité, quitte à mettre les pieds dans le plat, ou elle n'arriverait jamais à orienter la conversation dans la direction qui lui convenait.

— À mon avis, ils sont obsédés par les horaires. Comme si on était tous des robots qui pondent des dissertations à la demande. J'avoue, ajouta-t-elle en commençant à s'amuser, que moi, je suis incapable de bien travailler si je ne suis pas d'humeur.

— Pareil, intervint Christine d'un ton triomphal en jetant un regard noir à son amie.

— Oui, enfin, il faut bien le faire, non ? marmonna Mavis.

— Malheureusement, répondit Trudy d'un ton morose. Enfin, je trouve qu'ils pourraient prendre en compte les circonstances atténuantes. Par exemple, ces pauvres étudiants qui étaient à cet horrible pique-nique où ce garçon s'est noyé ! À mon avis, aucun d'eux n'a réussi à bachoter comme si de rien n'était !

Elle mordit dans son toast couvert de fromage, espérant qu'elle n'avait pas été trop lourde, et jeta un coup d'œil discret aux trois filles pour voir comment sa remarque avait été reçue.

Quand elle était entrée dans le café, elle s'était sentie très nerveuse. Non seulement elle n'était pas convaincue de jouer les bas-bleus de façon convaincante, mais elle n'était pas sûre de bien savoir mentir. À présent, avec un mélange de honte et d'allégresse, elle se rendait compte qu'elle ne s'en sortait pas mal du tout !

— Oh mon Dieu, non ! Ils n'ont pas pu, c'est sûr, répondit Mary-Beth d'un ton morose en engloutissant une énorme bouchée. Rien que d'y penser, ça me fait frissonner, ajouta-t-elle après avoir dégluti bruyamment.

— Et en plus, j'ai l'impression que personne ne sait

exactement ce qui s'est passé, reprit Trudy en se penchant en avant et en baissant d'un ton.

Elle avait appris quand elle était elle-même à l'école que donner l'impression qu'on conspirait déliait les langues.

— D'après ce que j'ai lu dans les journaux, personne ne sait ce qui s'est passé…, conclut-elle dans un murmure.

— Bah, ce n'est pas étonnant, répondit Mavis d'un ton brusque. C'était l'une des fêtes du Chevalier Blanc, donc ils devaient tous être soûls comme des cochons.

— Le Chevalier Blanc ? intervint Trudy.

— Oui. Tu sais – lord Littlejohn, expliqua Mary-Beth en lui jetant un coup d'œil étonné.

— Ah oui, c'est vrai, s'empressa de répondre Trudy, en espérant qu'elle ne rougissait pas.

En réalité, son cœur battait comme un tambour : il était si facile de se trahir ! Si elle avait vraiment été l'une d'elles, elle aurait reconnu le surnom. Pour tenter de sauver la face, elle haussa les épaules et fit un sourire penaud.

— Je dois avouer que je ne fréquente pas ce genre de cercles. Et j'ai le nez dans les bouquins depuis mon arrivée. Je ne suis pas sûre d'être au niveau, pour être honnête.

Elle retint son souffle, espérant que sa candeur apparente les radoucirait, et Christine vola à son secours.

— Moi non plus, confia-t-elle d'un ton lugubre.

Puis elle fit un grand sourire.

— Je n'ai même jamais été invitée à l'une des petites sauteries du Chevalier Blanc, de toute façon. Je ne corresponds pas à leur image du beau sexe.

— Non, acquiesça Mavis avec un sourire. Les hommes du Marquis Club aiment les femmes délicates et sottes. Ça laisse Christine. Enfin, elle correspond à un critère, au moins.

Christine picora dans sa salade au poulet et regarda son amie.

— Tu veux dire que je ne suis pas délicate ?

Les trois filles éclatèrent de rire, et Trudy les imita avec une seconde de retard.

— Aucun d'eux ne m'accorderait un regard, sauf pour me dire une vacherie, commenta Mary-Beth d'un ton neutre.

— Et je ne me fais aucune illusion sur eux, ajouta Mavis, l'air sombre. Donc je ne les intéresse pas non plus.

— On dirait qu'aucune de nous n'est assez bien pour Sa Seigneurie, alors, dit gaiement Trudy. Et c'est tant mieux, si vous voulez mon avis. J'en ferais encore des cauchemars si j'avais été là ce jour-là. Rien que d'y penser… ce pauvre garçon qui s'est noyé… Brrr !

Elle frissonna, en espérant qu'elle n'en faisait pas trop, et reprit :

— J'imagine qu'il a dû se cogner la tête et dériver sans que personne s'en aperçoive.

— À mon avis, ils étaient tous trop occupés à nager vers la rive, commenta Mavis. Ils sont du genre à vouloir sauver leur peau et tant pis pour les autres.

— Malgré tout… soupira Trudy. S'ils étaient vraiment amis, quelqu'un aurait remarqué qu'il n'était pas là.

En voyant les trois filles échanger des regards entendus, elle retint son souffle.

— Oui, j'imagine, répondit Mavis, l'air pas convaincue.

— Vous savez, je n'ai jamais compris ce que Chadworth faisait dans la bande du Chevalier Blanc, intervint soudain Mary-Beth. Le vieux Bodger m'a dit qu'il était juste le fils d'un avocat du Lancashire ou quelque chose de ce genre. Pas un seul titre de noblesse dans sa famille – même en remontant très loin.

— Oui, j'ai entendu la même chose, appuya Christine.

Elle finit son sandwich et en entama un deuxième. Mesurant près de 1 m 80, la jeune fille tout en muscles devait avoir besoin de bien se nourrir.

— Peut-être qu'il n'était pas invité au pique-nique, alors, suggéra Trudy, jouant l'avocat du diable. Peut-être qu'il s'est incrusté. Si ça se trouve, il ne connaissait même pas lord… le Chevalier Blanc.

— Si si, il le connaissait, la corrigea Mavis. Je les ai déjà vus ensemble. Ils faisaient la tournée des boîtes de nuit, tout ça. Ils avaient l'air assez proches.

— Oui, moi aussi je les ai vus traîner ensemble, renchérit Mary-Beth. Au pub près de la source de la rivière, et dans le nouveau bar près de Pitt Rivers. En fait, je crois qu'ils se faisaient tous les deux mettre à la porte un soir, alors que je passais à vélo.

— Humph ! Si vous voulez mon avis, ils n'ont créé le Marquis Club que pour faire la fête, draguer toutes les filles de la ville et mettre la pagaille, commenta Christine.

— Je me demande si on l'a invité au pique-nique pour qu'il prenne des photos, dit Mary-Beth.

Trudy dressa l'oreille.

— Vous savez, c'était leur photographe semi-officiel.

— Ah bon, il aimait la photo, alors ? demanda Trudy. Je ne savais pas.

— Oh oui, je l'ai vu très souvent en ville avec son appareil-photo, dit Christine. Il prenait tout, les bâtiments, les papillons, les gens. Il faisait des photos d'art.

Repoussant son assiette vide, elle lorgna sur le morceau de *welsh rarebit* que Trudy avait laissé.

Trudy comprit le message et poussa son assiette vers le centre de la table.

— Je n'ai plus faim. Quelqu'un en veut ?

Mais avant que l'amazone puisse l'atteindre, Mary-Beth se jeta dessus et le lui chipa, et les deux autres filles commencèrent à se moquer gentiment d'elle, si bien que Trudy n'osa pas les interrompre. Elle débutait peut-être, mais elle se rendait bien compte qu'essayer de reparler du pique-nique serait maladroit.

Elle discuta donc gaiement avec les trois filles. Elle avait déjà appris beaucoup de choses et était satisfaite de sa première mission d'infiltration.

Vingt minutes plus tard, elle quitta le café et se dirigea vers le bureau du coroner, qui n'était pas loin. Sa secrétaire l'informa que le docteur n'était pas encore rentré de sa pause déjeuner, si bien qu'elle s'assit dans la salle d'attente pour écrire son compte rendu. Et pour réfléchir.

Quand Clement Ryder rentra, dix minutes plus tard, après avoir lui aussi interrogé un témoin au Bluebell Tea Room, elle avait plusieurs questions à lui poser.

Après s'être installés dans son bureau, ils échangèrent leurs informations, puis Trudy déclara :

— Vous savez, docteur Ryder, j'ai réfléchi.

— Un passe-temps judicieux, mademoiselle Loveday, répondit-il, le regard rieur.

Trudy lui sourit. Elle était vêtue d'une jupe bleu marine et d'une chemise blanche, avec des chaussures noires fraîchement cirées. C'était la meilleure tenue « d'infiltration » qu'elle ait trouvée dans sa maigre garde-robe, mais ça lui faisait bizarre d'être dans le bureau du coroner sans son lourd uniforme.

— C'est la troisième barque, répondit-elle d'un ton sérieux. Il me semble que si la mort de Derek n'est pas accidentelle, alors quelque chose a dû se produire au moment de la collision. Non ?

— Détaillez, l'encouragea Clement.

— Eh bien, il n'y a que trois possibilités. Soit Derek s'est noyé accidentellement, soit on l'a assassiné, soit il s'est suicidé.

— Continuez.

— Pour l'instant, il n'y a rien qui suggère un suicide. Ses parents, ses professeurs et ses amis ont tous témoigné qu'il se comportait normalement. Et il n'a pas laissé de mot d'adieu dans sa chambre à l'université. Je propose donc qu'on laisse cette hypothèse de côté pour l'instant.

— Très bien, acquiesça le coroner.

— Et je crois que nous sommes toujours d'accord pour dire qu'un accident semble être l'option la plus probable. Et si les étudiants n'ont pas voulu admettre qu'il faisait partie de leur groupe, c'était peut-être juste pour ne pas être mis en cause. Au cas où on les aurait accusés de non-assistance à personne en danger, par exemple. Ou… eh bien… pour une autre raison.

— Moui…

— En tout cas, laissons ça de côté pour l'instant, s'empressa de poursuivre Trudy, avant qu'il ne lui indique les failles de son raisonnement (elle savait d'expérience qu'il excellait à ce petit jeu !) Concentrons-nous sur la troisième possibilité. Le meurtre.

Elle frissonna d'excitation en prononçant ce mot.

— Très bien, allons-y, acquiesça Clement en retenant un sourire.

— D'accord. Eh bien, si quelqu'un a voulu tuer Derek, il me semble qu'il a dû organiser la collision afin de noyer Derek dans la cohue, ou alors, il a simplement profité de l'occasion pour le tuer.

— Ça me semble logique.

— Mais dans ce cas, nous devrions nous concentrer sur la troisième barque – et les étudiants qui l'occupaient !

Clement répugnait à jouer les rabat-joie alors qu'elle avait l'air si contente d'elle-même, mais il n'avait pas le choix.

— Oui, c'est aussi ce que j'ai pensé au départ, répondit-il en faisant comme s'il ne la voyait pas se décomposer. Donc, avant d'aller demander de l'aide à votre capitaine, j'ai parlé à tous les étudiants de la troisième barque et j'en ai déduit qu'aucun ne trempait là-dedans. Pour commencer, aucun d'eux ne connaissait Derek ni lord

Littlejohn, pas plus qu'ils ne faisaient partie du Marquis Club. Par ailleurs, ils étaient tous élèves ingénieurs et se connaissaient bien. Et le garçon qui ramait m'a expliqué le déroulé exact de l'accident, et m'a convaincu qu'il disait la vérité. Il a atteint le coude de la rivière et il a vu les deux autres barques qui bloquaient le passage. Il n'a pas eu le temps de les éviter.

— Oh ! répondit Trudy, un peu déçue. Et j'imagine que ni lui, ni un autre ingénieur n'a remarqué que Derek était en difficulté ?

— Non – aucun d'eux n'a vu quelqu'un peiner dans l'eau. Et ceux qui ne nageaient pas très bien étaient tous pris en charge par leurs amis.

— Eh bien, ça veut dire que la collision elle-même était certainement accidentelle, conclut Trudy. S'il y a eu meurtre, un invité au pique-nique a profité de l'accident pour se débarrasser de Derek en faisant passer cela pour une noyade accidentelle.

— Peut-être, répondit le coroner d'un ton neutre, amusé de constater que sa circonspection agaçait Trudy. Mais c'est justement ce que nous essayons de tirer au clair, n'est-ce pas ? ajouta-t-il en lui souriant.

9

Cet après-midi-là, Jimmy Roper tondit consciencieusement la pelouse derrière chez lui avant de s'installer sur une chaise longue sous le cerisier en fleurs, le journal local à la main. Tyke se roula en boule à l'ombre sous la chaise longue usée et se mit à ronfler.

Avec un soupir de satisfaction, le laitier à la retraite commença par les pages sport, en se disant qu'il se prendrait peut-être une bouteille de Bass fraîche, une fois que sa femme aurait pris le bus pour aller faire ses courses en ville.

Cette agréable perspective en tête, il se mit à feuilleter distraitement le journal en noir et blanc, et fut soudain frappé par le nom de l'étudiant qui s'était noyé une semaine auparavant.

Comme le reste des villageois, sa femme ne parlait que de cela depuis quelques jours, et depuis qu'elle avait appris que son mari se promenait près de la rivière peu avant l'accident, elle était devenue une source d'informations fiable aux yeux des voisins. Mais même si sa femme était très satisfaite de la situation, Jimmy n'aimait pas trop repenser à l'incident.

Il avait vu suffisamment de morts à la guerre – tous ces jeunes gens… Il n'avait pas envie de penser à cette jeune vie soufflée, tout près de chez lui.

Il lut en diagonale l'article, s'arrêtant sur une petite colonne. C'était un appel à témoins du coroner de la ville, un certain Dr Clement Ryder. Il demandait à toutes les personnes présentes dans les environs ce jour-là et qui n'avaient pas encore témoigné devant son tribunal de le contacter.

Jimmy fronça les sourcils et poursuivit sa lecture, à contrecœur. Le coroner demandait à tous les témoins de se manifester, même s'ils pensaient n'avoir rien d'important à signaler. Il voulait se représenter l'activité autour de la rivière le jour du meurtre, et toutes les informations transmises seraient confidentielles.

Jimmy soupira. Il n'avait rien d'utile à dire, si ? Comme la plupart des gens, son premier instinct était d'éviter comme la peste tout ce qui lui était inconnu ou qui sortait de l'ordinaire. Si la guerre lui avait appris quelque chose, c'était bien de ne jamais se porter volontaire ! Se retrouver mêlé à une histoire sordide quand on n'y était pas obligé était contraire à l'esprit britannique.

Mais comme la plupart des gens honnêtes qui travaillent dur, Jimmy respectait l'institution judiciaire, et avait été élevé depuis sa petite enfance dans le respect des règles et des valeurs morales. Pas question de fuir son devoir civique.

Il soupira et caressa distraitement Tyke derrière ses oreilles noir et blanc.

— Alors, mon vieux, un conseil ? J'écris à ce coroner ou pas ?

Son chien s'étira, bâilla et se rendormit.

Mais Jimmy Roper n'était pas le seul à avoir lu l'appel à témoins dans le journal. Deux autres personnes l'avaient parcouru, avec des réactions similaires.

L'une d'eux était une certaine Mme Enid Clowes, une dame de soixante-huit ans qui vivait dans un petit bungalow à l'autre bout de Wolvercote. Elle se sentit à la fois alarmée et excitée. Il n'arrivait jamais grand-chose à Enid, qui menait une vie extrêmement réglée. Et même si sa routine lui apportait un sentiment de sécurité, elle se sentait parfois un peu étouffée et s'ennuyait.

Tout ce qui sortait de l'ordinaire était donc à la fois stimulant et très inquiétant.

Elle était sortie ce jour-là et, comme le reste du village, avait été choquée par cette affreuse tragédie – et un peu émoustillée (même si elle ne se le serait jamais avoué elle-même, sans parler de quelqu'un d'autre).

Mais elle ne voyait pas comment ce qu'elle avait aperçu ou entendu pouvait intéresser un homme aussi important que le coroner.

Enid Clowes, qui avait perdu son mari à la guerre, était l'une de ces vieilles dames hésitantes, pouvant être troublée par un rien, qui rendaient la plupart des gens impatients au bout de cinq minutes. De plus, tout comme Jimmy Roper, elle ne voulait pas se retrouver mêlée à une affaire « douteuse ». Que diraient ses voisins ?

Bien sûr, elle se retrouverait au centre de l'attention si elle mentionnait... Mais non. Il ne valait mieux pas. Comme le disait toujours sa vieille mère, « on n'est jamais trop prudent ».

D'un autre côté... l'article disait qu'ils voulaient recueillir toutes les informations possibles, aussi insignifiantes pouvaient-elles paraître.

N'ayant pas de bâtard noir et blanc auquel demander conseil, elle passa le reste de l'après-midi à retourner le problème dans sa tête, tout en s'acquittant de ses corvées dans sa petite maison proprette et solitaire.

Ça n'aurait pas étonné ses connaissances d'apprendre qu'à la tombée de la nuit, elle n'avait toujours pas pris de décision.

La troisième personne à lire le court article était un trentenaire du nom de Clive Horton, un employé dans une compagnie d'assurances de Somertown, une proche banlieue d'Oxford. C'était un travail respectable, quoique pas très bien payé.

Depuis la mort de son père, il vivait seul avec sa mère dans un minuscule appartement pas loin d'une avenue très chic, dont ils voyaient les rangées de cerisiers depuis la fenêtre de la salle de bains (en se contorsionnant un peu).

Clive, un petit homme mince au menton fuyant, profitait du beau temps, assis près de la fenêtre de sa chambre, sans cravate, les deux premiers boutons de sa chemise amidonnée audacieusement ouverts. Il lut l'article de journal en entier, méticuleusement, puis le relut plus vite.

Habitué à étudier des documents avec le plus grand soin dans le cadre de son travail, il avait tendance à bien réfléchir avant d'agir.

Finalement, il décida que ce ne serait pas une bonne idée d'aller voir le coroner en personne. Un employé de sa compagnie d'assurances pourrait le voir entrer dans la morgue et commencer à poser des questions. (Clive vivait dans la terreur que tout comportement inhabituel soit rapporté à sa hiérarchie.) Avec sa mère à charge, sa priorité numéro 1 était de garder son emploi.

Mais son sens moral lui dictait de répondre à cette demande d'informations, puisque lui aussi avait été près de Port Meadow à l'heure en question, pour sa promenade de santé habituelle. Après tout, un homme se devait de rester en forme.

Ne pas communiquer les informations dont il disposait risquerait de lui retomber dessus et de donner une mauvaise image de lui si on découvrait qu'il ne les avait pas transmises aux autorités.

Il faut dire que Clive était le genre d'hommes à toujours respecter l'autorité. Que ce soit celle de sa mère, de Dieu, ou d'un fonctionnaire !

Oui, clairement, se dit l'employé diligent, un brin pédant, il convenait d'écrire une lettre au coroner détaillant tout ce qu'il avait vu ce jour-là qui pourrait s'avérer utile. Naturellement, il lui faudrait prendre son temps pour composer une lettre aussi importante. Elle serait peut-être utilisée dans une procédure officielle et serait certainement archivée quelque part. Et tout texte signé de sa main devait être précis et formulé de façon à ce que rien ne puisse donner une mauvaise image de lui-même.

Il ne se presserait donc pas. Il faudrait que la lettre soit parfaite.

Il sortit un bloc et un crayon pour commencer à rédiger des notes préliminaires. Ensuite, il ferait un premier jet, qu'il relirait attentivement avant de commencer la deuxième version.

Et quand il serait enfin satisfait, il la posterait.

Et il choisirait un envoi lent, naturellement, puisque l'argent ne poussait pas sur les arbres.

10

Celia Morrison ouvrit la porte du cimetière en ignorant son grincement habituel. Elle savait que le bedeau était censé l'huiler, mais franchement, qui s'en souciait ?

Elle tenait un grand bouquet parfumé d'œillets de poète aux couleurs éclatantes, cueillis dans son jardin quelques minutes plus tôt.

Autour d'elle, le joli petit village d'Islip somnolait sous le soleil de l'après-midi. Des bourdons zonzonnaient parmi les fleurs sauvages qui poussaient près du mur du cimetière, et dans la prairie, la rivière scintillait de reflets dorés et argentés en serpentant à travers les pâturages.

Elle ralentit en atteignant la rangée de tombes suivante, peu pressée d'arriver à sa destination et fit une petite pause pour regarder autour d'elle. Dans les parties les plus anciennes du cimetière, les tombes avaient tendance à ployer, et aucune d'elles n'était décorée de fleurs ou de feuilles colorées. Bien sûr, la plupart de ces résidents étaient décédés depuis plus d'un siècle, si bien que leurs enfants étaient aussi morts depuis longtemps, ne laissant personne pour se souvenir d'eux ou marquer l'anniversaire de leur disparition.

À mesure qu'on avançait dans le temps, en revanche, on croisait quelques tombes couvertes de fleurs, et dans les deux rangées les plus récentes, presque toutes étaient ornées de couronnes disposées autour du nom de l'être aimé.

Puis il y avait les plus récentes de toutes…

Déglutissant avec difficulté, Celia Morrison se força à s'approcher de l'une d'elles. Se penchant vers la pierre tombale de sa fille, elle retira les fleurs fanées qu'elle avait déposées la semaine précédente et vida l'eau stagnante et verdâtre du vase sur l'herbe.

— Voilà, Jenny, les premiers œillets de poète de l'année. Tes fleurs préférées, murmura-t-elle tout bas.

Elle versa dans le vase de l'eau fraîche transportée dans une vieille bouteille de soda – de la limonade, la boisson préférée de Jenny – puis elle arrangea les fleurs. Elle les posa sur la pierre immaculée, puis elle s'assit enfin sur ses talons et lut l'inscription qu'elle et son mari, Keith, avaient choisie pour leur fille unique.

« En mémoire de notre fille tant aimée, Jennifer Elizabeth Morrison, qui nous a quittés le 12 janvier 1959, à l'âge de dix-sept ans. Aux côtés de notre Seigneur, elle est en sécurité. »

En sécurité. Oui, elle avait insisté là-dessus. Car elle ne supportait pas de penser à sa chère Jenny autrement. En sécurité, enfin, et en paix.

Bien sûr, certains villageois – des vieilles peaux sans cœur, malheureuses et esseulées, surtout – avaient été scandalisés que sa fille ait été enterrée ici.

Mais le pasteur avait été très gentil et les avait défendus auprès de l'évêque. Finalement, ils avaient eu le droit de la mettre en terre dans ce cimetière, près de plusieurs de ses oncles et tantes, de deux grands-parents et quatre cousins. La famille Morrison vivait à Islip depuis des générations. Enfin, du côté de Keith.

Celia, une femme brune et frêle aux grands yeux marron, poussa un profond soupir et sentit quelque chose de chaud lui tomber sur la main. Quand elle baissa les yeux, surprise, elle constata que c'était une goutte d'eau.

Il lui fallut un moment pour comprendre que c'était une larme.

D'un geste las, elle s'essuya le visage avec la manche de sa robe d'été. À quoi bon pleurer ?

Elle se releva avec difficulté et s'éloigna lentement, en se disant qu'elle avait des choses à faire et des gens à voir.

Pour commencer, elle devait préparer le dîner de Keith.

Tandis que la mère de Jennifer Morrison rentrait chez elle, lord Jeremy Littlejohn, dans sa suite de St Winnifred's College, à Oxford, se soûlait lentement mais méthodiquement.

C'était une activité qu'il pratiquait souvent, avec un certain brio. Comme il l'avait dit à ses amis amusés, quand on buvait, tout l'art consistait à prendre son temps et à savourer le processus. Sinon, à quoi bon ? Et un homme se devait, leur avait-il déclaré avec hauteur, d'apprendre à tenir l'alcool et à se comporter comme s'il était parfaitement sobre. Pour maîtriser cet art, il fallait s'entraîner.

Son petit discours était habituellement accueilli par des hourras et des encouragements, et son public s'accordait à dire qu'il avait raison et qu'eux aussi devaient s'entraîner. Mais ce jour-là, il buvait seul. Et il n'était pas d'humeur à amuser la galerie.

Le jeune lord était étendu sur un gros fauteuil en cuir usé. Comme la plupart des pièces de son vieux *college*, sa chambre avait été meublée et décorée avec les donations des anciens étudiants. Le mobilier, éclectique, était composé de pièces de toutes les époques, et des meubles du XVIIe siècle côtoyaient des créations danoises modernes. De même, la décoration était au petit bonheur la chance (certains tableaux étaient de vrais chefs-d'œuvre, et d'autres tout simplement affreux), étant donné que d'anciens étudiants avaient légué toutes sortes d'objets insolites au *college*.

Un étudiant avait même hérité d'un porte-parapluies creusé dans un pied d'éléphant, légué par un type qui avait été vice-roi des Indes ou quelque chose de ce genre. Apparemment, l'objet empestait par temps humide.

Lord Jeremy Littlejohn ricana à cette idée, puis il prit une gorgée de beaujolais. Il avait déjà bu une bouteille et avait sérieusement entamé la deuxième. C'était du bon vin, mais sans plus. On ne se soûlait pas avec les meilleures bouteilles, bien entendu. Il n'était pas philistin, après tout.

Mais ce jour-là, il ne prenait aucun plaisir à boire, et son regard n'arrêtait pas de dériver vers la feuille de papier sur son bureau, entourée d'objets divers – surtout des livres dans lesquels il n'avait ni le courage ni l'envie de se plonger.

C'était un petit morceau de papier blanc, on ne peut plus banal.

Et il contenait des menaces tout aussi banales.

Il avait commencé à les recevoir presque deux mois plus tôt. Des menaces de mort. De torture. De révélations. Toutes étaient rédigées dans un style scabreux et dépourvu d'imagination, assez déprimant.

Au début, il les avait montrées à quelques-uns de ses amis, pour amuser la galerie. Il adorait ça. L'un de ses héros était le dramaturge Noël Coward. Bien que – à la grande surprise de certains de ses amis – il ne partageât pas l'orientation sexuelle du grand homme, Jeremy raffolait de son sens de l'humour pince-sans-rire.

Il avait montré les lettres pour fanfaronner, en les dénigrant et en se moquant du style de l'auteur, qu'il jugeait d'une banalité affligeante. Pour rien au monde il ne se serait abaissé à montrer un soupçon d'inquiétude ou d'appréhension.

Ce n'est que quand elles se mirent à décrire plus précisément ses crimes supposés qu'il cessa de les montrer.

Et qu'il devint inquiet.

Très inquiet.

Et cette dernière lettre le troublait plus que toutes.

Si seulement il pouvait découvrir quel salaud envieux les avait écrites. Au début, naturellement, il s'était dit que c'était un membre de sa bande – la plupart étaient de petits hypocrites qui le jalousaient et sauteraient sur l'occasion de lui faire un coup bas. (Pile le genre de personnes qu'il aimait !)

Mais ensuite, il avait commencé à comprendre que l'auteur des lettres ne le connaissait pas si bien que cela, puisque la liste de ses péchés supposés était plutôt vague.

Il avait donc commencé à penser que le coupable ne faisait pas partie du Marquis Club – un étudiant mécontent de ne pas avoir été invité dans sa petite bande, peut-être ? Mais il avait dû abandonner aussi cette idée après avoir remarqué que toutes les lettres avaient été envoyées par la poste. Aucune n'avait été livrée en main propre. Comme découvrir une lettre glissée sous sa porte l'aurait certainement plus déstabilisé, ça ne pouvait vouloir dire qu'une chose.

L'expéditeur n'était probablement pas étudiant. Il n'avait tout simplement pas accès au *college*. Ce qui signifiait que c'était un garçon de la ville. Un local. Et c'est cette révélation qui l'effraya le plus.

Parce que le jeune lord savait qu'il avait du pouvoir ici, dans ce vénérable temple du savoir, où l'argent, les noms et la classe sociale régnaient en maîtres. Mais dans le monde réel, son influence était beaucoup plus incertaine.

L'idée qu'un vulgaire petit roturier, sans nom, sans visage, l'observait et le jugeait commençait à l'agacer sérieusement.

Pour la énième fois, il maudit le nom de Derek

Chadworth. Cet abruti ! À quoi les avait-il mêlés, exactement ? Jusqu'où était-il allé ? S'amuser, c'était bien normal, mais il était entendu qu'il ne fallait pas aller trop loin. C'était évident. Enfin, quand on était un gentleman.

Le problème, rumina Littlejohn, était que Derek n'avait jamais vraiment fait partie de leur groupe, n'est-ce pas ?

Il n'avait qu'une certitude. Il faudrait qu'il fouille l'ancienne chambre de Derek à St Bede's avant que l'administration ne l'attribue à quelqu'un d'autre. Si ce petit abruti avait caché des documents compromettants, ils étaient peut-être là-bas.

En continuant à boire – tout en restant prodigieusement sobre – Sa Seigneurie se mit à envisager un méprisable larcin. Un démérite pour quelqu'un de son rang, naturellement.

Malgré tout… Ce serait peut-être amusant.

11

Plus tard ce soir-là, Clement Ryder rentra dans la maison victorienne bien entretenue, sur South Parks Road, où il habitait depuis bien des années. Ses enfants, Julia et Vincent, avaient tous deux quitté le nid depuis longtemps. Veuf depuis dix ans, il trouvait parfois la maison bien silencieuse. Mais il n'avait pas peur du silence et, après une journée difficile ou chaotique, il se réjouissait de regagner son sanctuaire.

En entrant, il comprit immédiatement que sa femme de ménage était toujours là. Il l'entendait s'affairer dans la cuisine et des odeurs appétissantes flottaient dans l'air.

— C'est vous, docteur ? demanda-t-elle, comme à chaque fois qu'ils se croisaient.

Qui d'autre aurait-ce pu être ? Mystère.

— Oui, madame Lorne, répondit-il en traversant le petit couloir vers la cuisine.

Une femme d'un certain âge, replète, avec de la farine jusqu'aux coudes, leva les yeux de son saladier pour lui sourire. Elle avait ramené en chignon ses cheveux poivre et sel et portait son habituel tablier fleuri par-dessus une robe bleu marine sobre.

— Je vous fais une tarte aux framboises et aux pommes. J'ai acheté du saindoux frais chez le boucher ce matin, alors la pâte sera bien moelleuse, comme vous aimez.

Il se pencha pour regarder les miettes de pâte se former et sourit.

— Ça a l'air délicieux, la complimenta-t-il.

Il jeta un coup d'œil à sa femme de ménage et surprit une grimace dégoûtée. Elle la réprima immédiatement et parut un peu gênée en croisant son regard.

En se demandant ce qu'il s'était passé, il s'éloigna, la remercia et entreprit de se préparer une tasse de café. Puis il sortit de la cuisine. Ils se connaissaient depuis assez longtemps pour éviter de traîner dans les jambes l'un de l'autre.

Dans son bureau, Clement sirota son café et lut les journaux, mais il n'arrivait pas à se concentrer sur les nouvelles locales. Ses pensées dérivaient vers l'affaire Chadworth. S'il y avait bien matière à parler d'une affaire criminelle. S'ennuyait-il et était-il blasé au point de faire une montagne d'une fourmilière ? Après tout, hormis quelques témoignages qui sonnaient faux, de quelle preuve tangible disposait-il ?

D'un autre côté, quelque chose sentait mauvais dans cette histoire.

Il pensa à Trudy Loveday et s'autorisa un petit sourire. Pas de doute, il aimait travailler avec elle. Non seulement parce qu'elle était jeune et jolie, un vrai vent de fraîcheur dans son quotidien morne, mais parce qu'elle avait l'esprit vif et du culot.

Quand il avait approché cet abruti de Jennings plus tôt dans l'année pour demander l'aide d'un policier afin de rouvrir une vieille affaire, il savait que le capitaine ne lui assignerait pas l'un de ses meilleurs éléments. Bien sûr, cet idiot ne se doutait pas qu'il avait fait tout l'inverse ! Non, Jennings avait été ravi de lui dépêcher l'unique policière du commissariat pour ne plus l'avoir dans les pattes.

Mais il n'avait pas fallu longtemps à Clement pour se rendre compte qu'on lui avait confié une perle rare. Bien sûr, elle débutait et parfois, sa naïveté l'étonnait et lui serrait le cœur. Mais c'était une demoiselle déterminée, ambitieuse et intelligente, qui ne manquait pas de courage.

Elle s'était bien dépatouillée de l'affaire Marcus Deering, six mois plus tôt – une affaire de meurtre, rien de moins. C'était la première fois qu'il avait travaillé avec elle et il était tout à fait prêt à admettre que, sans son aide précieuse, il aurait eu beaucoup plus de mal à attraper l'assassin.

L'affaire en cours, quant à elle, lui donnait du fil à retordre. Il était prêt à accepter que le garçon s'était noyé accidentellement. Cependant…

Haussant les épaules, le coroner ouvrit les mots croisés et voulut prendre son stylo. Sa main se mit à trembler violemment.

En jurant, il essaya de l'ignorer. Quand il se concentra et commença à remplir les premières cases, il fut soulagé de constater que les lettres étaient nettes.

Trudy était rentrée dîner chez elle, mais elle était ressortie ensuite, prétextant devoir retrouver des amis au club de jeunes local. En fait, elle fit la tournée des pubs dans l'espoir de trouver des étudiants à la langue bien pendue. (Rien que ça aurait terriblement inquiété sa mère !)

Trudy devait bien avouer que la situation la mettait mal à l'aise. Par exemple, si elle avait été en uniforme, elle aurait sermonné les propriétaires qui fermaient les yeux sur les infractions aux lois sur les débits de boissons ! Au lieu de quoi, elle leur fit un sourire reconnaissant quand ils ignorèrent sa jeunesse évidente. Puis elle se mit en quête de groupes prometteurs.

Elle toucha enfin le jackpot dans le troisième pub qu'elle visita, niché dans un petit coin perdu près de Walton Street. The Dog and Duck était un établissement minuscule et sombre, à la clientèle plutôt « sérieuse », en majorité des étudiants en politique, philosophie et économie. En emportant son verre de jus d'orange dans un coin particulièrement bruyant, elle espéra qu'elle n'aurait pas à prendre part à une discussion académique. Son ignorance totale de ces trois sujets la trahirait !

Même si elle avait souvent rêvé d'aller à l'université, elle avait toujours su que c'était impossible. Pour commencer, les filles de la classe ouvrière comme elle ne pouvaient pas s'offrir ce luxe ; elles devaient commencer à travailler juste après le lycée. Ses parents n'auraient jamais pu lui payer des études – encore moins à Oxford ! Et, pour être complètement honnête, elle savait que même si elle s'en était bien sortie à l'école, les études n'étaient pas son point fort. Elle aimait bien les cours (à part les maths !), mais elle préférait faire quelque chose de concret, comme arpenter les rues et aider les autres.

Étudier toute la journée dans des bibliothèques poussiéreuses l'aurait probablement rendue folle !

Heureusement, le groupe de trois filles et quatre garçons qui occupait une table près d'une fenêtre crasseuse débattaient de l'avenir de la télévision.

Prenant un tabouret et s'approchant du groupe, elle écouta en attendant le bon moment pour intervenir. L'un des garçons la remarqua et lui lança un regard curieux qui la fit rougir.

— Croyez-moi, tous ces gens qui ont regardé le couronnement, c'était exceptionnel, disait une fille au visage chevalin. Mon père dit que c'est une mode qui va passer, et il refuse d'acheter une télé, de toute façon. Et c'est lui qui décide.

— Je te plains, répondit une autre fille, un peu moins laide. Ma vieille nounou a insisté pour en avoir une, et ma mère lui passe toujours ses caprices. Maintenant, elles adorent toutes les deux la nouvelle présentatrice de la BBC, celle qui veut nous faire oublier Barbara Mandell.

— Oh ! tu veux parler de Nan Winton, celle de l'émission *Town and Around* ? intervint un garçon en haussant les épaules. Moi, je ne comprends pas l'intérêt d'écouter des femmes jacasser – encore moins à la télévision !

Comme on pouvait s'y attendre, sa remarque lança un débat passionné.

Trudy sirota son jus d'orange et attendit patiemment.

Elle avait mis sa plus jolie robe d'été, blanche et orange, et avait laissé ses longs cheveux bruns et bouclés détachés. Bien sûr, elle n'avait pas osé mettre de maquillage, car sa mère s'en serait rendu compte immédiatement, mais elle remarqua avec soulagement qu'aucune des autres filles n'en portait.

Finalement, comme elle l'avait espéré, le garçon qui la regardait depuis un moment rassembla son courage et lui adressa la parole, lui permettant d'intégrer le groupe. Et de la même façon qu'avec le trio de filles dans le café, elle aborda le sujet de Derek Chadworth. Non que ce fût compliqué – clairement, sa mort était toujours un sujet de conversation brûlant parmi ses pairs. Ils ne se privaient pas de spéculer sur les circonstances de l'accident. Étant donné qu'ils répétèrent surtout ce que Mary-Beth et les autres lui avaient confié, elle se contenta d'écouter jusqu'à ce qu'un nouvel élément émerge.

Ce qui ne prit pas longtemps.

— Je me demande comment va sa copine ? demanda une fille en surpoids aux longs cheveux blonds. J'imagine qu'elle doit être anéantie.

— Je ne savais pas qu'il avait une copine, intervint Trudy.

— Oh ! je crois que je vois de qui tu parles, répondit un garçon en claquant des doigts par-dessus sa pinte de Waddingtons. Une fille petite et menue. Mais je crois qu'ils avaient rompu, tu sais. Elle était de la ville, non ?

Trudy traduisit aisément : de la ville, donc pas une étudiante, pas l'une d'entre eux.

— Oui, je vois aussi de qui tu parles, acquiesça son ami, un garçon aux cheveux trop longs. Et je crois que tu as raison. Je les ai vus partout ensemble pendant un moment, mais depuis un mois ou deux, on ne la voit plus.

— Quelqu'un n'a pas dit qu'elle était partie à Londres pour devenir une star ? suggéra une fille, d'un ton cassant. Elle devait s'imaginer que son visage de poupée à la Audrey Hepburn lui ouvrirait toutes les portes. Elle voulait faire du cinéma ou devenir mannequin ou je ne sais quoi. Pff ! Je lui souhaite bien du plaisir.

— Comment s'appelait-elle ? demanda Trudy, à la recherche d'éléments concrets.

Les étudiants échangèrent des regards étonnés, puis le troisième garçon, un jeune homme calme aux cheveux bien coupés et aux manières impeccables, trouva la réponse.

— Becky quelque chose, je crois, marmonna-t-il avant de reprendre une gorgée de Guinness.

— C'est ça. Et il n'y a pas un type bizarre avec des cheveux roux qui la cherche ? dit l'un de ses compagnons.

— Ah oui, je me souviens de lui, répondit la fille au ton cassant. Un drôle de type, si vous voulez mon avis. Oui, il posait des questions sur elle. Et sur Derek aussi, maintenant que j'y pense.

Il y eut un instant de silence et Trudy sentit son cœur s'emballer. Tenait-elle enfin une piste ?

— Qu'est-ce qu'il avait de si bizarre ? demanda-t-elle innocemment.

Une fois de plus, les étudiants se regardèrent et haussèrent les épaules.

— Je ne sais pas vraiment, répondit un garçon aux cheveux longs. Il n'arrêtait pas de demander où était cette Becky, et ce qu'on savait sur Derek. Il était très insistant, tu vois ?

Trudy ne voyait pas. Mais avant qu'elle puisse l'arrêter, quelqu'un évoqua un ami commun qui s'attendait à obtenir son diplôme sans mention, et ils changèrent de sujet.

Elle resta encore une dizaine de minutes, puis elle leur dit au revoir. Une fois sortie du pub, elle s'empressa de récupérer son carnet dans son sac et de noter tout ce qu'elle avait appris avant de l'oublier.

Même si elle ne voyait pas trop en quoi cela les avançait. Le noyé était donc sorti quelque temps avec une fille de la ville du nom de Becky, qui était partie à Londres en quête de gloire.

Et si Derek Chadworth, fou amoureux, s'était suicidé, désespéré qu'elle l'ait quitté ?

Trudy n'y croyait pas. Et cet homme aux cheveux roux – quel rôle jouait-il dans cette histoire ?

En soupirant, elle prit le chemin de la maison, consciente que, si elle n'était pas rentrée avant la tombée de la nuit, ses parents lui passeraient un savon !

12

Le lendemain matin – pas tout à fait à la première heure – lord Jeremy Littlejohn se dirigea vers St Bede's, le *college* de Derek Chadworth. L'aristocrate se levait rarement avant midi, et n'aimait pas gaspiller de l'énergie en faisant de l'exercice, mais ce jour-là, il fit une exception et partit d'un pas vif, pressé d'en finir. Sa distraction expliquait peut-être qu'il ne remarquât pas le grand roux qui le suivait de près, sans se cacher.

En effet, Reggie Porter avait décidé qu'au lieu de faire de gros efforts pour garder sa filature secrète, il était grand temps de faire monter la pression et de se montrer à cet arrogant fils de duc. Et si l'autre avait le courage de le confronter… eh bien… ce serait intéressant aussi.

Reggie était sûr de pouvoir battre le jeune homme aux airs languides s'ils en venaient aux mains. Mais il serait peut-être plus drôle de lui gâcher la vie par d'autres méthodes. Après tout, si Littlejohn l'accusait de le suivre, il pouvait tout simplement rétorquer qu'il se trompait ou qu'il avait perdu la tête. On avait bien le droit de se promener dans les rues d'Oxford. Oui, il pouvait jouer les innocents et pousser son ennemi à douter de lui-même. Ou il pouvait tout simplement admettre qu'il le suivait, et passer des lettres anonymes aux menaces verbales.

L'idée de s'en prendre physiquement à l'aristocrate faisait rêver Reggie. Il aurait bien voulu attraper lord Jeremy par la peau du cou et le secouer comme un terrier avec un rat jusqu'à ce qu'il lui dise ce qu'il avait fait à Becky.

Mais il faudrait qu'il soit prudent. Pour commencer, il devrait s'assurer de ne pas être vu. Et il faudrait attaquer Littlejohn dans un endroit isolé où aucun de ses larbins ni d'innocents passants ne viendraient à sa rescousse. Oui – quand il passerait à l'acte, il voulait être tranquille et sûr de ne pas être interrompu avant d'avoir soutiré les informations qu'il voulait à cette tapette d'aristo.

Il eut beau suivre de près sa proie, lord Littlejohn ne remarqua pas sa présence. Il était concentré sur sa mission. Rentrer dans le *college* ne devrait pas poser de problème, étant donné que presque tous les concierges le connaissaient : il avait des amis partout. Mais entrer dans la chambre de Derek risquait d'être plus compliqué. Ceci dit, on pouvait toujours s'arranger. Un pot-de-vin à un domestique, peut-être. Il ne savait pas qui nettoyait la chambre de Derek, mais il savait que les serviteurs étaient toujours prêts à se montrer arrangeants en échange d'un peu d'argent.

Mais il connaissait aussi un autre étudiant de St Bede's – et tout le monde savait que parfois, les vieilles portes des chambres d'étudiants s'ouvraient toutes avec la même clé. L'avarice des intendants était légendaire, et à quoi bon installer une serrure et une clé différentes sur chaque porte quand une seule pouvait convenir ? Oui, ça valait la peine d'essayer, il commencerait par là. Il pourrait toujours ordonner à Blinkers Blenkisop de ne dire à personne qu'il lui avait prêté sa clé.

Quand Jeremy pénétra dans le *college*, Reggie Porter se sentit envahi par une vague de rage. Lui qui s'était décidé à passer à l'action était désormais forcé de s'avouer vaincu.

Il ne pourrait jamais convaincre le concierge de le laisser passer. Son physique était très reconnaissable et le gardien saurait qu'il ne faisait pas partie du *college* et n'avait rien à faire là.

En jurant dans sa barbe, il battit en retraite de l'autre côté de la rue et décida d'attendre à l'ombre, où la chaleur était plus supportable. Peut-être que ce contretemps était un mal pour un bien, se dit-il, morose. Maintenant qu'il avait le temps de réfléchir à sa stratégie, il était obligé d'admettre que, s'il attaquait sa proie de front, lord Littlejohn userait probablement de son influence pour le faire arrêter. Peut-être même le faire condamner à de la prison pour agression. Et il ne trouverait jamais Becky s'il était derrière les barreaux.

Mais tout en patientant et en fulminant, il se promit que, bientôt, il obligerait le chef du Marquis Club à lui dire la vérité. Et tant pis pour les conséquences.

13

Trudy (qui, contrairement à un certain lord, n'avait aucun mal à se lever tôt) se présenta au bureau du coroner à 9 heures pile, et ne fut pas étonnée de trouver le docteur déjà en plein travail.

Pendant qu'ils résumaient leurs avancées dans leurs divers projets, Clement servit du thé et ses biscuits Huntley and Palmer préférés.

— Du coup, je pense que j'ai intérêt à enquêter sur la fille avec laquelle M. Chadworth a été vu, non ? conclut Trudy. J'imagine que personne n'a parlé d'une petite amie au tribunal ?

— Non, en effet. Et ses parents ne l'ont jamais mentionnée. Mais si ça se trouve, ils n'étaient pas au courant. Les jeunes ne racontent pas forcément tout à leurs parents.

Trudy, qui se souvenait de ses mensonges anodins de la veille, fut obligée d'acquiescer, en espérant qu'elle ne rougissait pas.

— Alors, quel est le programme ? demanda-t-elle.

Le coroner chipa le dernier biscuit sur l'assiette et soupira.

— Je crois qu'il est grand temps d'aller chasser le lion – ou, dans le cas présent, le Chevalier Blanc – dans sa tanière, vous ne croyez pas ?

Trudy opina. Elle était à nouveau en uniforme, puisque Jennings insistait pour qu'elle ne soit en civil que quand elle interrogeait les étudiants, et elle faisait attention à ne pas mettre de miettes sur sa jupe.

Dehors, il faisait à nouveau chaud et elle était heureuse que sa casquette réglementaire la protège du soleil, même si elle transpirait sous ses vêtements sombres.

Ils arrivèrent au *college* de lord Littlejohn quelques minutes à peine après le retour du jeune homme.

Quand il entendit qu'on frappait à sa porte, lord Jeremy contemplait d'un air lugubre une bouteille de Scotch ouverte en maudissant la nécessité de rester sobre – pour une fois. D'ordinaire, il buvait autant qu'il voulait, quand ça lui chantait.

Mais étant donné qu'il n'avait rien trouvé dans la chambre de Derek, il était tout à fait conscient qu'il devait garder les idées claires pour sauver sa peau.

Quand il comprit qu'il avait des visiteurs, il ne fut pas ravi. S'attendant à trouver un ami ou un groupe de noceurs venus l'inviter à une fête quelconque, il fut surpris de voir un quinquagénaire distingué et une femme en uniforme de police.

L'espace d'un instant, il se demanda si ses amis ne lui jouaient pas un tour. L'uniforme de cette policière était à mourir de rire ! Sûrement un déguisement.

Par contre, la femme qui portait cet uniforme était très jolie. Derek aurait sûrement… Il s'interdit d'y penser, se disant que ce n'était pas le moment de fantasmer. Il fallait garder la tête froide, il allait devoir faire profil bas pendant un moment. Au moins le temps que le scandale entourant la mort de Derek soit oublié.

Cependant, il ne put s'empêcher de la déshabiller du regard, s'arrêtant sur ses beaux yeux bruns, sa taille mince et des courbes que même l'affreux serge noir ne pouvait dissimuler.

Eh oui – la petite coquine rougissait ! Elle rougissait de colère, comprit-il, tout émoustillé.

Pour une fois, il avait envie d'applaudir sa cour qui lui offrait là un cadeau très original. Il faillit tendre la main pour l'attirer dans sa chambre et découvrir si son regard féroce n'était qu'une feinte et si elle resterait encore bien longtemps dans le personnage.

Juste à temps, il se rendit compte que le visage de l'homme lui était familier, et son instinct l'empêcha de dire quelque chose de scandaleux. Mais si c'était une blague, si le Marquis Club avait engagé ces deux loustics pour le faire marcher, ils le lui paieraient.

Jeremy n'avait rien contre un bon canular, mais il était hors de question qu'on tente de le piéger, lui !

— Lord Littlejohn ? demanda le vieux crétin.

Il reconnut soudain sa voix.

Et ravala sa nausée. Dire qu'il avait failli commettre une bourde colossale.

— Docteur Ryder, il me semble, répondit-il en se reprenant immédiatement.

Il était fier que sa voix n'ait pas tremblé. Même s'il n'avait jamais eu très bonne mémoire, il n'était pas idiot. Si ses professeurs lui reprochaient souvent ses mauvaises notes, c'était tout simplement parce qu'il ne prenait pas la peine de travailler. Après tout, à quoi bon ?

— Oui, milord, répondit le coroner d'un ton ironique. Voici l'agent de police stagiaire Loveday. Pouvons-nous entrer ?

— Loveday. Vraiment ? Quel nom évocateur, répondit lord Jeremy, sans réussir à se retenir de la taquiner. Un nom charmant pour une femme charmante. Mais… bon Dieu, je ne savais pas qu'ils acceptaient les femmes dans la police. Je croyais que c'était un mythe, perpétué par des journalistes de bas étage.

Trudy ravala une réponse grossière et s'obligea à entrer dans la pièce et à refermer doucement la porte derrière elle.

Dès qu'elle avait vu lord Jeremy Littlejohn, il lui avait déplu. D'une beauté sans pareille, il paraissait presque irréel. Son pantalon d'été blanc était si immaculé qu'il lui faisait mal aux yeux. Ses cheveux blonds comme les blés étaient négligemment ébouriffés, et avec son menton pointu et ses pommettes saillantes, il lui faisait penser à un chat. Cruel, égoïste et sans cœur – mais capable de ronronner et de charmer quand ça lui chantait.

Mais sa façon de la regarder, comme si elle ne valait rien, et son ton aristocratique méprisant…

Elle prit une grande inspiration et se rendit compte qu'elle avait serré les poings. Heureusement que le Dr Ryder se chargeait de la conversation, car là, tout de suite, elle mourait d'envie de donner un bon coup de pied dans les tibias de ce jeune homme insolent. Ou dans une partie de son anatomie plus sensible.

— Nous avons quelques questions concernant la mort de Derek Chadworth, milord, déclara Clement.

— Derek ? Je pensais que cette affaire était réglée, rétorqua lord Littlejohn.

Et pour la première fois, son regard exprima autre chose que de l'irrévérence amusée.

— Le jury a rendu son verdict, en effet, mais puisqu'il est non concluant, l'enquête continue, le corrigea Clement avec un sourire carnassier.

Mesurant un peu moins de 1 m 80, l'aristocrate faisait quelques centimètres de moins que lui, et le regarder de haut ne déplaisait pas à Clement. Littlejohn, lui, semblait tout autant détester devoir lever les yeux.

— Vraiment ? demanda le jeune homme d'un ton nonchalant en s'affalant dans un grand fauteuil. Allons, asseyez-vous.

Il prit un étui à cigarettes doré et en sortit paresseusement un cigarillo.

— Vous en voulez un ?

— Non, merci, répondit Clement d'un ton toujours aussi neutre, sans se départir de son sourire dangereux. Il y a quelque chose qui me tracasse, et j'espérais que vous pourriez m'aider.

— Ah ?

— Le défunt.

— Oui ?

— Il était membre de votre petit club, n'est-ce pas ?

— De quel club parlez-vous ?

— Du Marquis Club.

— Mon Dieu, non ! C'était un parvenu, il ne pouvait pas en faire partie !

— Ah. Ça m'étonnait, aussi. Et pourtant, vous étiez amis.

— J'ai beaucoup d'amis. Je suis très aimable, vous savez.

Il sourit à travers les volutes de fumée qu'il soufflait, les yeux plissés, fixés sur l'homme resté debout.

— J'en suis sûr, milord, concéda le coroner. Et c'est pour cela que vous l'avez invité à votre pique-nique ? Par amabilité ?

Le jeune homme haussa les épaules d'un geste théâtral sans rien dire. Il laissa délibérément son regard dériver vers la jolie brune cachée sous sa petite casquette mutine. Il lui lança un regard lascif, et Trudy se figea.

— Vous avez des menottes, mademoiselle Loveday ? murmura-t-il d'un ton insouciant.

— Oui, monsieur, rétorqua Trudy.

Elle aurait bien voulu les lui mettre tout de suite, le traîner au poste et lui claquer la porte d'une cellule au nez, histoire de lui faire passer son air narquois !

Comme s'il lisait dans ses pensées, lord Jeremy fit un grand sourire. Mais le jeune homme ne s'amusait pas autant qu'il le prétendait.

D'accord, il était délicieux (et inédit) de faire enrager la police, mais il se méfiait du vieux comme de la peste. Son instinct lui soufflait que le Dr Clement Ryder pouvait lui causer de graves problèmes. Il était intelligent et influent dans cette ville. Oui, il faudrait le surveiller de près.

— Eh bien, si c'est tout ce que vous vouliez savoir… commença-t-il en se relevant.

— Je peux vous assurer, lord Littlejohn, que nous ne faisons que commencer, dit Trudy d'une voix dure pour tenter de maîtriser sa colère et de prendre le contrôle de l'interrogatoire.

— C'est bien dommage, répondit lord Jeremy en soufflant un anneau de fumée vers la fenêtre. Parce que j'ai rendez-vous dans…

Il regarda ostensiblement sa montre, une Patek Philippe offerte par son père pour ses dix-huit ans.

— … ouh là là, il y a cinq minutes ! Je dois filer. Vous n'avez pas besoin de moi pour trouver la sortie, si ? Je déjeune avec le député local, voyez-vous, mentit-il outrageusement.

Et voilà, il les avait renvoyés.

Enfin, c'était ce qu'il croyait. Mais comme tant d'autres hommes puissants avant lui, il allait comprendre qu'on ne se débarrassait pas aussi facilement du Dr Clement Ryder !

Arrivé à la porte de sa chambre, Clement fit volte-face en lui souriant.

—Vous avez oublié de répondre à ma question, lord Littlejohn.

— Vraiment ? répondit le jeune homme d'un ton languide. Quelle question ?

Ses yeux étincelaient, d'amusement ou de colère rentrée, Trudy n'aurait su le dire.

— Avez-vous, oui ou non, invité Derek à votre pique-nique ? demanda Clement.

Littlejohn poussa un profond soupir et fit un geste vague.

— Mon Dieu, pourquoi êtes-vous aussi insistant, mon cher ? Je ne sais pas du tout si je l'ai invité ou non, dit-il avec une exaspération théâtrale.

Puis, voyant que Trudy ouvrait la bouche, déterminée à exiger une réponse claire, il poursuivit, dans l'espoir de l'énerver encore davantage :

— Je ne lui ai pas envoyé de bristol, si c'est ce que vous voulez dire. Mais ce n'était pas ce genre de fêtes, comme vous pouvez l'imaginer.

— Quel genre de fêtes était-ce, monsieur ? demanda Trudy, décidée à ne pas lui donner du « milord ».

Mais si le jeune dandy remarqua son omission, il n'en montra rien.

— Oh ! vous savez comment c'est, répondit-il d'un ton vague. Nous étions un petit groupe à tout organiser. Mais très vite, les gens que nous avions invités ont eux-mêmes prévenu leurs amis, et on ajoutait ou supprimait des noms de la liste au fur et à mesure… C'était censé être spontané, viendrait qui voulait. Rien de formel. J'ai juste acheté du champagne et de quoi grignoter pour une centaine de personnes, pour être sûr de ne pas manquer.

Trudy ne put s'empêcher de siffler devant le ton indolent avec lequel il évoquait de telles largesses, et il la regarda, sardonique.

— De toute façon, à chaque fois qu'il y a des restes, les domestiques se jettent dessus comme des loups affamés. Je vous vois venir avec votre petit cœur radin, mademoiselle Loveday, mais ne vous inquiétez pas – rien n'a été gâché. Vous pouvez garder votre morale d'ouvrière pour vous.

La réplique fit l'effet d'une gifle à Trudy, qui détourna le regard. Clement s'empressa de briser le silence tendu qui suivit.

— C'est très charitable, milord, rétorqua-t-il d'un ton ironique. De nourrir les domestiques dans le besoin.

Cette fois, c'est l'étudiant qui pâlit, mais il affecta un petit rire.

— Un peu ostentatoire, je l'admets. Mais maintenant, il faut vraiment que je me prépare pour mon rendez-vous, conclut-il d'un ton insistant.

Trudy fut heureuse de s'engouffrer dans l'escalier en colimaçon

Quel goujat !

Une minute plus tard, à l'ombre du cloître du *college*, Trudy fulminait.

Clement Ryder décida de la laisser évacuer sa colère. Lui était plutôt pensif. À moins qu'il ne se trompe – hypothèse tellement absurde qu'elle était presque impossible – le Chevalier Blanc était un homme très perturbé. Derrière son indolence et ses manières théâtrales, Clement était sûr que l'arrogant petit roquet tremblait de peur.

Mais pourquoi ?

Tous ceux à qui ils avaient parlé de cet après-midi-là à Port Meadow avaient dit que lord Littlejohn était tombé à l'eau comme tout le monde, mais s'était tout de suite dirigé vers la rive la plus proche. Il avait avoué devant le tribunal qu'il n'était pas très bon nageur. Et il avait parcouru le trajet entre la barque chavirée et la rive aux côtés d'une bonne partie des fêtards qui avaient rampé dans l'herbe, agglutinés les uns aux autres.

Personne n'avait jamais suggéré qu'il aurait pu tomber sur Derek Chadworth dans l'amas de bras et de jambes, sans parler de noyer le garçon sans être vu.

Alors pourquoi l'Adonis blond avait-il aussi peur ?

— Non mais, quelle arrogance…

Trudy commença à donner libre cours à sa colère, mais Clement ne l'écoutait que d'une oreille amusée. Bien sûr, il avait constaté que l'aristocrate l'avait délibérément provoquée. Mais d'un autre côté, il était sûr que c'était en partie par habitude, en partie par malice.

Apparemment, Sa Seigneurie avait un faible pour les jolies filles.

— Je lui montrerais bien mes menottes, tiens… poursuivit Trudy.

Clement ne l'écoutait plus. Il aurait juré que Littlejohn s'était mis à trembler quand on lui avait dit que l'enquête sur la mort de Chadworth n'était pas close.

Alors, quels secrets craignait-il tant que l'enquête ne révèle ?

— Alors, on le fait ?

Au ton de Trudy, il comprit qu'elle savait qu'il ne l'écoutait plus.

— Qu'est-ce qu'on fait ? demanda-t-il, confirmant ses suspicions.

Elle le fusilla du regard.

— Est-ce qu'on va arrêter lord Littlejohn ?

— En vertu de quel chef d'accusation ? demanda-t-il calmement.

Trudy ravala une réplique qui lui aurait causé de sérieux ennuis.

— Il était… il était… abominable !

— Oui, n'est-ce pas ? acquiesça Clement.

Il leva la main pour l'empêcher de vitupérer et poursuivit :

— Il vous a excédée. Ce qui vous a empêchée de réfléchir. Ne croyez-vous pas que c'était précisément son objectif ?

Trudy ouvrit la bouche, puis la referma aussitôt. Peu à peu, elle retrouva son calme, concédant que son ami avait probablement raison. Clement, qui observait le processus, hocha la tête d'un air approbateur.

— Bien. Maintenant que vous utilisez à nouveau votre cervelle, mademoiselle Loveday, dites-moi… Qu'est-ce qui vous a le plus marquée dans son attitude ?

Tandis qu'ils traversaient les jardins du *college*, Clement tendit la main pour admirer un buisson de roses Peace particulièrement belles – une de ses variétés préférées – et constata avec horreur que sa main tremblait.

Il s'empressa de la retirer, mais pas avant que Trudy ne le remarque.

Elle eut honte d'elle. Elle avait cru que le quinquagénaire se fichait de l'attitude de lord Littlejohn. Qu'il était parti du principe qu'il était normal qu'un homme traite une femme de cette façon et qu'elle devait fermer les yeux. Mais clairement, il était tout aussi furieux qu'elle – il tremblait littéralement de rage.

Sauf que lui s'était maîtrisé.

Eh bien, s'il en était capable, elle aussi. Et la prochaine fois qu'elle verrait lord Jeremy Littlejohn, elle ne lui donnerait pas la satisfaction de la voir s'énerver !

— Eh bien ? la pressa Clement.

Trudy regretta d'avoir laissé ses pensées dériver. Travailler avec le Dr Ryder était une occasion unique pour elle, et elle savait bien qu'elle devait rester concentrée. Le coroner ne supportait pas les imbéciles.

Elle se repassa rapidement l'interrogatoire, oubliant un instant sa colère, puis acquiesça.

— Il s'est comporté comme un rustre, répondit-elle. Mais c'était parce qu'il avait... peur. De nous ! ajouta-t-elle avec satisfaction.

— Ce qui veut dire ?

— Qu'il cache quelque chose.

— Oui, je suis de cet avis. Vous voulez découvrir ce que c'est ? lui demanda-t-il, le regard pétillant, ses mains tremblantes fourrées au fond des poches de son pantalon en flanelle.

— Ça oui, répondit Trudy Loveday, ses beaux yeux étincelants. Rien ne me ferait plus plaisir.

En retournant au bureau du coroner, elle caressa l'idée

délicieuse d'arrêter Sa Seignerie pour… n'importe quel motif ! Mais qui aurait pu la blâmer ?

Trudy et le Dr Ryder n'étaient pas les seuls à se diriger vers son bureau par cette chaude journée ensoleillée.

Jimmy Roper descendait justement du bus conduit par le père de Trudy Loveday. Celui-ci exerçait son métier depuis presque trente ans, et en regardant ses passagers descendre, il ne lui vint pas à l'esprit que l'un d'eux s'apprêtait à parler à sa fille.

Jimmy avait décidé de laisser Tyke à la maison. Son chien était parfois pénible en ville : il avait tendance à être surexcité et à plonger sous les pieds des gens. Il dut demander à plusieurs personnes le chemin de Floyds Row, et frissonna, mal à l'aise à l'idée d'entrer dans une morgue. Mais le bureau du coroner était dans le même bâtiment, si bien qu'il n'avait pas le choix. Il portait ses plus beaux habits d'été – sa femme avait insisté – et ses chaussures élégantes lui faisaient mal aux pieds.

Il espérait simplement qu'il n'en aurait pas pour longtemps.

Il suivit les pancartes judicieusement placées, et une secrétaire aimable lui expliqua que le coroner venait de rentrer. Après lui avoir demandé ce qui l'amenait là, elle entra dans un autre bureau et revint moins d'une minute plus tard.

Jimmy – qui ne savait pas trop s'il devait être soulagé ou inquiet qu'on ne le fasse pas attendre – fut conduit dans une pièce agréable, aux murs couverts de bibliothèques, avec des fleurs séchées joliment arrangées dans la cheminée éteinte, et une fenêtre ouverte autour de laquelle tournait un papillon.

Un homme d'un certain âge à l'allure distinguée se leva à moitié derrière son bureau, et une jeune et jolie fille en uniforme de policière, qui était assise dans l'un des fauteuils près du bureau, lui sourit.

— Oh ! bonjour, lui dit-il.

Il ne s'était pas attendu à ce que le coroner ait de la compagnie.

— Je vous présente l'agent de police stagiaire Loveday, déclara Clement Ryder. Nous collaborons sur l'affaire Derek Chadworth. Ma secrétaire me dit que vous avez des informations ?

— Oui. Enfin, je ne suis pas sûr que ce soit important... hésita-t-il, mal à l'aise.

— Je vous en prie, asseyez-vous, lui dit Trudy avec un sourire.

Jimmy s'installa nerveusement sur l'autre fauteuil en face du bureau. Clement, analysant le personnage d'un coup d'œil, lui fit un sourire bienveillant.

— Je suppose que vous avez vu mon appel à témoins dans le journal local ?

— Oui, effectivement.

— Vous étiez près de la rivière ce jour-là ?

— Oui. Mais avant l'accident, s'empressa d'expliquer Jimmy. Je promenais Tyke, comme tous les matins, et je suis passé à côté du groupe d'étudiants juste au moment où ils installaient le pique-nique. Je les ai dépassés. Ensuite, après le coude de la rivière, j'ai vu une autre barque pleine de gens.

Il s'interrompit pour reprendre sa respiration et haussa les épaules.

— J'imagine que c'était une des barques impliquées dans l'accident, ajouta-t-il.

— Vous n'avez pas vu l'accident ?

— Oh non ! J'ai marché vers un bosquet et je suis resté assis à l'ombre un moment. Ensuite, je suis rentré chez moi. Mais j'ai fait un petit détour pour éviter le pique-nique. Je ne voulais pas gêner les jeunes – ça ne se fait pas, vous comprenez ? Quand les gens s'amusent, on a l'impression d'être un intrus. Donc, vous voyez, s'empressa de conclure Jimmy, je n'ai pas vraiment vu quoi que ce soit d'intéressant. Mais je me suis dit que j'avais quand même intérêt à venir et… euh…

— Et je suis ravi que vous l'ayez fait, répondit Clement d'un ton encourageant. Si seulement tout le monde faisait preuve d'autant de civisme que vous.

Pour l'instant, son appel à témoins ne lui avait pas fourni beaucoup d'éléments nouveaux. Maintenant que se présentait un autre témoin, il ne le laisserait pas partir avant d'en avoir tiré le maximum.

— Donc vous êtes allé vous promener à la même heure que d'habitude ? demanda-t-il.

Jimmy Roper acquiesça et fournit une estimation de l'heure à laquelle il était passé devant les étudiants, concordante avec les dires des jeunes gens.

— Et avant d'atteindre ce groupe, vous n'avez vu personne d'autre dans les parages ? insista Clement, tandis que Trudy notait consciencieusement son témoignage en sténo. Un autre promeneur accompagné d'un chien, peut-être ?

— Non, répondit Jimmy d'un ton sans appel. Pas d'autres promeneurs de chien. Tyke a tendance à aboyer quand il en croise, il fait un raffut… ah, par contre, il y avait deux pêcheurs.

À sa grande satisfaction, le coroner et la policière parurent intéressés par ce détail, et Jimmy décrivit les pêcheurs de son mieux.

— Mais j'ai remarqué, ajouta-t-il, que quand je suis repassé par là à mon retour, ils étaient tous les deux partis. Ce n'est pas étonnant – le bruit que faisaient ces jeunes a dû effrayer tous les poissons sur plusieurs kilomètres.

Clement sourit.

— Sûrement. Vous avez donc continué à marcher

– et vous avez remarqué les étudiants. Pouvez-vous les décrire ?

— Eh bien… je n'en suis pas sûr, répondit Jimmy, l'air penaud. C'était des jeunes, quoi. Habillés comme ils le sont de nos jours. Oh ! mais j'ai remarqué qu'il y avait plus de filles que de garçons. Les filles installaient le pique-nique, et les garçons paressaient dans l'herbe… Ah si, il y avait un drôle de garçon, un peu à l'écart. Je ne sais pas s'il faisait partie du groupe ou pas. Il était à peu près à trois mètres des autres et il regardait la rivière. Les autres bavardaient, mais aucun d'eux ne faisait attention à lui. J'ai eu l'impression qu'il était peut-être seul – vous voyez ? Qu'il était là par hasard, peut-être parce qu'il se promenait, mais qu'il ne faisait pas partie du groupe. Il ne mangeait ni buvait, maintenant que j'y pense.

— Oh ? releva Clement. Pouvez-vous le décrire ?

— Oh oui – je me souviens bien de lui. C'était une grande perche, maigre, avec des cheveux roux. Une crinière couleur carotte inoubliable. Et des taches de rousseur… je ne me souviens pas du reste, par contre.

Avec précautions, Clement lui fit passer en revue le reste de la matinée, mais en dehors des deux pêcheurs et du mystérieux rouquin, Jimmy n'avait rien à ajouter.

Cependant, le coroner le remercia vivement d'être passé, et quand il quitta le bureau, plutôt content de lui, Jimmy Roper avait oublié qu'il était nerveux en arrivant.

Après son départ, Clement s'étira en bâillant.

— Eh bien, c'est peut-être un indice, ou pas. Vous devriez vous adresser au club de pêche local – voir si vous pouvez identifier ces deux pêcheurs. Ils ont peut-être vu quelque chose d'utile.

Trudy prit un air de martyre. Elle savait que c'était peu probable. Mais bon, c'était son travail de faire les enquêtes de routine ennuyeuses, en plus des tâches plus stimulantes.

— Et le roux ? demanda-t-elle, tout excitée. Et si c'était le même que celui qui avait posé des questions sur la petite amie de Derek Chadworth ? Vous en avez déjà entendu parler ?

— Non, c'est la première fois, répondit Clement, pensif. La prochaine fois que vous irez traîner dans les pubs d'étudiants pour récolter des informations, essayez de découvrir qui il est.

Trudy acquiesça, plutôt contente. Un grand garçon maigre aux cheveux roux ne passait généralement pas inaperçu, si bien qu'il ne devrait pas être si difficile à trouver.

Enfin, s'il était étudiant.

14

Keith Morrison ouvrit le portail à l'arrière de sa maison et traversa la pelouse. Depuis son grand jardin, situé à la périphérie du village d'Islip, on avait une belle vue sur la prairie, là où la rivière longeait la limite sud de leur propriété.

Mais même s'il faisait une fois de plus beau et chaud, Keith ne prêta pas attention au chant des oiseaux ni aux papillons qui voletaient tandis qu'il se dirigeait vers la mare qu'il avait créée il y a peu. Il s'arrêta à côté et l'observa d'un œil distrait.

La plupart des sédiments étaient retombés maintenant que le premier mois était passé, et les plantes oxygénantes qu'il avait plantées avaient commencé à bien clarifier l'eau. Il remarqua que les traces de la petite tranchée qu'il avait creusée jusqu'à la rivière à moins de vingt mètres, afin de remplir le trou d'eau, avaient presque complètement disparu, recouvertes par de l'herbe fraîche. Une fois que les asters et les dahlias qu'il avait plantés de ce côté-là auraient pris racine, personne ne saurait que la tranchée avait existé.

Une bergeronnette jaune et gris fila vers la mare, l'aperçut et, d'un coup de sa longue queue, s'éloigna à toute vitesse en poussant un cri alarmé.

Après l'avoir admirée, il se dit – avec un coup au cœur – que sa fille aurait adoré la voir. Elle était un peu artiste, sa Jenny, elle dessinait les fleurs, le chat du voisin, des oiseaux et toutes sortes d'autres choses dans son carnet.

Mais bien sûr, tout ça c'était du passé.

Morose, il contempla la mare sombre. Âgé de quarante-huit ans, il faisait un peu plus de 1 m 80 et était plutôt costaud. Avec ses cheveux gris touffus et ses yeux enfoncés, il était encore considéré comme un bel homme, mais en cet instant, il avait l'air soucieux. Il possédait un petit atelier de fabrication situé à Cowley, qui produisait des mobylettes Morrison, des petits scooters fiables qui lui rapportaient une fortune. À quoi bon ? se demanda-t-il, amer. À quoi bon travailler dur pour acheter une jolie maison dans un charmant petit village, à quoi bon diriger une entreprise florissante, si on n'avait personne à qui léguer tout cela ?

Quand Celia et lui s'étaient mariés presque vingt-trois ans plus tôt, ils pensaient tous les deux fonder une famille nombreuse. Mais finalement, ils n'avaient eu qu'un seul enfant – une fille.

Ils l'avaient appelée Jennifer.

Et il était difficile d'imaginer une enfant plus jolie, intelligente et aimante. Dès sa naissance, ils l'avaient tous les deux adorée.

De petite taille, elle avait d'abord voulu être jockey – la première femme à gagner le Derby, le Grand National et toutes les autres courses hippiques de premier plan ! À sept ans, elle était adorable dans sa tenue d'équitation, avec son petit visage triangulaire, sa crinière brune et ses grands yeux bleus. Vers quatorze ans, elle avait changé d'avis et opté pour le dressage – au grand soulagement de ses parents, étant donné que c'était un objectif bien plus facile à atteindre. Et puis, sans qu'ils sachent pourquoi, vers son seizième anniversaire, leur fille gaie et flegmatique était devenue très ambitieuse, presque trop, prête à tout pour réussir. La petite école locale pour filles qu'elle fréquentait ne lui avait plus suffi, et ses parents lui avaient payé de bon cœur des leçons particulières d'équitation. Elle rêvait d'une médaille olympique et avait les Jeux olympiques suivants dans le collimateur.

Ses vieilles amies oubliées, elle était devenue introvertie et distante. Ils avaient attribué ce changement à sa détermination à décrocher le saint Graal du milieu hippique, et n'avaient pas réalisé le danger qu'elle courait. Les jeunes filles n'étaient pas toujours faciles. Même Celia, sa mère, avait cru qu'elle avait simplement un peu de mal à aborder cette période si difficile qu'est la puberté.

Mais elle était devenue de plus en plus renfermée et distante. Un peu absente. Même cachottière, ce qui ne lui ressemblait pas. Quand ils lui parlaient, ils s'apercevaient parfois brusquement qu'elle n'avait pas écouté un mot de ce qu'ils venaient de dire. Parfois, Keith l'avait surprise à le regarder avec un mélange d'étonnement, de pitié et de quelque chose qui ressemblait presque à du mépris.

Cela lui avait fait un choc. Autrefois très proche de son papa adoré, elle était devenue une inconnue. Celia lui avait conseillé d'être patient.

Mais ensuite, quelques semaines après la Noël de l'année précédente, ils l'avaient perdue.

Plus tard, ils avaient reconstitué le puzzle – sa famille et l'aimable inspecteur de police chargé de l'enquête sur Jenny. Elle était allée chez une amie pour le thé, puis avait prétexté un besoin pressant pour fouiller la chambre des parents, où elle savait que la mère de son amie gardait un flacon de somnifères dans sa table de chevet.

Et puis elle avait volé une bouteille de whisky, que les Morrison venaient d'ouvrir pour Noël, pour faire passer les pilules.

C'était Celia qui l'avait trouvée. Endormie, ou c'est ce qu'elle avait cru, dans sa chambre. Pas de mot d'adieu. Pas d'explication. C'était d'autant plus étonnant que ses professeurs d'équitation et de dressage étaient satisfaits de ses progrès.

Keith continua à fixer l'eau sombre, contemplant le reflet des nuages et la folle danse d'un gyrin à la surface – comme s'il pouvait trouver une réponse ici, dans le chaos de la nature. Mais la solution qu'il envisageait ne le soulagerait pas, pas plus qu'elle ne répondrait aux questions qui le tourmentaient.

— Pourquoi, Jen-Jen ? murmura-t-il enfin, d'une voix bourrue qui détonnait dans le calme du joli jardin. Pourquoi as-tu fait ça ? Ce n'était pas la peine, ma chérie. J'aurais continué à payer ce salopard !

À quelques kilomètres de là, à Oxford, Reggie regardait avec mépris la jeune fille mal à l'aise qui se tortillait sur sa chaise, et dut réprimer un soupir d'impatience.

Il avait vu Minnie « Mouse » Hartley, la meilleure amie de Becky depuis l'école primaire, pousser la porte du café alors qu'il rentrait du travail, et il n'avait pas pu résister à la tentation de la suivre.

Heureux de constater qu'elle était seule, il avait ignoré le fait qu'elle s'était décomposée en le voyant, et l'avait rejointe à sa table. Il lui avait proposé de lui offrir un thé et des gâteaux, mais elle n'avait pas souri pour autant. Un peu empâtée, avec une crinière de cheveux bouclés et ternes dont elle ne savait que faire, elle aurait d'ordinaire mangé avec empressement l'assortiment de gâteaux que la serveuse venait d'apporter.

Mais elle fixait le grand frère de son amie, les yeux écarquillés, l'air inquiet.

— Honnêtement, monsieur Porter, comme je l'ai dit à votre père, je ne sais pas où est Becky, geignit-elle.

C'était l'histoire qu'elle leur serinait depuis que la famille Porter avait trouvé la lettre de Becky, laissée dans sa chambre, qui leur disait qu'elle quittait la maison et qu'ils ne devaient pas s'inquiéter pour elle.

Reggie réprima l'envie d'attraper cette petite idiote par les épaules et de la secouer jusqu'à ce que ses dents tombent. Il se força à sourire.

— Allez, Mouse. Becky et toi, vous avez toujours été très proches. Et je sais comment sont les filles. Vous ne pourriez pas garder un secret entre vous, même si votre vie en dépendait.

L'air morose, Minnie se servit une part de Battenberg, sans y toucher. Elle était incapable d'avaler quoi que ce soit. Bien sûr, Betty avait toujours dit que son grand frère était un vrai rabat-joie, pire que son père et sa mère combinés. Et Minnie avait constaté par elle-même à quel point il pouvait se montrer protecteur. Il traînait toujours au club de jeunes pour la raccompagner à la maison et n'arrêtait pas de lui poser des questions sur ses petits copains. Carrément flippant, à son avis.

Pas étonnant que Becky le déteste ! Elle aurait voulu qu'il s'en aille et la laisse tranquille, mais elle voyait bien qu'il ne la lâcherait pas si facilement.

— Honnêtement, elle ne m'a jamais rien dit, mentit-elle avec entêtement.

À presque vingt ans, Minnie avait travaillé chez le maraîcher au bout de la rue depuis qu'elle avait quitté l'école, à quatorze ans. C'était une adulte, indépendante financièrement. Elle se sentait bête de laisser un Reggie Porter l'intimider.

Elle savait que Becky ne s'était jamais laissée faire, même s'il avait essayé de lui imposer ses règles. Pas étonnant qu'elle se soit enfuie de chez elle pour aller s'amuser à Londres. Becky avait, elle aussi, appris à aimer ce genre de divertissements. Mais elle ne pouvait rien dire de tout cela à l'homme sombre qui lui faisait face.

— Écoutez, monsieur Porter, reprit-elle d'une voix

suppliante. Becky a toujours dit qu'elle voulait réussir. Elle ne voulait pas rester toute sa vie à Oxford. Elle parlait tout le temps de Londres, de ses bars, de son envie de devenir mannequin ou de percer dans le milieu du cinéma.

C'était vrai. Mais elle n'osait pas évoquer ce qu'avait fait Becky pour financer son rêve. Rien que d'y penser, elle en avait encore la nausée, mais… eh bien, Becky n'était pas comme elle. Et ça, depuis toujours.

Reggie se retint de crier de frustration.

— Mais quelle idiote… Combien de filles s'installent à Londres tous les jours avec les mêmes rêves stupides en tête, à ton avis ? Elles croient qu'elles peuvent se pointer dans une agence de mannequinat et être embauchées sur-le-champ ? Apparaître dans un magazine, être « découverte » par un réalisateur et faire une carrière d'actrice ? Des centaines ! Probablement des milliers, poursuivit-il avec mépris. Et combien réussissent, espèce de tête de linotte ? Pour chaque Vivian Leigh ou Margaret Lockwood, combien d'autres n'arrivent jamais à… oh, c'est ridicule ! Si tu sais où elle est partie, dis-le moi maintenant, ou je te jure…

Minnie, alarmée par sa sauvagerie croissante, déglutit.

— Honnêtement, monsieur Porter, je n'en sais rien, geignit-elle.

Ce qui n'était pas complètement faux.

Avant de quitter la ville, Becky n'avait rien laissé au hasard. Et si ses projets d'avenir incluaient effectivement de faire la tournée des agences de mannequinat, elle n'était pas aussi inconsciente que son grand frère semblait le croire, se dit Minnie, irritée.

Pour commencer, elle avait un point de chute. Elles connaissaient toutes les deux une fille du collège qui était allée vivre dans la capitale, et Becky avait réussi à trouver son adresse. Donc elle ne serait pas à la rue.

Par ailleurs, Becky savait que, pour être embauchée par une agence, il fallait un portfolio – fait par un photographe professionnel et incluant des photos un peu osées. Et elle s'en était procuré un – enfin, en quelque sorte – avant de partir.

De toute façon, pensa Minnie, elle ne serait pas étonnée que Becky fasse exactement ce qu'elle avait dit qu'elle ferait ! Elle avait du culot et de la détermination. Sous ses allures angéliques, elle était coriace.

Mais elle n'était pas assez bête pour le dire à son grand frère, qui la prenait toujours pour une petite chose fragile. Becky en avait bien ri derrière son dos. « Franchement, Mouse, disait-elle, Reggie croit toujours que j'ai six ans ! »

— Elle a dû te dire quelque chose ! hurla Reggie, la faisant sursauter et attirant l'attention de leurs voisins, qui froncèrent les sourcils.

— Non, rien du tout, mentit courageusement Minnie. Elle a juste dit qu'elle allait faire du stop pour économiser l'argent des billets de train.

Ce qui n'était pas faux. En fait, Becky était sûre de trouver un camionneur qui la prendrait en stop. D'après elle, ils étaient toujours ravis d'avoir une jolie fille sur le siège passager.

En entendant cela, Reggie Porter blêmit de rage et d'inquiétude.

Si c'était vrai, elle n'était peut-être même pas arrivée jusqu'à Londres. De nos jours, on entendait tellement d'histoires de jeunes filles enlevées…

— Et le type avec lequel elle traînait ? demanda Reggie, refusant d'envisager l'inimaginable.

Il fixa la fille enveloppée qui se tortillait de plus belle sur sa chaise.

— L'étudiant et toute sa clique, précisa Reggie d'un air sombre.

Minnie déglutit et s'apprêta à lui servir un nouveau mensonge.

Au commissariat, Trudy était plantée devant le bureau du capitaine Jennings et faisait son rapport sur l'enquête du coroner. Elle décrivit ce qu'ils avaient appris jusque-là, ce qui ne parut pas impressionner ni intéresser son supérieur hiérarchique.

— Donc, il ne s'est pas donné la peine d'interroger les parents des étudiants ?

C'était le seul point qui intéressait Jennings. Il parut soulagé quand Trudy secoua la tête.

— Non, monsieur. Mais le Dr Ryder souhaite qu'on aille parler aux parents de M. Chadworth demain. Il veut en apprendre davantage sur leur fils, maintenant qu'ils ne sont plus sous le choc et qu'ils sont rentrés chez eux.

— Oui, oui, très bien, répondit distraitement Jennings.

Pour ce qu'il en avait à faire, cette peste de coroner pouvait harceler les parents du défunt autant qu'il voulait. Tant qu'il ne posait pas de questions aux parents puissants et fortunés des autres étudiants – surtout au duc, le père de lord Jeremy Littlejohn.

Le préfet lui avait déjà dit que le duc désirait que cet incident malheureux soit enterré discrètement. Et quand le duc demandait quelque chose, le préfet promettait de s'exécuter. Malheur aux simples capitaines qui ne saisissaient pas le message !

— Et vous avez parlé une seule fois à lord Littlejohn ? insista-t-il.

— Oui, monsieur, répondit patiemment Trudy.

C'était la troisième fois que le capitaine lui posait la question.

— Il ne m'a pas plu, monsieur, ajouta-t-elle, téméraire. Il était très grossier et condescendant et…

— Quand je voudrai votre avis, Loveday, je vous le demanderai, l'interrompit brutalement Jennings.

Trudy pâlit.

— Oui, monsieur.

— Très bien. Allez... dans le trou perdu où Ryder veut vous emmener demain. Laissez-le poser autant de questions qu'il voudra sur la victime. Mais tenez-moi au courant.

— Oui, monsieur, répéta Trudy, heureuse de s'esquiver.

Dans le bureau commun, elle commença à appeler les clubs de pêche dans l'espoir de retrouver les pêcheurs témoins de l'accident. Aucun des clubs locaux n'avait organisé de compétition ce jour-là.

— À mon avis, vos pêcheurs passaient le temps, c'est tout. Je pense qu'ils avaient un permis ou le garde-pêche leur aurait sûrement collé une amende !

Avec un soupir, Trudy raccrocha et ajouta le fait qu'elle devait identifier les pêcheurs à sa liste de choses à faire. Même si elle les trouvait, ils n'auraient probablement rien d'intéressant à leur dire.

— Ça, c'est un soupir, commenta Rodney Broadstairs, posant insolemment ses fesses sur son bureau. Tu fais quelque chose d'intéressant ? demanda-t-il en riant, sachant ce qu'elle répondrait. Le sergent et moi, on s'occupe des cambriolages d'entrepôts vers Botley, se vanta-t-il.

— Tant mieux pour toi, répondit Trudy, l'air pincé.

— Alors, à qui tu parlais au téléphone ? demanda Rodney.

Grand et blond, aux yeux bleus, c'était le chouchou du commissariat. Jennings lui attribuait fréquemment les meilleures enquêtes, et même leur sergent, Mike O'Grady, semblait l'apprécier.

— Aux clubs de pêche du coin, avoua Trudy à contrecœur. J'essaie de mettre la main sur deux témoins potentiels d'un décès, ajouta-t-elle, toute fière.

Pendant un instant, Rodney, qui louchait sur sa poitrine, parut déçu. Puis son beau visage s'éclaira.

— Ah, tu veux parler de l'étudiant noyé. Ah oui, j'ai entendu dire que tu travaillais encore avec ce cinglé de coroner !

— Il n'est pas cinglé ! rétorqua Trudy. Il est mille fois plus intelligent que toi.

— Loveday !

À son grand soulagement, ce n'était pas la voix du capitaine Jennings, mais du sergent. Malgré tout, le ton de réprimande la fit grimacer.

Elle savait que Mike O'Grady l'avait plutôt à la bonne, mais comme presque tout le monde au commissariat, il était d'avis que les femmes n'avaient pas leur place dans la police. Il se dirigea vers eux, et Trudy regarda, avec une expression un peu entêtée, Rodney se reculer discrètement et se redresser.

— Je te rappelle que tu es toujours stagiaire, Loveday. Tu as intérêt à respecter tes collègues, qui en passant ont validé leur période de stage, eux. C'est clair ?

Trudy se mordit la lèvre.

— Oui, sergent.

— Et quant à toi, Broadstairs, arrête de traîner et va travailler. Ou je ne t'ai pas donné assez à faire ?

Trudy réprima un sourire en voyant le chouchou de Jennings s'éloigner.

Le sergent poussa un gros soupir avant de l'imiter.

Trudy baissa la tête et attendit sagement la fin de la journée. Pour un peu, à l'idée de quitter le commissariat toute une journée le lendemain, elle aurait poussé des cris de joie.

15

— Alors c'est ça, l'autoroute, dit Trudy le lendemain matin. Je ne l'avais encore jamais vue.

L'autoroute avait ouvert l'année précédente, en 1959 – une grande œuvre d'ingénierie, d'après son père. Quand elle lui avait dit que le coroner et elle la prendraient, il s'était avoué presque jaloux et avait admis qu'il aimerait conduire son vieux bus sur la nouvelle route, juste pour profiter de la large chaussée et de la fluidité de la circulation.

Alors que Trudy regardait la vaste étendue presque déserte, elle jeta un coup d'œil au compteur de la voiture du coroner et constata avec un frisson d'excitation qu'ils frôlaient les 100 km/h !

— Ça vous plaît ? demanda Clement en souriant devant son enthousiasme.

Trudy, qui portait son uniforme, avait retiré sa casquette. Par cette chaude journée d'été, ils roulaient fenêtres ouvertes, si bien que les longs cheveux bruns et bouclés de la jeune fille volaient au vent. Le coroner avait insisté pour qu'elle laisse sa veste noire sur la banquette arrière et elle avait même osé remonter les manches blanches de sa chemise jusqu'à ses coudes.

— C'est épatant !

— À ce rythme, nous n'en aurons pas pour longtemps, acquiesça Clement en contemplant la longue étendue d'asphalte. Une chose est sûre, c'est l'avenir de l'automobile !

Les Chadworth habitaient une maison de style Tudor dans l'un des nouveaux petits lotissements qui avaient poussé à la périphérie des villes dans toute la Grande-Bretagne, juste après la guerre.

Anne et Paul Chadworth les attendaient tous les deux, le père du garçon ayant posé sa matinée dans le petit cabinet d'avocats où il était associé.

— Je vous en prie, entrez, dit la mère de Derek.

Elle était vêtue d'une robe d'été bleu marine toute simple avec de la dentelle blanche, et malgré un maquillage soigneusement appliqué, on remarquait tout de suite qu'elle était épuisée. Le père du défunt portait un pantalon d'été léger, une chemise et une cravate. Il ne se départit pas de son expression pincée pendant tout l'entretien.

Après avoir posé son chapeau dans l'entrée, le coroner, et Trudy qui avait remis sa casquette et sa veste, suivirent le couple dans un petit salon qui était de toute évidence rarement utilisé.

Le couple prit place sur un canapé, et Trudy et Clement s'assirent sur les deux fauteuils assortis qu'on leur proposa. La pièce sentait la cire, et Trudy se dit que Mme Chadworth ou sa femme de ménage avait tenu à ce que la pièce soit impeccable.

— Merci, nous n'allons pas vous déranger très longtemps, commença Clement en regardant Paul Chadworth, qui approuva d'un signe de tête. Comme vous le savez, un verdict non concluant signifie que l'enquête sur la mort de votre fils n'a pas permis d'aboutir à une conclusion certaine. L'enquête suit donc son cours. Je suis venu avec ma collègue de la police…

Il désigna Trudy, qui avait sorti son carnet.

— … parce que nous aimerions en apprendre un peu plus sur votre fils.

Anne Chadworth, qui serrait un mouchoir de toutes ses forces, poussa un léger soupir mais ne dit rien.

— Nous ne voulons pas vous chagriner inutilement, poursuivit Clement, et j'espère que nos questions ne vous paraîtront pas trop indiscrètes.

— Demandez-nous tout ce que vous voudrez, intervint soudain Paul Chadworth, d'une voix aussi lugubre que son expression.

Clement lui jeta un regard pensif. Le père du garçon pensait-il lui aussi que la mort de son fils n'était pas accidentelle ?

— Nous nous sommes renseignés, commença le coroner avec précautions, et il semblerait que votre fils ait été vu en compagnie d'une fille du coin, assez souvent, au cours des mois qui ont précédé son… son décès. Savez-vous de qui il s'agissait ? A-t-il mentionné son nom ?

Trudy vit le mari et la femme échanger un regard étonné. Mais c'est la mère qui répondit.

— Non. Il n'a jamais parlé de quelqu'un en particulier. Oh ! nous savions qu'il avait des petites amies, dit-elle avec un sourire en coin. Derek était joli garçon, et charmeur avec ça. Ma mère, sa grand-mère, disait toujours qu'il était beau parleur. Mais quand il est allé à Oxford, il nous a dit qu'il allait consacrer toute son attention à ses études. Les filles attendraient.

Elle s'interrompit, comme hors d'haleine. Son mari reprit brusquement la parole.

— Je sais ce que vous pensez, dit Paul Chadworth en levant le menton. Que c'étaient des balivernes, pour nous rassurer. Je sais comment sont les jeunes quand ils quittent la maison pour la première fois. Ils sont parfois un peu déchaînés. Donc je sais que mon fils n'était pas un ange, et il est peut-être bien sorti avec cette fille. Mais laissez-moi vous dire quelque chose, docteur Ryder…

Il se pencha en avant, comme pour souligner ce qu'il allait dire.

— Mon fils était très ambitieux. Il n'a manqué de rien – il a grandi dans une jolie maison et on lui a payé une bonne école. Mais dès son plus jeune âge, il nous disait déjà qu'il attendait plus de la vie.

Le père du défunt désigna la pièce et le cul-de-sac respectable où s'alignaient les maisons.

— Il voulait déménager dans le Sud, pour commencer, et trouver du travail à Oxford, à Londres ou dans le Surrey, un endroit de ce genre. Il disait qu'au nord de la Tamise, tout était trop provincial.

Son épouse renifla d'un air malheureux, mais le père semblait plus fier qu'autre chose de cette déclaration grandiloquente.

— Il voulait voir du pays et devenir quelqu'un d'important. Il disait que notre génération ne comprenait pas l'époque moderne – que la guerre était finie depuis longtemps et que nous étions à l'aube d'une nouvelle époque. Un monde dans lequel un homme pouvait grimper tous les échelons de la société, s'il était prêt à travailler dur. C'est ce que comptait faire Derek.

— Et vous approuviez cette ambition ? demanda Clement d'un ton qui relevait davantage de l'affirmation.

— Je n'allais pas le retenir, répondit sombrement Paul Chadworth. Pour quoi faire ? Je lui ai souhaité bonne chance, et quand il m'a dit qu'il s'était lié d'amitié avec un fils de duc, je n'aurais pas pu être plus heureux. Comme je l'ai toujours dit, dans ce monde, ce qui compte, ce n'est pas ce que vous savez, mais qui vous connaissez.

Trudy prit des notes sans rien dire.

— Ah, oui… Lord Littlejohn, reprit le coroner. Qu'a dit votre fils sur lui, exactement ?

Encore une fois, les parents échangèrent un regard, et c'est la mère qui répondit.

— Il ne nous parlait pas beaucoup de l'université et d'Oxford quand il rentrait pour les vacances, docteur Ryder. Il savait que nous ne connaissions rien à ce monde. Il nous montrait ses photographies et nous parlait de ses projets d'avenir.

— Oh oui, j'ai entendu dire qu'il était passionné de photographie, intervint Trudy pour la première fois, en faisant un sourire à l'autre femme. Vous avez des œuvres à lui ici ?

— Oui, j'ai gardé un album, répondit la mère, toute fière.

Sans avoir besoin d'encouragements, elle se leva, se planta devant un grand buffet en bois sombre qui occupait tout un coin de la pièce puis ouvrit une des portes inférieures et en sortit un gros tome couvert de velours rouge.

— Quand il était plus jeune, il participait à des compétitions locales de photographie. Il a gagné des prix – des équipements d'appareils-photo, surtout. Un jour, un de ses clichés a été publié dans un journal local.

— Ah, il était vraiment doué alors, l'encouragea Trudy tandis que la mère posait l'album sur la petite table en bois entre eux.

— Oh oui. Mais il disait que ce n'était pas un métier d'avenir. Qu'on ne pouvait pas se faire beaucoup d'argent…

Elle s'interrompit, comme si elle était trop épuisée pour continuer à parler.

Trudy tourna quelques pages, remarquant que le coroner les regardait aussi.

La plupart étaient des clichés « d'ambiance » d'Oxford et de la campagne du nord, en noir et blanc. Il y avait quelques photos d'animaux sauvages. Et quelques portraits – probablement des membres la famille.

— C'est du bon travail, commenta Trudy

Et elle le pensait. Elle était loin d'être une experte, mais elle voyait bien que les photographies avaient du style.

Ayant un peu détendu l'atmosphère, Trudy jeta un coup d'œil à Clement pour l'inciter à reprendre les rênes.

Il déclara habilement, quoique pas tout à fait sincèrement :

— Ça avait l'air d'être un bon garçon. Mais avez-vous remarqué des changements chez lui ces dernières semaines ? Quand l'avez-vous vu pour la dernière fois ?

— À Pâques, répondit immédiatement Anne Chadworth. Il est venu deux semaines.

— Et il vous a semblé comme d'habitude ?

— Oh oui. Il était gai comme un pinson. Il nous a invités à déjeuner à l'hôtel Carrisforth la veille du dimanche de Pâques. Le Carrisforth est un hôtel cinq étoiles. Ils nous ont servi de la cuisine française.

De toute évidence, Mme Chadworth avait le plus grand respect pour cet établissement.

— Ils ont un chef français très réputé là-bas, commenta son mari. Tous nos amis en parlaient. C'est Derek qui nous a invités.

De nouveau, le coroner jeta un regard pensif au père. En entendant cette histoire, il s'était tout de suite demandé comment un étudiant pouvait se permettre d'offrir un tel dîner à ses parents. Son père s'était-il posé la même question ? Essayait-il de leur transmettre un message ?

— Je vois. Il ne vous a pas paru préoccupé ? demanda Clement.

— Non. Il était comme d'habitude, répondit tristement Anne.

— A-t-il mentionné la promenade en barque ou le pique-nique ?

— Non. Mais il sortait tout le temps, affirma Paul

Chadworth. Derek disait que se lier avec les gens importants était presque aussi crucial que d'avoir un bon diplôme.

Trudy soupira et continua à prendre des notes.

— Y a-t-il quelque chose, même une broutille, qui vous paraît étrange avec le recul ? Une remarque qu'il aurait faite ? demanda Clement en fixant le père.

Mais si Paul Chadworth tentait bien de leur faire passer un message, il refusait de le formuler explicitement. Peut-être en était-il incapable.

Au bout d'une dizaine de minutes d'interrogatoire inutile, les Chadworth les raccompagnèrent poliment jusqu'à la porte et restèrent plantés devant leur maison jusqu'à ce que la voiture se soit éloignée.

— Alors, avons-nous appris quelque chose de nouveau ? demanda Trudy.

— Je n'en suis pas sûr. Mais ça me paraît possible, répondit prudemment Clement.

Trudy le regarda conduire, en se demandant avec un soupir si elle pourrait un jour apprendre à conduire. Rodney Broadstairs avait demandé au commissariat de lui payer des leçons de conduite, et elle était sûre que sa demande serait acceptée. Mais elle savait déjà que ça ne servirait à rien de l'imiter – elle entendait déjà le capitaine Jennings lui répondre d'un ton méprisant qu'elle devrait être heureuse d'avoir un vélo !

— Pourquoi ce soupir ? demanda Clement, l'air amusé.

— Je me disais juste que j'adorerais conduire une voiture, répondit-elle avec un petit sourire.

Clement eut l'air étonné.

— Qu'est-ce qui vous en empêche ?

Trudy éclata de rire.

— La police ne paiera jamais des cours de conduite à une femme ! Je ne peux pas me permettre de prendre des cours privés, et je ne crois pas que mon père pourrait m'apprendre – il a l'habitude de conduire des bus ! En plus, on n'a pas de voiture pour s'entraîner. Papa fait du covoiturage avec un ami pour aller travailler.

Elle soupira à nouveau.

— De toute façon, la plupart des hommes pensent qu'une femme au volant est un danger public.

— Vous partagez cet avis ? lui demanda Clement en réprimant un sourire.

— Non, pas du tout, en fait. J'ai vu beaucoup de gens qui conduisaient mal quand j'ai régulé la circulation, et presque tous les accidents étaient causés par des hommes – surtout ceux qui rentraient du pub la nuit. Je pense que les femmes sont plus prudentes.

— Alors ?

— Ça ne sert à rien, répondit Trudy avec philosophie. Le capitaine Jennings me pense incapable d'apprendre à conduire, donc il ne m'autorisera jamais à prendre des cours.

— Et vous, vous pensez que vous êtes incapable d'apprendre ?

Trudy lui jeta un coup d'œil agacé.

— Je ne vois pas pourquoi ! rétorqua-t-elle. Ma tante Margaret a conduit une ambulance pendant la guerre – pendant le Blitz, en plus. Si elle en est capable, je ne vois pas pourquoi je ne le serais pas !

— Bien dit ! répondit Clement avec un sourire. Écoutez. Obtenez un permis et je vous apprendrai à conduire si vous voulez.

Trudy en resta bouche bée. Son ravissement fit place à de la terreur. Et si elle en était vraiment incapable ? Elle se sentirait tellement bête. Ou pire, et si elle abîmait sa voiture ? Il ne voudrait plus jamais travailler avec elle.

— Qu'est-ce qu'il se passe, vous vous dégonflez ?

Clement se sentit fier en la voyant se redresser et relever le menton.

— Bien sûr que non, affirma Trudy. Mais vous allez

devoir me laisser quelques mois pour économiser pour le permis.

Clement cilla, puis se força à acquiescer l'air de rien. Parfois, le fossé entre eux le prenait par surprise. Bien sûr, il pouvait se permettre de lui offrir son permis. Mais son instinct lui souffla de ne pas le lui proposer. Il ne voulait pas qu'elle pense qu'il lui faisait la charité.

— Très bien, c'est d'accord. Dites-moi quand vous voudrez commencer. Bien, revenons à nos moutons. Vous savez ce que j'ai pensé, quand M. Chadworth nous a parlé de son fils ? Je me suis demandé d'où le garçon sortait son argent.

Il voulut changer de vitesse mais un spasme parcourut ses doigts. Il jura et le moteur de la voiture gronda jusqu'à ce qu'il y parvienne à réaliser la manœuvre.

Trudy, en voyant sa main trembler sur le volant, se sentit soudain glacée.

Le coroner avait-il trop bu ?

Cette idée lui traversa l'esprit avant qu'elle puisse s'en empêcher. Et elle se souvint qu'il avait failli trébucher dans l'escalier quand ils étaient allés interroger Lionel Gulliver.

Sur le moment, elle n'y avait pas prêté attention... mais pendant sa formation, on lui avait appris que la plupart des agressions étaient dues à l'influence de l'alcool et on lui avait inculqué les symptômes de l'ivresse. Une démarche titubante. Des gestes maladroits.

Elle lui jeta un coup d'œil. Il semblait alerte. Mais après tout, certaines personnes tenaient bien l'alcool. Le sergent O'Grady disait que, parfois, il était difficile de deviner que quelqu'un était ivre s'il avait l'habitude de boire régulièrement.

— Qu'en pensez-vous ? demanda Clement, faisant ciller Trudy.

Il la surprit à rougir.

— De quoi ?

— D'où venait l'argent de Derek ? répéta le coroner, un peu impatient. Il était étudiant, mais il pouvait payer un festin à trois personnes dans un hôtel cinq étoiles. Ça ne vous a pas surprise ?

— Oh... oh si, acquiesça Trudy. Ce n'est pas comme si son père à lui était duc, hein ? J'imagine que ses parents lui versaient une petite pension, mais quand même...

— Vous savez, je crois que, quand nous poserons des questions sur lui, nous allons découvrir que notre ambitieux défunt n'était jamais à court d'argent.

— Vous croyez que lord Littlejohn lui donnait de l'argent ?

— Peut-être, répondit Clement, même s'il n'y croyait pas.

D'une, il doutait que lord Littlejohn ait l'habitude de distribuer son argent – sauf s'il s'agissait de faire un prêt à quelqu'un de son milieu. Et de deux, il soupçonnait que Derek Chadworth aurait avalé son chapeau plutôt que de demander un emprunt à son ami fortuné.

Étant donné la position précaire de Derek (un garçon de la classe moyenne qui fréquentait des aristocrates), il avait dû insister pour payer ses consommations et faire comme s'il avait l'habitude de dépenser sans compter.

Non. À moins qu'il se trompe complètement, le défunt avait trouvé une source de revenus lucrative pour financer son train de vie.

Et qui sait – s'ils découvraient de quoi il retournait, ils tiendraient peut-être une piste !

À ses côtés, Trudy essayait d'oublier ses suspicions sur la sobriété de son ami. Malgré tout, quand elle rentrerait au commissariat ce soir-là, elle se renseignerait peut-être sur les signes trahissant que quelqu'un buvait en cachette...

16

La salle de boxe de Bernie était un petit bâtiment ordinaire tout près de New Inn Hall Street, coincé entre deux immeubles beaucoup plus imposants. Personne ne savait vraiment comment le Bernie en question avait réussi à s'installer là, mais l'établissement était devenu le repaire des aristocrates adeptes de l'aviron qui aimaient aussi boxer. Résultat, c'était l'un des endroits où les étudiants venaient traîner, d'autant plus que le propriétaire (qui ne s'appelait pas Bernie, étrangement) fermait les yeux quand les garçons introduisaient de l'alcool.

Naturellement, pour toutes ces raisons, la petite salle de sport attirait toutes sortes de parasites qui n'auraient jamais imaginé mettre les pieds dans un ring, et était par conséquent, l'un des établissements où les membres du Marquis Club aimaient se retrouver. Ce repaire sordide plaisait à leurs palais blasés. Puis, le fait que lord Jeremy Littlejohn ait mis en place un cercle de paris autour de longs matchs de boxe, avec une cote très basse pour les pugilistes amateurs plutôt doués, n'avait fait qu'augmenter les revenus et la popularité du club.

Le fils cadet du duc se rendit donc à la salle peu après s'être levé ce matin-là. Depuis qu'il avait fouillé en vain la chambre désormais vacante de Derek Chadworth, il s'était creusé la tête en essayant de deviner où son ami aurait pu cacher des documents compromettants, et il venait de se rappeler qu'il avait été membre de la salle de sport. Et comme tous les adhérents, on lui avait attribué un petit casier.

En entrant par la porte principale, Littlejohn fut surpris de constater que la salle principale et le ring étaient vides. Les étudiants et les locaux fréquentaient le club surtout en soirée ; cependant, le propriétaire laissait l'établissement ouvert toute la journée, sous la supervision de ce qu'il aimait appeler une équipe réduite. Elle consistait en un géant aux oreilles en chou-fleur, Tiny, qui passait la majeure partie de son temps à somnoler dans un coin, le visage caché derrière les pages de courses, un cageot de bières à ses pieds.

Tiny ronflait comme un stégosaure à travers son nez en selle. Littlejohn l'ignora et se dirigea vers la petite porte à l'arrière qui menait aux vestiaires et aux casiers.

À peine deux minutes plus tard, curieux mais prudent, Reginald Porter passa la tête par la porte, les yeux écarquillés à la vue du ring vide. Un instant plus tard, il entendit l'homme qui ronflait dans un coin et faillit s'enfuir en courant. Mais le fait que la pièce ait été complètement déserte, sans parler de sa curiosité compulsive, l'arrêta juste à temps.

Il rassembla son courage et parcourut du regard la pièce crasseuse, plissant le nez en sentant l'arôme aigre de la transpiration et – bizarrement – d'un produit de nettoyage, puis il se dirigea lentement vers la seule autre porte qu'il voyait, au milieu du mur du fond.

Il s'immobilisa juste à côté, tendit l'oreille, ouvrit la porte avec précaution et écouta à nouveau. Face à lui s'étendait un petit labyrinthe de casiers, de bancs et de placards grillagés typiques des vestiaires.

Il faillit s'enfuir une fois de plus. La dernière chose dont il avait envie était d'être surpris à fouiner dans une salle de boxe. Après tout, qui sait combien de malabars à la botte de Littlejohn traînant dans le coin seraient prêts – moyennant finances – à donner une bonne raclée à un type trop curieux ? Mais il se rendit compte que cette pièce, comme l'autre, était très silencieuse. Enfin, il n'entendait aucune conversation, mais dans un coin de la pièce, il y avait un peu de bruit.

Enhardi par les hautes rangées de casiers gris qui touchaient presque le plafond et faisaient une cachette idéale, il se dirigea silencieusement vers le bruit. Son cœur commença à battre un peu trop fort, et il se mit à transpirer.

En prenant une grande inspiration, il jeta un coup d'œil prudent de l'autre côté d'un casier particulièrement cabossé et aperçut le dos, maintenant familier, de lord Jeremy Littlejohn.

Comme d'habitude, il portait du blanc – ce jour-là, un pull de cricket blanc par-dessus un pantalon bleu pâle. Ses cheveux blonds brillaient d'un éclat terne à la lumière du soleil filtré par une fenêtre haute et incroyablement sale. Il vidait et fouillait désespérément un casier.

Reggie n'aurait pas su dire comment, mais il savait que ce n'était pas son casier. Il en était sûr. Peut-être à cause de la rapidité de la fouille et des gestes furieux de Littlejohn.

Il sentit une goutte de sueur glisser sur son front et se força à l'ignorer, malgré la tentation presque irrépressible de l'essuyer sur sa manche.

Il était conscient qu'ils étaient complètement seuls et que le moindre bruit, comme le bruissement de ses vêtements, risquait de trahir sa présence à sa cible. Même si affronter Littlejohn dans un combat à un contre un ne lui faisait pas peur, il gardait en tête qu'un géant endormi se trouvait dans l'autre pièce.

Un appel à l'aide de Sa Seigneurie et Reggie risquait d'être battu comme plâtre.

Il s'obligea à respirer lentement et se concentra sur les

agissements du blond. Que faisait-il là ? À qui appartenait ce casier ? Que cherchait-il ? Et est-ce que ça pouvait être utile de le découvrir…

Il faillit bondir quand, soudain, Littlejohn jura sauvagement et donna un coup de pied rageur dans le casier – le tintement résonna dans toute la pièce.

Tel un lapin qui vient d'apercevoir un serpent dans l'herbe, Reggie se figea, sentant un danger imminent. De toute évidence, Sa Seigneurie n'avait pas trouvé ce qu'il cherchait et allait à présent sortir du vestiaire.

Et Reggie était pile dans sa ligne de mire.

Non seulement son front était couvert de sueur, mais il transpirait désormais de partout et tremblait.

Heureusement, quand Littlejohn claqua la porte du casier et s'éloigna, il emprunta le passage étroit de l'autre côté de la rangée de casiers où Reggie se cachait ; sinon, le roux n'aurait eu d'autre choix que de s'enfuir en courant, la queue entre les jambes.

Il retint son souffle tandis que l'homme qu'il haïssait passait à quelques mètres de lui sans se rendre compte de rien. Une fois qu'il fut parti, Reggie poussa un soupir de soulagement et s'effondra sur un casier.

Il lui fallut quelques instants pour retrouver son équilibre, puis il se redressa, se dirigea vers le casier fracturé et le fouilla à son tour, cherchant les réponses dont il avait bien besoin. Le comportement étrange de Littlejohn l'avait intrigué.

Des livres et quelques lettres lui permirent d'identifier ce casier comme celui de Derek Chadworth.

Bingo !

À toute allure, comme lord Littlejohn quelques minutes plus tôt, il fouilla les sacs de vieux vêtements de sport, les livres de droit et d'autres détritus. Mais il n'y avait rien qui pût l'aider à découvrir où Becky était partie. Pas de journal intime contenant des nouvelles d'elle, pas de billets de train qui pourraient lui indiquer où le défunt s'était rendu. Pas d'indice suggérant qu'il avait loué un appartement pour quelqu'un d'autre, pas de lettres de sa sœur – rien.

Ironiquement, tout comme lord Littlejohn avant lui, il jura et donna un coup de pied dans le casier.

Puis Reggie se calma, soudain pensif. Il ferma la porte et la regarda avec curiosité. Au milieu, il y avait une de ces ouvertures carrées où on pouvait insérer un morceau de papier avec le nom du propriétaire. Celle-ci était vide – tout le monde ne prenait pas la peine de les remplir.

Mais en arpentant rapidement les rangées de casiers, il tomba bientôt sur l'un d'eux qui portait le nom de lord Jeremy Littlejohn.

Parfait. Il n'était même pas fermé à clé ! Après tout, les gens qui fréquentaient cet endroit devaient se dire qu'ils ne risquaient rien. Non seulement les casiers étaient anonymes pour la plupart, mais d'anciens boxeurs durs à cuire patrouillaient ! Mais quand Reggie fouilla le casier, il ne trouva que quelques shorts et maillots de corps, deux serviettes et deux bouteilles de Scotch pas entamées.

Avec un sourire sinistre, Reggie ferma avec précaution le casier et réfléchit quelques secondes. Puis il hocha la tête.

Maintenant qu'il connaissait l'existence de cet endroit, et savait à quel point il était facile de s'y introduire pendant la journée, la prochaine fois que Sa Seigneurie ouvrirait son casier, il aurait une très mauvaise surprise.

Une crotte de chien, peut-être ? Et il pouvait laisser une petite carte sympathique avec les excréments. Du genre : lui aussi n'était qu'une merde.

Oui, se dit Reggie avec un sourire satisfait. Ça effacerait l'habituel petit sourire en coin de Sa Seigneurie. Et ça le déstabiliserait.

Ou était-ce un peu trop enfantin ? Peut-être qu'il fallait quelque chose de plus menaçant ? Il fronça les sourcils. Il faudrait qu'il y réfléchisse. Il était sûr qu'il aurait une meilleure idée d'ici peu.

Prudemment, Reggie Porter repassa sur la pointe des pieds devant le boxeur endormi et ressortit sous le soleil d'Oxford.

Les choses allaient bientôt s'arranger. Il le sentait !

Heureusement pour lui, lord Littlejohn ignorait tout de ce qui l'attendait tandis qu'il retournait dans son *college*, déçu et mécontent. Il aurait parié que Derek s'était servi du casier à la salle de sport comme cachette, et le fait que ce soit une nouvelle impasse l'agaçait considérablement.

Étant donné que le coroner fourrait son nez partout, il faudrait vite trouver les documents, ou la situation risquait de devenir très gênante. Son cher papa ne serait pas ravi de devoir tirer son cadet d'une énième situation délicate. Jeremy était conscient que la patience de son père avait des limites.

C'était du Derek tout craché, de mourir et de le laisser encore plus dans la mouise que si… Ses pensées s'interrompirent quand, approchant de l'entrée de son *college*, il vit une silhouette féminine familière, en uniforme de police, assise sur un muret près de l'entrée de la loge, à l'ombre du haut bâtiment.

Il essaya de se convaincre qu'il était amusé plutôt que déstabilisé, mais sa gêne grandissait à mesure qu'il approchait. Il n'avait pas l'habitude qu'on le mette mal à l'aise et ça ne lui plaisait pas du tout.

— Tiens, tiens, tiens, la stagiaire, dit-il d'une voix charmante et nonchalante, prenant les devants.

Sans lui laisser le temps de se lever, il s'assit près d'elle et regarda ses pieds, qui s'étaient balancés pendant qu'elle attendait.

— Mon Dieu, ce doit être les chaussures les plus laides que j'aie jamais vues, commenta-t-il en jetant un regard dégoûté aux souliers plats, noirs et à lacets. Les jolies filles devraient porter de jolies chaussures par une journée pareille. Des petites sandales à brides, par exemple.

— Je ne pense pas que je pourrais pourchasser un suspect en sandales, rétorqua Trudy.

Mais elle savait qu'elle avait viré à l'écarlate et elle s'en voulait. Après tout, que lui importait son mépris ?

— Et vous pourchassez beaucoup de suspects, mademoiselle… quel est votre charmant petit nom, déjà ?

— Loveday, milord, répondit Trudy avec raideur. Et j'ai quelques autres questions à vous poser.

En fait, elle savait qu'elle n'aurait pas dû être là. Le capitaine Jennings n'approuverait sûrement pas, et elle n'avait même pas prévenu Clement qu'elle comptait interroger à nouveau Sa Seigneurie. Mais elle ne supportait pas de devoir le traiter avec des pincettes et elle ne voyait pas pourquoi il devrait avoir droit à un traitement de faveur. Elle était décidée à le traiter comme n'importe qui d'autre.

— Allez-y, chérie, dit-il en imitant son héros, Noël Coward.

Elle était ravissante quand elle rougissait de colère, et il se demanda soudain ce que Derek aurait pensé d'elle. Il aurait bavé d'admiration…

— Nous voulions savoir pourquoi M. Chadworth était membre de votre club, monsieur, commença-t-elle. Nous avons cru comprendre que, pour devenir membre du Marquis Club, il faut avoir un titre.

— Oh non, pas du tout. Un camarade a juste un père qui possède la moitié du comté de Cumbria. Il n'a aucun titre, mais il contrôle des hectares et des hectares de terres. Un simple fermier, en fait. Et qui dit que Derek était membre ?

— Mais le père de M. Chadworth est avocat, remarqua Trudy, en ignorant sa dernière phrase.

Maintenant qu'elle comprenait qu'il essayait délibérément de la provoquer, elle n'avait pas l'intention de se laisser avoir une fois de plus.

— Ah oui. Plébéien, n'est-ce pas ?

Trudy ne savait pas du tout ce que le mot voulait dire et devina immédiatement que Littlejohn saurait qu'elle ne le connaissait pas. Elle se promit de le chercher dans un dictionnaire à la première occasion ! Ses doigts se serrèrent autour de son crayon tandis qu'elle écrivait en sténo. Oh ! comme elle aurait voulu prendre sa petite matraque et l'abattre de toutes ses forces sur les genoux de cet homme !

— Comment l'avez-vous rencontré ? insista-t-elle en se forçant à rester calme.

— Comment croyez-vous que les gens se rencontrent ? Probablement dans un pub.

— Et il vous a tellement impressionné que vous êtes immédiatement devenus meilleurs amis, insinua-t-elle d'un ton méprisant.

— N'exagérons pas ! répondit Littlejohn avec un sourire.

Évidemment, il ne pouvait pas dire à cette fille à la beauté agaçante que le parfum de corruption que dégageait le garçon à l'allure ordinaire l'avait interpellé. Perpétuellement lassé du quotidien, et perpétuellement à la recherche de nouveautés comme il l'était, Derek Chadworth avait attiré son attention comme la viande pourrie attire les mouches.

Il avait été amusant, ce Derek. Si vulgaire, sans vergogne, il donnait pourtant l'image d'un petit étudiant propret avec son accent du Nord. Et certaines de ses idées avaient surpris même les débauchés les plus blasés du Marquis Club – Littlejohn inclus. Oh ! ç'avait été drôle au début. De corrompre toutes ces filles de la ville respectables, des cibles si faciles. Ç'avait été un jeu délicieux, et un peu dangereux…

Jusqu'à ce qu'il devienne clair que Derek, ce petit rat, n'avait fait ça que pour l'argent. Tellement vulgaire. Pendant qu'ils se prenaient pour les héritiers légitimes du Hellfire Club ou je ne sais quoi, ce fils cupide d'un avocat de troisième catégorie ne cherchait qu'à se remplir les poches. Quelle déception. Et pourtant, même à cette époque, il avait continué à les fasciner. C'était comme s'ils le gardaient à leurs côtés pour voir quelle serait l'idée suivante de cette petite créature prétentieuse et écœurante.

Mais comment pouvait-il expliquer tout cela à cette nunuche, membre de l'éminente police de Sa Majesté ?

Il la regarda, et fut une fois de plus frappé par sa beauté, sa naïveté et son innocence. Son uniforme sévère et sa casquette ridicule ne faisaient qu'ajouter à son charme.

Il lui fit un sourire nonchalant.

— Vous savez, mademoiselle Loveday, je commence à me demander pourquoi vous vous intéressez autant à moi, dit-il en se rapprochant jusqu'à lui frôler le bras.

— Quoi ? demanda Trudy, alarmée et surprise par la soudaine tournure que prenaient les choses.

— Oh ! allez, ne soyez pas timide, répondit Littlejohn, ravi de la voir virer à l'écarlate.

Elle était tellement innocente que c'était vraiment délicieux. Corrompre quelqu'un comme elle… Il tendit la main et lentement, du bout de l'index, il lui tapota le genou.

— J'imagine que, sous tout cela…

Il caressa sa jupe épaisse.

— … vous portez une affreuse culotte réglementaire ?

Trudy eut très chaud, puis frissonna. Personne ne lui avait jamais rien dit d'aussi insultant et choquant.

Elle vit ses yeux se plisser, amusés, et honteuse, elle se releva brusquement. Elle ne savait pas exactement ce qu'elle aurait fait ensuite, mais elle n'eut pas l'occasion de le découvrir, car Littlejohn se leva d'un mouvement souple et l'attira vers lui, une grimace suggestive déformant son beau visage.

Sans lui laisser le temps de parler, il tendit soudain la main, l'attira vers lui et pelota son sein gauche. Même à travers le tissu épais de sa veste d'uniforme, elle sentit la pression de ses doigts. La honte, le dégoût et la peur qui la parcoururent laissèrent bientôt place à une violente colère.

Sans réfléchir, elle lui flanqua un coup de genou au niveau de l'entrejambe. C'était sa tante Margaret qui lui avait appris cette contre-attaque. Margaret avait servi pendant la guerre et connaissait les méthodes les plus rapides et efficaces pour remettre les soldats dissipés à leur place.

À sa grande satisfaction, Littlejohn vira au cramoisi et se plia en deux, la lâchant et lui permettant de reculer de quelques pas.

— Petite pute ! siffla l'aristocrate. Tu vas le regretter !

Il haleta, affaissé contre le muret, en regardant discrètement si quelqu'un avait assisté à l'incident.

Plusieurs passants avaient visiblement assisté à la scène : en les dépassant, ils dissimulèrent un sourire. Son visage cramoisi vira presque au violet.

— Ne me touchez pas, déclara Trudy d'une voix tremblante.

Elle hésita, ne sachant pas quoi faire d'autre. Son instinct lui soufflait qu'elle devrait faire quelque chose – mais quoi ? Après un instant, se sentant très secouée mais tentant de le cacher, elle se détourna et s'éloigna d'un pas incertain.

Lord Jeremy Littlejohn jura sauvagement et quand il fut sûr de pouvoir se redresser sans trop souffrir, il se dirigea vers la loge du concierge. Raide comme un piquet, il entra, espérant qu'elle n'aurait pas le courage de revenir et de le suivre à l'intérieur.

Trudy n'en fit rien. Elle avança de quelques pas, comme anesthésiée, puis elle esquissa un petit sourire. Déjà, elle avait réussi à le déstabiliser ! Elle ne savait pas trop comment, mais elle lui avait fait perdre son calme arrogant si agaçant et l'avait mis en colère. C'était la seule explication à sa tentative de séduction maladroite.

Et quand il l'avait agressée, elle s'était défendue. Et ç'avait été très satisfaisant !

Triomphale, elle retourna au commissariat, presque joyeuse. Cependant, elle ne pouvait s'empêcher d'éprouver de la peur. Quand il l'avait menacée de se venger, il semblait très sérieux. Et elle savait qu'elle était vulnérable quand elle patrouillait dans les rues toute seule.

Devait-elle en parler à quelqu'un ? Au capitaine Jennings, peut-être ? Mais non, se dit-elle immédiatement. Ce serait bien trop gênant, et en plus, cela ne ferait que renforcer ses préjugés contre les femmes dans la police.

Au Dr Ryder, alors ? Mais que pouvait-il faire ? Il ne pouvait pas l'accompagner dans ses rondes !

Non. Les criminels passaient leur temps à proférer des menaces, ses professeurs l'avaient prévenue. Ils les mettaient rarement à exécution.

À cet instant, le Dr Ryder n'était pas loin à vol d'oiseau, puisqu'il était assis dans le bureau du Dr Vincent Pettigrew au *college* de St Bede's, où il sirotait un whisky pur malt particulièrement savoureux. Il ne buvait pas souvent pendant la journée – en fait, il buvait rarement – mais une bouteille pareille ne se refusait pas.

Le Dr Pettigrew enseignait la jurisprudence, et en particulier la responsabilité délictuelle. Il avait été l'un des tuteurs de Derek Chadworth. C'était un petit homme mince, avec des bajoues étonnamment prononcées, et le coroner lui trouvait des airs de bouledogue. Il avait des cheveux presque noirs fournis et ses yeux sombres regardaient le monde avec mélancolie.

Il avait installé Clement dans un fauteuil très confortable en face de son bureau encombré tapissé de cuir vert et lui avait versé un verre. Il lui faisait l'effet d'un homme qui n'avait pas grand-chose à faire de ses journées.

Il soupira, but une gorgée, étudia la couleur du whisky quelques instants et acquiesça.

— Chadworth. Oui. Une vraie tragédie. Je m'attendais à ce que ce garçon réussisse brillamment dans la vie. C'est généralement ce qui se passe avec ce genre d'étudiants.

Le professeur de droit ne s'était pas montré particulièrement surpris quand le coroner avait pris rendez-vous avec lui pour évoquer son ancien étudiant, et ne semblait pas réticent à parler de lui – Clement s'en réjouissait. Parfois, les *colleges* tenaient tellement à protéger leur réputation qu'ils devenaient peu coopératifs.

Mais à l'attitude détendue du tuteur, Clement en déduisit que le principal du *college* lui avait donné la permission de parler librement. Peut-être que lui, comme tant d'autres, pensait que le pire était derrière eux. Ou peut-être simplement que le professeur de droit tenait à son indépendance et ne se sentait pas obligé de suivre la ligne du parti.

— « Ce genre d'étudiants » ? répéta Clement.

Pettigrew eut un petit sourire.

— Extrêmement ambitieux et, entre nous, prêts à prendre des risques.

— Ah, répondit Clement avec un sourire. Ce genre-là.

Il jeta un coup d'œil spéculatif à l'homme par-dessus son verre.

— Aurais-je tort de supposer que vous ne l'aimiez pas beaucoup, docteur ?

— Ah, mais il ne faut pas dire du mal des morts, n'est-ce pas ? répondit Pettigrew avec un petit sourire. C'est ce qu'on dit, en tout cas.

— Vraiment ? rebondit Clement en utilisant ce ton particulier, sarcastique, « entre hommes du monde » instantanément reconnaissable. D'après moi, ce sont des morts qu'on peut dire le plus de mal, puisque ça ne leur fait plus ni chaud ni froid ! Ne croyez-vous pas que le monde se porterait mieux si nous évitions de dire du mal des vivants ?

Le professeur sursauta, puis il lui fit un grand sourire.

— Vous êtes un original, monsieur ! Félicitations. Je dois dire que dans mes jeunes années, j'étais moi-même un peu excentrique. Hélas, le confort de mon salaire régulier et une vie de famille ont éteint cette flamme.

Clement prit l'air compatissant et redirigea la conversation.

— Alors, le jeune Chadworth… Vous vous attendiez à ce qu'il réussisse bien ses examens ?

— Oh oui. Il était assez intelligent. Et contrairement à d'autres, il travaillait ses cours. Il était obligé, bien sûr, s'il voulait avoir la meilleure note.

— Hmm. Vous disiez qu'il était ambitieux. Quelle spécialité l'attirait, à votre avis ?

— Oh ! le droit pénal, répondit immédiatement Pettigrew. Je crois qu'il aurait bien réussi à défendre les riches et les coupables multi-récidivistes, docteur Ryder. C'est très lucratif, voyez-vous, d'éviter la prison aux gangsters et aux requins de la finance.

— Ah. Il était bassement attiré par le gain, alors ?

— Ça n'a rien de honteux, comme vous le savez bien ! Mais, oui, Chadworth m'a donné l'impression d'être toujours en quête d'argent. Si vous voulez mon avis, reprit-il en s'installant plus confortablement dans son fauteuil, son problème était qu'il n'avait pas grandi dans une famille assez riche pour le satisfaire. S'il avait été plus pauvre, il s'en serait mieux sorti. Mais son éducation de classe moyenne ne pouvait pas soutenir la comparaison avec le train de vie de ses amis d'Oxford plus fortunés. C'est ici qu'il a vraiment déraillé, bien sûr, ajouta-t-il d'un ton suffisant en désignant la fenêtre, par laquelle on voyait la ville s'affairer derrière les murs du *college*. Oxford lui a donné l'occasion de constater comment les riches peuvent vivre.

— Ah oui. Le Marquis Club, commenta Ryder d'un ton ironique. Saviez-vous qu'il faisait partie de la bande de Littlejohn ?

Le professeur poussa un profond soupir.

— Oui. Mais bien sûr, c'était typique de Chadworth. Attiré par l'argent.

— Plutôt que par l'aristocratie ? Il n'était pas snob, alors ? releva Clement en observant son interlocuteur de près.

— Non, je ne crois pas, répondit lentement le tuteur. Je n'ai jamais eu l'impression qu'il rêvait de cette distinction-là. Sinon, il aurait probablement pu épouser une noble quelconque. Il était suffisamment séduisant pour cela et il savait charmer les dames. Mais je ne crois pas qu'avoir un beau-père aristocrate lui aurait convenu. Il aurait dû dire « oui, monsieur » et « non, monsieur » et faire attention à ses manières tout le temps. Il avait une bien trop bonne opinion de lui-même pour s'imposer cela ! Non, j'ai toujours eu l'impression que ce jeune homme avait besoin d'être indépendant. De régner sur son trésor.

— Et croyez-vous qu'il se serait soucié des méthodes employées pour acquérir ce trésor ?

— Pardon ?

Le coroner but une gorgée.

— Tout à l'heure, vous avez dit qu'à votre avis, il était prêt à prendre des risques.

— Oh. Oh ! oui. Mais attention, contra Pettigrew, l'air circonspect pour la première fois, ce n'était qu'une impression.

Clement acquiesça immédiatement.

— Oui, oui. Je ne vous demande que vos impressions du garçon. Rien d'officiel.

— Dans ce cas… oui, répondit Pettigrew, l'air rassuré. S'il avait vécu, je l'aurais bien vu monter un cabinet d'avocats à succès – et gagner beaucoup d'argent en cours de route. Sans s'embarrasser de scrupules sur l'origine de sa fortune.

Clement finit son verre et le posa sur le bureau.

— En d'autres termes, docteur, vous pensiez que ce n'était pas un bon garçon, clarifia-t-il.

— C'est ça, répondit Pettigrew avec un petit sourire, en soulevant la carafe de whisky. Encore un peu ?

Clement secoua la tête.

— Pas pour moi. Mais je vous en prie, ne laissez pas la sobriété d'un ancien chirurgien vous empêcher de boire un deuxième verre. Il fait tellement chaud que je n'aurais rien contre une eau gazeuse.

— Bien sûr, dit Pettigrew en se levant.

Et il se passa quelque chose d'étrange.

Alors que le professeur se penchait pour remplir son verre, leurs visages se rapprochèrent au-dessus du bureau, et quand Clement leva la main pour dire « c'est bon, merci », il remarqua une fugace expression de dégoût sur le visage de son interlocuteur. Il se laissa retomber contre son dossier, étonné. Les gestes et l'attitude du professeur lui rappelaient l'instant où, dans sa cuisine, sa femme de ménage avait eu le même réflexe. Elle s'était éloignée, comme offensée.

Pendant un instant, Clement se demanda, gêné, si la chaleur l'avait fait trop transpirer ! Mais évidemment, il se lavait soigneusement tous les matins – et il n'était pas assez en surpoids pour suer excessivement. Peut-être son aftershave était-il particulièrement fort et pas du goût du professeur ? Il réprima un sourire.

Et soudain, il pâlit. Il avait compris le problème.

L'un des symptômes de la maladie de Parkinson pouvait être une mauvaise haleine !

À la fois furieux et honteux, il se leva d'un bond.

— Eh bien, je ne vais pas vous déranger plus longtemps, s'entendit-il dire.

S'apercevant qu'il avait toujours son verre à la main, il le vida d'un trait et le posa sur le bureau.

Il remercia ensuite son hôte, et prit soin de garder ses distances en lui serrant la main pour ne pas lui infliger sa mauvaise haleine une seconde fois. Puis, se sentant ridicule, il quitta le bureau du professeur.

Ce ne fut qu'à l'extérieur qu'il put s'arrêter et faire le point. Il ne lui fallut pas longtemps. Il était humilié. Et furieux. Cette fichue maladie ne cessait d'attaquer sa dignité. Une démarche chancelante, des tremblements. Combien de temps avant qu'il ne commence à bredouiller ?

Et maintenant, cette fichue mauvaise haleine !

Il se dirigea sombrement vers Cornmarket Street, où il pourrait trouver une pharmacie. Il lui suffirait d'acheter les pastilles à la menthe les plus fortes qu'il trouverait.

À partir de maintenant, il devrait prendre garde à les utiliser régulièrement – surtout s'il devait s'approcher d'un ami ou d'une connaissance !

17

Reggie Porter n'aimait pas beaucoup son père. Ce n'était pas un secret dans la famille, mais inévitablement, ça provoquait des conflits. Les choses s'étaient un peu calmées depuis que Reggie avait enfin pu quitter la maison de ses parents, mais leurs relations restaient tendues.

Étant donné que Becky était restée à la maison après son départ, presque à chaque fois que Reggie venait lui rendre visite, son père se réfugiait au pub local. Sa mère, June, qui passait son temps à réconcilier tout le monde, tentait de rester neutre lors de leurs disputes permanentes, mais en réalité, elle était toujours du côté de ses enfants.

Quand elle avait épousé Stanley Porter, c'était un bel homme en uniforme, un mécanicien promis à un bel avenir. Par bien des côtés, il avait respecté sa part du contrat de mariage. Il leur avait mis un toit sur la tête – à Cowley, grâce à des aides au logement – et, grâce au succès de l'usine Morris, il n'était jamais au chômage et rapportait à la maison un salaire régulier. Ils avaient eu deux enfants en bonne santé, mais malgré tout, leur union n'était pas un grand succès.

C'était surtout dû au goût de Stanley pour la bière et au fait qu'il devenait violent quand il était ivre. Au début, June avait supporté le plus gros des coups, mais ensuite, quand Reggie avait atteint la puberté, pour une raison mystérieuse, Stanley avait transféré sa rage d'ivrogne sur son fils.

Cela n'avait duré que quelques années, prenant fin subitement quand Reggie, grand pour son âge à quinze ans, lui avait rendu ses coups. Heureusement, Stanley avait toujours adoré sa fille et n'avait jamais touché à un cheveu de sa petite chérie. Sinon, Reggie aurait sérieusement envisagé de le tuer.

À présent, par cette soirée ensoleillée de mai, Reggie était assis face à son père à la table de cuisine. Sa mère était dans le jardin, où elle cherchait des légumes pour le dîner. Un bref regard suffit à Reggie pour se rendre compte que son paternel n'avait bu que trois bouteilles de sa bière sombre préférée et ne deviendrait donc pas immédiatement agressif.

— Alors, tu n'as pas de nouvelles d'elle ? insista Reggie.

Depuis que Becky avait quitté la maison, il ne faisait pas confiance à son père pour le tenir au courant en cas de nouvelles. Ce serait bien son genre de ne rien dire à son fils si elle l'avait contacté, juste pour lui faire du mal. Becky avait toujours su embobiner son père et le manipuler pour qu'il soit gentil avec elle. Si elle avait écrit à quelqu'un, dut admettre Reggie, ce serait à Stanley.

— Nan, rien ! J'te l'ai déjà dit ! cria son père.

— Ses amies ne me disent rien, dit Reggie, furieux. Ils arrêtent pas de dire qu'elle est partie à Londres pour devenir mannequin ou actrice. C'est ridicule !

— Elle a toujours voulu être une star, répondit son père d'un ton indulgent. Et si tu veux mon avis, ça pourrait bien marcher. Elle est jolie et douée. Elle danse aussi bien que cette Française… comment elle s'appelle ?

Tout en parlant, il jeta un coup d'œil à un buffet gallois hérité de la famille de June. Sur une étagère trônait un grand portrait photographique d'une fille magnifique, aux cheveux blonds et bouclés coupés court, au menton prononcé et aux pommettes saillantes. Au-delà de son joli minois, elle avait un charme à la garçonne qui la rendait irresistible.

— Elle serait super sur le grand écran, à mon avis, dit son père avec affection et un peu de nostalgie.

Reggie se tortilla sur sa chaise, furieux.

— Ne me dis pas que tu te figures bêtement qu'elle va rentrer riche et célèbre ! La chouchoute des studios Pinewood ! Papa, grandis un peu ! Une fille comme Becky, dans une grande ville…

Il frissonna.

— Elle serait la proie de tous les escrocs de la ville. Elle s'imagine peut-être qu'elle est maligne et qu'elle a de l'expérience, mais comparée aux requins de là-bas… Il faut qu'on la trouve !

Il donna un coup sur la table, frustré. Stanley sursauta et renversa une partie de sa bouteille de bière. Il fusilla son fils du regard. C'était un homme corpulent, voire en surpoids à présent, presque complètement chauve, avec des yeux marron d'une grande laideur et un cou épais. La main qui ne tenait pas sa bouteille forma instinctivement un poing.

Dans sa jeunesse, il avait joué dans une équipe de football amateur et avait été célèbre pour ses tacles efficaces sur le terrain. Il était aussi « connu des services de police » en raison de plusieurs bagarres d'ivrognes violentes qui avaient eu lieu devant des pubs après la fermeture.

Les voisins avaient peur de lui, et il le savait. Il tirait beaucoup de plaisir de sa réputation d'homme dur.

Mais quand son fils le fixa, absolument pas impressionné, il baissa les yeux le premier.

— Ah, on sait tous pourquoi tu veux qu'elle revienne, hein ?

Reggie se raidit.

— Qu'est-ce que c'est censé vouloir dire ?

Stanley haussa les épaules.

— Tu l'as toujours couvée, dit-il en regardant la photographie de sa fille, morose. À mon avis, si elle est partie, c'est aussi parce que tu étais toujours sur son dos, à lui demander où elle allait et avec qui.

— Il fallait bien que quelqu'un garde un œil sur elle, rétorqua Reggie. Tu n'as jamais rien eu à faire d'elle !

— Ah ouais ? hurla Stanley, en se levant et en envoyant balader sa chaise avec une telle violence qu'elle heurta le plancher.

D'un bond, Reggie se leva, prêt à esquiver ses poings.

Dans le jardin, avec les fenêtres et la porte ouvertes en raison de la chaleur, June Porter entendit le vacarme et jeta un coup d'œil anxieux à la maison. Mais elle resta dehors.

À l'intérieur de la cuisine, père et fils se fusillaient du regard.

— Alors comme ça, j'en avais rien à foutre d'elle, gamin ? J'ai fait tout ce que j'ai pu pour elle ! J'ai payé tout ce que je pouvais…

Pendant une seconde, Stanley hésita, conscient qu'il en avait trop dit.

Mais Reggie n'était pas d'humeur à lui passer quoi que ce soit.

— Toi, dépenser de l'argent pour autre chose que de la bière, des clopes et des billets de foot ! Jamais de la vie, espèce d'égoïste !

Furieux, Stanley se dirigea vers le buffet, sortit une clé de sa poche et ouvrit la porte la plus basse du placard. Il en sortit une grande enveloppe marron.

— Tu me crois pas, hein ? Eh ben, regarde-moi ça, c'est la preuve ! hurla-t-il en balançant l'enveloppe sur la table. Mais je t'aurai prévenu ! Quand elles sont arrivées par la poste et qu'on m'a dit de payer pour éviter qu'elles soient mises en circulation, tu crois que j'ai pas versé l'argent ? Hmm ? Bien sûr que si ! Pour notre Becky…

Soudain, il se laissa retomber sur sa chaise, toute sa colère éventée. À la vue du visage pâle, tendu et incertain de son fils, il eut un sourire sans joie.

— Oui. Tu fais moins le malin, hein, gamin ? Tu croyais que ta petite sœur était tellement innocente. Tellement parfaite…

Pendant un instant, Reggie, ahuri, eut l'impression que son père allait se mettre à pleurer.

Évidemment, il n'en fit rien. Il vida plutôt sa bière.

D'une main tremblante, sentant qu'il était au bord d'un précipice et qu'il ferait mieux de faire demi-tour, Reggie Porter prit l'enveloppe.

Et en examina le contenu.

18

Dès que Trudy pénétra dans le commissariat, elle remarqua l'atmosphère pesante qui y régnait. Rodney Broadstairs ne lui adressa même pas un sourire condescendant, mais il lui jeta un coup d'œil presque gentil.

Ce fut Walter Swinburne, l'un des doyens du commissariat, qui lui annonça la mauvaise nouvelle.

— Le capitaine Jennings veut vous voir dans son bureau immédiatement, mademoiselle Loveday, dit-il solennellement.

Puis il ajouta en chuchotant :

— Il est furax ! Qu'est-ce que tu as fabriqué ?

Trudy déglutit. Se sentant nauséeuse, elle s'approcha du bureau du capitaine Jennings et frappa timidement à la porte.

— Entrez ! hurla-t-il d'une voix mal embouchée.

Se redressant, elle ouvrit la porte et entra.

Jennings la regarda approcha, le visage tordu par la rage.

— Loveday, je viens d'avoir un coup de téléphone de lord Jeremy Littlejohn.

En entendant ces mots terribles, Trudy sentit son cœur battre furieusement, au point de craindre de vomir. Elle se força à ravaler sa nausée.

— Il m'a dit que vous l'avez agressé physiquement, poursuivit Jennings d'un ton dur. Naturellement, je lui ai dit que j'étais extrêmement surpris, mais il a insisté.

— Monsieur, je…

— Silence ! Laissez-moi finir, aboya son supérieur.

Trudy grimaça, consciente qu'on entendait sa voix dans le bureau principal. Sentant son front se couvrir de sueur, Trudy se força à rester immobile. Et à réfléchir.

Soudain, elle se souvint du conseil du Dr Ryder : elle ne pouvait pas laisser ses émotions interférer avec son raisonnement. Si elle se laissait distraire par la peur, l'excitation, la colère ou quoi que ce soit d'autre, son ennemi aurait déjà gagné. Elle devait garder les idées claires.

Elle cilla, dompta son indignation et sa frayeur, et examina le capitaine de près.

— J'ai dit à Sa Seigneurie qu'aucun agent sous mes ordres n'agresserait jamais un citoyen. Sans parler de quelqu'un d'aussi important que lui, poursuivit Jennings, d'une voix pleine de fureur contenue. Vous pouvez imaginer ma surprise quand il a confirmé que vous l'aviez fait. Qui plus est, dans la rue, où n'importe qui pouvait vous voir !

De nouveau, il s'était mis à crier, mais même si elle tressaillit, elle ne dit.

Dans un coin de sa tête, cependant, une petite voix paniquée se faisait entendre. Elle n'était que stagiaire, à l'essai pendant encore treize mois. Un incident de ce genre fournirait au capitaine Jennings une excuse pour se débarrasser d'elle.

Elle devait l'arrêter, d'une façon ou d'une autre. Réfléchis ! Réfléchis ! Que ferait le Dr Ryder ?

— Eh bien, Loveday ! Ne restez pas plantée là comme un pantin. Avez-vous… ?

Il baissa enfin la voix et compléta en glapissant :

— Lui avez-vous donné un coup de genou dans les parties ?

— Oui, monsieur, répondit courageusement Trudy.

Et sans lui laisser le temps d'intervenir, elle poursuivit :

— C'est la seule solution qui me soit venue pour calmer la situation sans causer plus d'embarras à Sa Seigneurie ou faire honte au commissariat, monsieur.

Jennings, la bouche ouverte pour la houspiller, se tut une fraction de seconde. Trudy s'aperçut qu'il ressemblait un peu à une grenouille interrompue en plein coassement. Elle dut se mordre la lèvre pour étouffer une envie soudaine de glousser.

— Expliquez-vous, se contenta d'ordonner Jennings.

— Monsieur, je parlais à lord Littlejohn près de l'entrée de son *college* quand... euh... il m'a agressée plutôt maladroitement en pleine rue. J'ai bien peur qu'il ait un peu trop bu, mentit-elle sans scrupule. Il... euh... m'a attrapée...

Elle savait qu'elle avait viré à l'écarlate, mais elle devait continuer. Elle sentait la transpiration goutter le long de sa colonne vertébrale et ses genoux trembler, mais elle ignora ces sensations.

— Il m'a touchée à un certain endroit de mon, euh, torse et s'apprêtait à continuer. Nous étions sur le trottoir, monsieur, et je devais reprendre le contrôle de la situation avant qu'une altercation – qui aurait fait scandale, c'est certain – n'éclate. Et bien sûr, ajouta-t-elle dans un éclair d'inspiration, la dernière chose dont j'avais envie était d'être obligée de l'arrêter pour agression d'un agent de police.

À l'expression de son supérieur, elle devina qu'elle venait de marquer un point.

— Naturellement, monsieur, je savais que vous ne voudriez pas expliquer au duc que son fils avait été arrêté après m'avoir agressée en public. Si la presse en entendait parler... J'ai donc fait la seule chose que je pouvais, monsieur, et je l'ai mis hors d'état de nuire aussi discrètement que possible, puis je l'ai laissé reprendre ses esprits. Heureusement, je crois qu'il n'y a qu'un ou deux passants qui ont assisté à l'épisode, mais ils ne sont pas intervenus. Je suis immédiatement rentrée au commissariat pour vous mettre au courant de la situation, poursuivit-elle en mentant éhontément, dans l'espoir que vous pourriez aider à étouffer l'affaire. Je dois dire que je suis surprise que lord Littlejohn veuille pousser l'affaire plus loin. Euh… j'imagine qu'il a demandé que je sois réprimandée ? demanda-t-elle de sa voix la plus candide.

Jennings s'affaissa lentement contre le dossier de son fauteuil. Une partie de sa colère s'était évaporée, et il semblait désormais troublé. Étant donné les circonstances, c'était ce qu'elle pouvait espérer de mieux.

— Oui, il a demandé que vous soyez réprimandée, à tout le moins, acquiesça Jennings d'un ton absent.

En fait, l'aristocrate avait exigé qu'elle soit immédiatement renvoyée. Mais à présent, Jennings était gagné par l'appréhension.

— Vous dites que des passants ont été témoins de l'agression sur votre personne ? demanda-t-il calmement.

Trudy mentit une fois de plus sans hésiter.

— Oui, monsieur. Je pense que je pourrais les retrouver facilement si vous voulez recueillir leur témoignage, étant donné que je fais ma ronde par là-bas, et je suis sûre d'avoir reconnu deux d'entre eux…

— Ce ne sera pas nécessaire, mademoiselle Loveday, répondit-il d'un ton sec.

Trudy acquiesça, soulagée d'être à nouveau « mademoiselle Loveday » plutôt que « Loveday ».

— Très bien, monsieur.

Jennings poussa un profond soupir.

— J'ai réussi à convaincre Sa Seigneurie de ne pas porter plainte contre vous. Mais enfin, mademoiselle, vous auriez dû apprendre à repousser les avances des hommes sans recourir à des mesures aussi extrêmes !

Trudy ravala un commentaire bien senti, déglutit et répondit d'un ton penaud :

— Oui, monsieur. Excusez-moi, monsieur.

— Bien. Hors de ma vue. Non, attendez !

Trudy, qui s'était détournée, fatiguée mais soulagée, se raidit et se retourna.

— Oui, monsieur ?

— Pourquoi interrogiez-vous Sa Seigneurie, pour commencer ? Je croyais vous avoir dit d'empêcher le Dr Ryder d'interroger des témoins qui ont de l'influence en ville !

— Oui, monsieur. J'ai… euh… pensé qu'il valait mieux que je parle à lord Littlejohn seule, monsieur. J'ai pensé que le Dr Ryder risquait de se montrer un peu plus… euh… enclin à être… euh… brusque et…

Elle se sentit honteuse de jeter son ami en pâture, mais elle était sûre que ça ne le dérangerait pas. En fait, quand elle le lui raconterait, il la féliciterait probablement pour sa vivacité d'esprit. Le coroner n'avait pas caché sa piètre opinion du capitaine Jennings.

— Oui, oui, je comprends. Eh bien, étant donné que votre interrogatoire s'est soldé par un échec cuisant, je vous interdis d'approcher lord Littlejohn à l'avenir. C'est compris ?

Trudy cilla mais réussit à produire un autre « oui, monsieur » penaud avant de saluer son supérieur et de s'éloigner.

Mais en atteignant la porte, elle se disait déjà qu'elle ne renoncerait pas à découvrir ce qui était arrivé à Derek Chadworth.

Elle ouvrit la porte et la referma avec précaution derrière elle. Consciente que tout le monde la regardait et que personne ne parlait, elle redressa le menton, regagna son bureau et commença à vider sa sacoche d'accessoires. Dans un silence empreint de dignité, elle glissa un morceau de papier, une copie carbone et une feuille de support dans sa machine à écrire Remington et se mit à taper son rapport.

Autour d'elle, les conversations à voix basse reprirent, et Trudy parvint peu à peu à maîtriser sa respiration.

19

En sortant du commissariat ce soir-là, Trudy s'arrêta au bureau de Walter Swinburne. À quarante-huit ans, l'homme au visage anguleux était le plus vieux policier, et le plus expérimenté.

— Je peux vous demander un conseil ? demanda-t-elle à voix basse.

— Bien sûr, mais je dois y aller dans une minute.

Il jeta un regard à sa montre et Trudy soupira. Le problème avec Walter, c'était qu'il n'avait aucune ambition – ni curiosité. C'était un type plutôt sympa qui faisait son travail efficacement et sans se plaindre, mais tout ce qu'il voulait, c'était rentrer chez lui retrouver sa femme et son jardin ouvrier chéri. Le sergent O'Grady maintenait âprement qu'il méritait son salaire, ne serait-ce que grâce à sa longue liste de mouchards. Personne ne pouvait contester qu'il connaissait toute la crapule de son secteur – des petits délinquants aux grands criminels. Mais après moins d'un mois au commissariat, Trudy avait compris que personne ne prenait vraiment Walter au sérieux.

Malgré tout, vu qu'il n'était ni de son côté, ni de celui de Jennings, il représentait une source d'information fiable.

— Que pouvez-vous me dire sur les gens qui boivent en cachette ? demanda-t-elle abruptement.

— Hein ?

— Vous savez, les gens qui boivent trop et essayent de le cacher.

— Ah, ceux-là. Les médecins les appellent des alcooliques fonctionnels, précisa-t-il, à sa grande surprise.

Parfois, Swinburne manifestait des éclairs inattendus d'intelligence et de culture qui surprenaient tout le monde, surtout le sergent !

— Qu'est-ce que tu veux savoir ?

— Oh… vous savez. Comment les reconnaître, répondit Trudy d'un ton nonchalant.

— C'est pas toujours facile, expliqua Walter avec un petit sourire. J'ai connu un homme, un pickpocket vers Abingdon, qui était capable de boire des doses de cheval avant de voler un portefeuille sans que personne s'en rende compte.

— Mais vous saviez qu'il avait bu, non ?

Walter haussa les épaules.

— La plupart des gens bredouillent et titubent, ce genre de choses, n'est-ce pas ? insista-t-elle.

— Oui, bien sûr – pour la plupart des gens, ça se voit s'ils ont bu plus que d'habitude. Mais si ce sont des buveurs endurcis et que leur corps s'est habitué à l'alcool, tu serais étonnée de voir à quel point ils peuvent sembler normaux, même quand ils sont complètement bourrés. Attention, ils font souvent très attention à leur manière de parler – un peu lentement, en faisant attention à ne pas bredouiller.

— Donc – ils parlent lentement et en faisant attention, résuma Trudy. Autre chose ?

— Eh bien, ce n'est pas toujours facile, répondit prudemment Walter. Certains d'entre eux peuvent être très malins et créatifs. Surtout ceux qui boivent en secret – ce sont souvent les riches, ceux qui ont le plus à perdre. Pas comme l'ouvrier moyen, qui boit dans son pub.

— Alors, quelqu'un d'une profession libérale par exemple… suggéra délicatement Trudy.

— Oh oui, ils sont du genre à cacher des petites bouteilles et à boire une gorgée quand leur famille ne les regarde pas.

— Et il n'y a rien qui les trahisse ?

— Eh bien – il y a leur haleine, bien sûr, répondit Walter en se tapotant le nez d'un air pensif. Tu comprends, on ne peut pas toujours cacher l'odeur de l'alcool, même si on boit de la vodka ou du gin.

— Donc ils sentent l'alcool, dit Trudy, un peu impatiente.

Ça, elle l'avait déjà deviné !

— Pas si vite, mademoiselle Loveday, la reprit gentiment Walter. Je n'ai pas dit ça.

— Vous avez dit que leur haleine les trahissait, protesta Trudy, perplexe.

— Oui. Mais c'est à cause des pastilles à la menthe.

— Des pastilles à la menthe ? répéta Trudy. Ah, d'accord ! Pour cacher l'odeur des spiritueux ou de la bière !

— Exactement. Il faut une odeur forte pour cacher l'alcool, et une bonne pastille à la menthe fait l'affaire.

— D'accord, acquiesça Trudy. Merci, Walter.

Son vieux collègue balaya ses remerciements d'un geste et s'empressa de se préparer. Il aimait arriver chez lui pile à l'heure pour le dîner, et sa femme avait prévu des croquettes et des frites pour ce soir-là. L'un de ses plats préférés !

Trudy partit un peu plus tard. En rentrant chez elle à pied, elle était pensive.

Elle n'avait jamais senti d'alcool dans l'haleine du coroner – pas plus que des pastilles à la menthe. Et il avait toujours parlé normalement. Peut-être qu'elle allait un peu vite en besogne et qu'elle sautait sur la pire des conclusions ?

À la maison, sa mère venait de disposer la purée sur la viande hachée de la *shepherd's pie* pour la mettre à dorer au four. Son père allait rentrer du travail d'une minute à l'autre.

Trudy l'embrassa distraitement sur la joue, puis elle monta se changer et prendre un bain rapide.

Le lendemain, elle serait à nouveau en civil, puisqu'elle avait d'autres repaires d'étudiants à explorer dans l'espoir de rassembler des informations sur l'étudiant mort, le mystérieux inconnu roux, et le détestable lord Littlejohn. Elle frissonnait encore à l'idée qu'un coup de téléphone de sa part avait failli lui coûter son travail. Il l'avait probablement fait sans scrupules, sans même s'arrêter sur le fait qu'il allait ficher sa vie en l'air.

C'était tellement injuste !

Elle soupira et descendit dîner, écouta ses parents débattre gentiment de l'opportunité de louer une télé, et mangea son repas sans vraiment en sentir le goût.

Elle n'arrêtait pas de repenser à Littlejohn, pleine de ressentiment. C'était une telle ordure qu'elle ne doutait pas qu'il aurait été capable de tuer son ami. Mais l'avait-il fait ?

En se disant qu'à partir de maintenant, elle devrait faire attention à ne pas laisser la haine qu'elle ressentait vis-à-vis de leur suspect numéro 1 affecter son jugement, elle sortit de table sans toucher au roulé à la confiture et alla se coucher tôt. Une chose était sûre – quoi qu'il arrive, elle ne devait pas redonner au fils de duc l'occasion de lui nuire.

Mais ça n'allait pas être facile. Elle commençait à le haïr sincèrement, lui et tout ce qu'il représentait.

Le lendemain matin, habillée en civil, Trudy passa au bureau du coroner pour le tenir au courant de ses avancées et lui raconter l'incident avec Littlejohn. Elle fut ravie que Clement éclate de rire quand elle décrivit l'élégant lord vêtu de blanc se tordre de douleur et virer au cramoisi.

Malgré tout, il lui donna le même avertissement que le capitaine Jennings – de se tenir à distance de Littlejohn à partir de maintenant.

— Je ne crois pas que ce soit une bonne idée que vous l'interrogiez sans moi à l'avenir, déclara Clement d'un ton ferme.

Elle ruminait toujours ce conseil, avec un peu de rancœur (elle avait prouvé qu'elle savait se défendre, non ?) quand elle arriva dans un café-librairie, situé dans une petite allée pas loin de The Ship Inn.

Elle commanda une tasse d'une boisson dont elle n'avait jamais entendu parler (un genre de café bizarre) et se dirigea vers une table où un groupe d'étudiantes discutaient d'un certain Spinoza.

— Malgré tout, je pense que sa philosophie…, disait une rousse bien charpentée mais jolie, quand Trudy s'approcha.

— J'espère que ça ne vous dérange pas si je prends la chaise qui reste, dit-elle d'un ton nonchalant. C'est juste que c'est plutôt plein.

— Bien sûr, pas de problème, répondit une petite brune en lui adressant un sourire amical. Toi aussi, tu étudies la philosophie, la politique et l'économie ?

— Euh non, la littérature anglaise, répondit Trudy, en se disant qu'elle arriverait peut-être à bluffer dans cette matière, si nécessaire.

— Alors ne fais pas attention à nous. On débat de quel philosophe était le plus fou.

— Ça a l'air marrant, dit Trudy. Ça nous change des conversations sur ce pauvre étudiant qui s'est noyé, ajouta-t-elle prudemment.

— Oh ! Derek ! intervint la rousse corpulente en

levant les yeux au ciel. Oui, on n'aurait jamais cru que quelqu'un comme lui se noierait, hein ?

Trudy essaya de ne pas avoir l'air trop intéressé.

— Oh ! tu le connaissais personnellement ?

— Pas tant que ça, heureusement ! dit la petite brune, faisant sourire le troisième membre de leur groupe, une fille grande et maigre. Mieux valait ne pas l'approcher de trop près !

Trudy prit une gorgée de son café, faillit s'étrangler tant il était amer (elle aimait mettre beaucoup de sucre et de crème dans son café) et s'empressa de reposer la tasse. Ça lui apprendrait à faire des infidélités au bon vieux thé !

— Oh ? C'était un homme à femmes, alors ?

— Et comment, répondit la grande fille. Je ne comprends pas comment elles le supportaient. Moi, il me faisait froid dans le dos.

— Oh ! il n'était pas si terrible, objecta la petite brune. Il était drôle, et c'était un photographe brillant. Sa photo atmosphérique en noir et blanc des martinets par-dessus le Radcliffe Camera lui a fait gagner un prix dans un magazine.

— C'était peut-être un grand photographe, mais je parie que c'était un petit ami nul, intervint la grosse rousse. Il suffit de demander à cette pauvre petite avec qui il sortait, Jenny Morrison. Il n'a pas hésité à la plaquer quand il a rencontré quelqu'un de mieux.

Trudy aurait adoré demander qui était Jenny Morrison, mais elle ne faisait pas assez confiance à sa technique « d'espionnage » pour prendre le risque. Le Dr Ryder et le capitaine Jennings lui avaient tous les deux répété que pour obtenir des informations, il fallait écouter et ne poser des questions que quand c'était vraiment nécessaire. Et maintenant que la conversation tournait autour du défunt, elle ne voulait pas prendre le risque d'être trop curieuse.

— Il n'a jamais été du genre fidèle, dit la petite brune. Je l'ai vu un jour avec une très jolie fille, dans le genre garçonne, qui gloussait et qu'il tenait dans ses bras, et le lendemain – littéralement, le lendemain, il était avec une autre fille.

— Il y a dû avoir des cœurs brisés après cet accident de barque, alors, dit Trudy avec un soupir un peu exagéré.

Les filles s'accordèrent à dire, d'un air peu compatissant, que c'était probablement le cas – puis le débat sur les philosophes fous reprit.

Trudy, heureuse d'abandonner sa tasse de café pleine, finit par leur dire au revoir et partir.

Mais elle n'alla pas au repaire d'étudiants suivant, comme elle l'avait initialement prévu. Au lieu de cela, elle rentra directement au commissariat, se demandant pourquoi le nom de Jennifer Morrison lui disait vaguement quelque chose.

Elle se glissa dans la salle des archives sans vraiment s'attendre à trouver quoi que ce soit, mais elle trouva son bonheur presque immédiatement. Peut-être que ce serait une de ces journées magiques où la chance semble être de son côté ?

Il semblait qu'une Mlle Jennifer Morrison s'était suicidée l'année précédente. Elle nota avec intérêt que le coroner en charge n'était pas le Dr Ryder, mais un autre officier judiciaire.

Elle prit des notes sur l'affaire et retourna à son bureau pour écrire deux rapports – l'un pour le Dr Ryder et l'autre pour le capitaine Jennings.

20

Enid Clowes descendit du bus en face de son grand magasin préféré, Elliston & Cavell, et se demanda si elle ne devrait pas passer au salon de thé pour s'offrir un petit plaisir. Elle se sentait un peu agitée à l'idée de sa course, et une bonne tasse de thé accompagnée d'un petit pain – ou même d'un scone – l'aiderait à se calmer. Mais elle aperçut un petit groupe de jeunes à l'allure de délinquants qui passaient devant le magasin, et s'empressa de se détourner.

Vraiment, la jeunesse d'aujourd'hui avait un comportement extraordinaire. Ils se déplaçaient sur ces mobylettes Vespa bruyantes et avaient l'air ridicules avec leurs chaussures pointues et leurs cheveux gominés. Elle se réjouissait simplement de n'avoir jamais vécu à Brighton, étant donné les problèmes qu'ils avaient eu là-bas avec les rockers ou Dieu savait quoi !

Au lieu d'entrer dans le magasin, elle se dirigea d'un pas déterminé vers Thursby College, où elle pensait vaguement que le bureau du coroner était situé. Elle était sûre, en tout cas, que les employés du bureau de poste de St Aldate's pourraient lui indiquer le bon endroit, ce qu'ils firent avec beaucoup de gentillesse.

Enid était mal à l'aise en raison de la proximité de la morgue, mais quand elle frappa à la porte du bureau du Dr Clement Ryder, elle fut très soulagée d'être accueillie dans une très jolie pièce par une femme à l'allure maternelle et au regard bienveillant.

À nouveau un peu agitée, elle dut admettre qu'elle n'avait pas pris rendez-vous.

— Oh ! j'ai été tellement bête. Bien sûr, j'aurais dû deviner… un homme important comme le coroner doit avoir besoin… oh, mon Dieu…

Mais quand elle dit à la secrétaire qu'elle était venue en réponse à l'appel à témoins publié dans le journal, demandant aux gens qui se trouvaient à proximité de Wolvercote le matin où ce pauvre étudiant était mort de se manifester, la dame la rassura vite.

Son nom noté, on la pria de s'asseoir pendant que la secrétaire frappait discrètement à une porte et disparaissait à l'intérieur. Après un instant, elle réapparut et Enid pénétra dans le saint des saints, où un très bel homme se leva derrière un imposant bureau.

Clement Ryder évalua Enid Clowes d'un coup d'œil et sourit gentiment à sa secrétaire.

— Je crois qu'une bonne tasse de thé nous ferait du bien, n'est-ce pas, madame Clowes ?

— Oh ! oui. Merci, accepta-t-elle, nerveuse.

Elle serrait contre elle son plus beau sac à main. Elle portait l'une de ses tenues du dimanche et sa paire de chaussures à lacets la plus présentable. Elle était allée chez le coiffeur la veille et devait lutter contre la tentation de vérifier que sa permanente était bien en place.

— Je ne sais vraiment pas si je fais ce qu'il faut, euh… monsieur… euh… docteur Ryder, commença-t-elle en rougissant quand Clement contourna le bureau pour lui présenter une chaise.

— Oh ! je suis sûr que si, madame Clowes, répondit-il avec douceur. Ma secrétaire me dit que c'est à propos du décès à Wolvercote, il y a quelque temps ?

— Oui, c'est ça.

La secrétaire revint avec du thé servi dans une tasse si fine qu'Enid était convaincue que c'était de la porcelaine. Et elle était ornée de si jolies roses. Elle but une gorgée, appréciant qu'il soit chaud et sucré, comme elle l'aimait.

Clement retourna derrière son bureau et ignora sa propre tasse.

— Vous vivez à Wolvercote ? commença-t-il d'un ton neutre.

— Oh ! oui. Depuis bien des années – c'est un endroit si agréable. C'est très plaisant de vivre juste à côté de Port Meadow, commenta Enid.

— En effet, acquiesça Clement. J'imagine que vous avez vu quelque chose le matin où les étudiants ont fait leur pique-nique ?

— Oh non, répondit Enid.

Puis :

— Enfin, peut-être. Je n'en suis pas sûre. Oh mon Dieu, j'étais sûre que ça allait arriver, dit-elle d'un air malheureux. Quand j'ai lu dans le journal que vous vouliez que les témoins se présentent, je ne savais pas exactement ce que c'était…

Elle continua un bon moment à tergiverser d'une voix chevrotante et Clement, avec une patience durement acquise, commença à, lentement, bribe par bribe, extraire les informations qu'elle était venue lui transmettre.

Le jour en question, elle marchait sur la route et avait regardé la prairie et vu les étudiants commencer à se rassembler.

— Avez-vous assisté à l'accident à proprement parler ? La collision des barques ?

— Oh non. Je crois que ça a dû arriver après mon passage. En plus, on ne voit pas vraiment la rivière depuis la route, vu qu'elle est sous les berges, vous comprenez.

— Oui. Mais avez-vous vu le groupe de jeunes ?

— Oh oui.

— Bien. Avez-vous vu quelque chose d'autre ? Quelqu'un qui promenait son chien, par exemple ? demanda-t-il en espérant estimer l'heure de son passage en la reliant à James Roper et à son compagnon canin, Tyke.

— Non, je ne crois pas. Oh ! mais j'ai vu un pêcheur s'éloigner – probablement parce qu'il n'avait aucun espoir d'attraper quoi que ce soit une fois que les étudiants se baignaient. Ils le font toujours, vous savez – dans la rivière, l'été. Je ne suis pas du tout sûre que ce soit bon pour la santé.

Clement sourit.

— Il y avait deux pêcheurs, non ?

— Oh non. Enfin, peut-être, mais je n'en ai vu qu'un. Il avait remballé son équipement et était en train de traverser la prairie vers la route. C'était clair qu'il avait abandonné tout espoir d'attraper des poissons.

Clement acquiesça. D'après le témoignage de James Roper, il avait cru que les deux pêcheurs étaient amis et étaient venus à la rivière ensemble, puisqu'ils pêchaient près l'un de l'autre. Mais s'ils étaient partis séparément, peut-être qu'ils étaient aussi arrivés séparément. Cela n'avait pas forcément d'importance.

— Et avez-vous remarqué quelqu'un d'autre ?

— Non, je ne crois pas.

— Et il n'y a rien chez les étudiants qui vous a paru étrange ?

— Oh non. Enfin, sauf le jeune homme aux cheveux roux flamboyants qui les regardait, un peu à part, répondit Enid, le souffle court.

Cela lui plaisait vraiment que le coroner lui accorde toute son attention. Un homme si agréable, et avec des manières impeccables qui plus est.

— Oui, nous en avons entendu parler.

James Roper aussi avait mentionné un étudiant roux.

— Vous croyez qu'il les regardait ?

— C'est l'impression qu'il donnait.

— Vous êtes sûre qu'il ne faisait pas partie du groupe ?

— Il ne se comportait pas comme s'il en faisait partie, répondit la dame. Vous savez, il gardait ses distances, et ne parlait à personne. Comme quelqu'un qui se promenait le long de la rivière et ne voulait pas participer aux festivités.

Clement acquiesça. Il faudrait qu'il identifie ce mystérieux roux. Si leur deuxième témoin disait aussi que cet inconnu s'était intéressé de près aux événements, tout en se tenant à l'écart, il avait peut-être vu quelque chose d'important.

Il remercia vivement Enid Clowes, prit le bras de la vieille dame ravie et la raccompagna à la porte en lui disant qu'il regrettait que tous les citoyens n'aient pas son esprit civique.

Un peu plus de dix minutes plus tard, il eut la surprise de revoir Trudy. Après leur rendez-vous tôt ce matin-là, il ne s'était pas attendu à la revoir avant le soir.

Mais à ses yeux brillants, il comprit immédiatement qu'elle était tout excitée.

— J'ai découvert quelque chose qui pourrait être intéressant, commença-t-elle. Pour commencer, pourriez-vous obtenir le dossier d'une jeune fille, Jennifer Morrison ? Elle s'est suicidée l'an dernier – mais c'est un autre coroner qui s'est occupé de son cas.

Alors qu'elle racontait sa conversation avec les étudiantes du café, Clement demanda à sa secrétaire de trouver le dossier.

Après en avoir fini la lecture, il convint qu'une visite aux parents de la défunte était indispensable.

Le village d'Islip était pimpant sous le soleil. Tout en ralentissant à l'entrée d'un chemin pentu et étroit, et en cherchant l'adresse des Morrison parmi les jolis cottages, le coroner ne put s'empêcher d'admirer les jardins.

Même s'il ne jardinait pas, il appréciait le travail des gens à la main verte.

— Voilà, dit Trudy en désignant une maison de l'autre côté de la route. Celle avec la vieille Riley bleu foncé sous l'auvent.

Clement se gara.

Le jardin qui s'étendait devant la maison des Morrison était plein à craquer de fleurs, et alors qu'ils remontaient un chemin dallé propret, le bourdonnement des abeilles était presque assourdissant.

Une femme à l'air fatiguée ouvrit vite la porte et regarda la carte du coroner, les lèvres pincées, sans montrer d'autre signe de détresse.

— Je suis vraiment désolé de vous déranger, madame Morrison, mais l'agent de police Loveday et moi-même enquêtons sur la mort par noyade d'un étudiant près de Wolvercote. Vous en avez peut-être entendu parler dans les journaux ?

Celia Morrison fronça les sourcils, puis elle haussa les épaules.

— Je ne lis plus beaucoup les journaux. Je vous en prie, entrez.

Elle leur fit traverser une minuscule entrée qui sentait la cire à la lavande.

— Allez-y, installez-vous dans le salon, dit-elle en indiquant une porte.

Ils découvrirent une petite pièce où deux gros fauteuils et un canapé qui semblait neuf occupaient presque tout l'espace, mais grâce aux portes vitrées dans le mur du fond, l'ensemble était inondé de lumière. Ils apercevaient à travers les portes vitrées le jardin de derrière, encore plus beau et bien plus grand, avec un potager et des arbres fruitiers dans un coin bien délimité, une grande pelouse entourée de haies et plusieurs vieux arbres.

— Que puis-je faire pour vous ? demanda poliment Celia Morrison. Voulez-vous boire quelque chose ? Du thé, du café, une orangeade ? Il fait si chaud.

— Non, merci, répondit gentiment Trudy.

Puisqu'ils avaient convenu dans la voiture en venant qu'elle parlerait à la femme, et Clement au mari, elle sourit doucement et demanda :

— Madame Morrison, saviez-vous que votre fille Jennifer était une amie proche de Derek Chadworth ? Le garçon qui s'est noyé récemment ?

— Ma Jenny ? répondit Celia, l'air sincèrement surprise. Vous êtes sûrs ? Elle n'en a jamais parlé.

— Oui, nous en sommes sûrs. Plusieurs de leurs… euh… amis mutuels l'ont confirmé. Mais ils ne se sont peut-être pas vus très longtemps. Je ne crois pas que c'était sérieux, ajouta-t-elle avec tact.

— Oh. Eh bien… j'ai bien peur que ma fille ne soit pas avec nous…

Celia commença à s'étrangler et Clement intervint habilement.

— Ne vous inquiétez pas, madame Morrison. Nous savons ce qui est arrivé à votre fille. Et nous en sommes vraiment désolés.

En lisant le dossier de la jeune fille, ils avaient appris qu'elle était allée chez son amie Abigail White un soir et, sous prétexte d'aller aux toilettes, avait volé les somnifères sur ordonnance de Mme White – si bien que sa pauvre mère l'avait trouvée morte dans son lit le lendemain matin.

La dame baissa la tête et se détourna brièvement. Clairement, elle se sentait incapable de poursuivre la conversation.

— Mon mari est à la maison. Il est dans le jardin. Vous voulez peut-être lui parler, dit-elle d'une voix hachée.

De toute évidence, elle avait hâte de se débarrasser d'eux et des souvenirs insupportables que leurs questions remuaient.

Trudy se sentit coupable. Même si elle comprenait que son métier impliquait d'interroger des témoins – c'était son devoir – cela ne lui plaisait pas toujours. Elle n'aimait pas faire souffrir les gens.

— Oui, peut-être que cela vaudrait mieux, répondit-elle immédiatement.

— Il est dans le jardin de derrière, avec son nouveau jouet.

Celia fit un sourire courageux, essayant de reprendre une conversation normale.

— Il vient d'installer une grande mare, ajouta-t-elle en croisant le regard étonné du coroner. Mon mari adore son jardin, docteur Ryder, expliqua-t-elle d'une voix tremblante. Il n'arrête pas de le perfectionner – en ajoutant un jardin de rocaille ou de nouvelles variétés d'arbres fruitiers dans le verger, en créant des variétés hybrides, ce genre de choses. Mais je ne sais pas pourquoi il a voulu installer une grande mare, d'autant plus que la rivière longe l'arrière du jardin !

Maintenant qu'elle avait commencé à parler, elle semblait incapable de s'arrêter.

— Mais devinez quoi – il a dit qu'il voulait faire pousser des nénuphars ! Vous le trouverez probablement au fin fond du jardin, ajouta-t-elle en ouvrant en grand les portes vitrées, entrouvertes pour laisser la chaleur et les parfums du jardin pénétrer dans la pièce.

À son comportement étrange, Trudy se demanda si elle prenait des médicaments.

— Suivez le patio, traversez la pelouse sur la droite et continuez tout droit. Vous verrez des saules pleureurs le long de la rivière. Je suis sûre qu'il sera par là-bas, expliqua la dame avec un sourire si éclatant qu'il semblait forcé.

Clement Ryder aussi se posait des questions sur sa santé mentale, mais elle n'était pas sa patiente. Malgré tout, il se promit de chercher l'identité de son généraliste et de lui toucher un mot sur son état – entre confrères.

— Merci, madame Morrison, répondit gentiment Trudy.

Ils traversèrent le jardin magnifique en silence, plongés dans leurs pensées.

Trudy n'était pas franchement surprise que la mère de la défunte n'ait pas su qu'elle fréquentait Derek. Il devenait de plus en plus clair que l'étudiant noyé n'était pas ce que ses parents appelleraient un « bon » garçon. Et Trudy devait admettre que les filles avaient tendance à ne pas présenter les mauvais garçons à leurs parents, préférant garder le secret sur leurs relations.

Elle ne comptait pas le nombre de fois où ses amies l'avaient suppliée de dire à leurs parents qu'elles avaient passé du temps avec elle, quand, en fait, elles étaient allées au cinéma avec quelqu'un que leur père n'approuverait pas !

Après avoir marché quelques mètres, ils aperçurent effectivement Keith Morrison, qui examinait une grande mare ronde, de toute évidence récente. La terre qui avait été pelletée pour faire de la place à la mare était posée contre la rive et on y avait planté divers petits buissons, ainsi que des iris. Quand ils s'approchèrent, il les remarqua et se tourna pour leur faire face.

C'était un grand gaillard, jugea Trudy, qui mesurait un peu plus de 1 m 80, avec une carrure large et des cheveux gris pâle clairsemés. Peut-être parce que Celia Morrison avait semblé si petite et fragile, elle s'était attendue à ce que son mari soit du même genre. Mais alors qu'il les regardait, impassible, elle se souvint de ce qu'elle avait découvert à son sujet avant d'aller rendre visite au coroner.

Une rapide enquête lui avait appris que c'était un homme d'affaires qui avait réussi : il possédait une petite usine à Cowley, qui fabriquait une quantité impressionnante de mobylettes Morrison. Mais leur fille Jennifer avait été enfant unique, et elle se demanda à qui M. Morrison passerait les rênes de son entreprise, maintenant qu'il ne pouvait plus espérer de petits-fils.

— Bonjour, je peux vous aider ? demanda-t-il d'un ton bourru.

Il regarda derrière eux, s'attendant peut-être à ce que sa femme les ait accompagnés. Mais il se concentra vite sur Clement, tandis que le coroner montrait sa carte, présentait Trudy et lui expliquait qu'ils enquêtaient sur la mort de Derek Chadworth.

— Chadworth ? Derek Chadworth ? Jamais entendu parler de lui, répondit-il brusquement.

Puis il ajouta, en fronçant les sourcils :

— Attendez une minute… c'est le garçon qui s'est noyé quand ces étudiants se sont bagarrés sur la rivière il y a à peu près une semaine, non ?

Ses yeux allaient constamment du grand homme, visiblement cultivé, à la silhouette inattendue d'une jeune femme aux longs cheveux bruns bouclés et aux grands yeux marron, comme s'il cherchait une autre explication à leur présence. Il paraissait fatigué et un peu mal à l'aise. Peut-être même un brin impatient – comme s'ils avaient interrompu sa contemplation sereine et qu'il voulait en finir le plus vite possible pour retourner dans sa bulle.

— C'est ça. Nous pensons que votre fille Jennifer le connaissait, dit Clement d'un ton égal. Et nous espérions qu'elle vous ait dit quelque chose sur lui qui puisse nous aider dans notre enquête. Nous essayons de trouver…

— N'importe quoi, l'interrompit grossièrement Keith

Morrison. Je ne sais pas d'où vous tenez vos informations, mais je doute fort que ma fille ait connu cet homme, cet étudiant dont vous parlez. C'était une fille de la ville, pas une étudiante. Elle avait un très bon petit boulot au rayon cosmétique de Debenhams – elle est allée travailler là-bas directement après l'école. Elle s'entraînait pour les Jeux olympiques de dressage, vous savez, donc elle n'avait pas beaucoup de temps libre. Mais même si elle avait fréquenté un jeune homme, ç'aurait été quelqu'un du village, peut-être, ou quelqu'un de notre milieu. Elle n'aurait pas voulu d'un étudiant, insista-t-il.

Clement jeta un coup d'œil à Trudy qu'elle interpréta vite et bien. Les pères agacés, voire furieux, avaient besoin qu'on les apaise, et elle était bien meilleure à ce genre de petits jeux que le coroner parfois impatient et irascible.

— Je comprends que vous pensiez cela, monsieur Morrison, dit-elle doucement. Mais plusieurs sources m'ont confirmé que Jennifer et Derek sont sortis ensemble l'année dernière. Elle n'a jamais parlé de lui ?

— Non, et je pense toujours que vous vous trompez, s'entêta l'homme. Elle savait qu'elle n'avait pas le droit de voir des étudiants – je le lui ai dit suffisamment de fois. C'est logique : ils ne sont en ville que trois ans pour décrocher leur diplôme, puis ils retournent là d'où ils viennent. La plupart sont des aristos et des riches qui veulent se payer du bon temps – sûrement pas le genre qui cherche des filles bien à épouser. Sa mère et moi l'avertissions tout le temps de ne pas les approcher, et elle nous obéissait.

Trudy soupira. Apparemment, Jennifer Morrison n'avait avoué à aucun de ses parents qu'elle fréquentait le défunt. Et à voir l'attitude de Keith Morrison, cela ne l'étonnait pas.

— Je vois, dit-elle, impuissante, en jetant un regard interrogateur au coroner.

Il haussa discrètement les épaules, puis se tourna vers la mare.

— Vous avez déjà des têtards, à ce que je vois. La nature ne met jamais longtemps à coloniser un endroit, n'est-ce pas ? Quelle jolie mare.

Il espérait que l'interrogatoire devienne plus amical en changeant temporairement de sujet.

Au prix d'un effort, Keith détourna les yeux de la policière et contempla en fronçant les sourcils ce que sa femme avait appelé son nouveau jouet.

— Oui, ça avance bien, commenta-t-il d'un air apathique.

— Je vois que les marques de la tranchée que vous avez creusée jusqu'à la rivière ont presque disparu. La plante rampante que vous avez là couvre bien le sol, n'est-ce pas ? poursuivit Clement d'un ton aimable.

Puis il ajouta simplement :

— Votre fille doit beaucoup vous manquer.

Keith Morrison se raidit, clairement pas d'humeur à se laisser cajoler ou à accepter la compassion du coroner.

— Si je ne peux rien faire de plus pour vous, dit-il froidement, je vous serais reconnaissant de ne plus nous déranger. Surtout ma femme. Le… décès… de notre Jenny l'a beaucoup fait souffrir. Inutile de vous raccompagner, si ?

Renvoyés sommairement, Trudy et Clement acquiescèrent, le remercièrent et commencèrent à retraverser lentement l'impressionnant jardin.

Trudy était déçue. Ils n'avaient rien appris de nouveau sur le défunt. Sauf que Jennifer Morrison avait eu l'intelligence de ne pas parler de lui à ses parents !

— Eh bien, ça n'a servi à rien, commenta Trudy.

Mais Clement Ryder n'en était pas si sûr.

21

Le coroner la déposa au commissariat, puis il retourna à son bureau, décidé à s'attaquer à la montagne de paperasse qu'il avait négligée ces derniers temps. Trudy, qui n'était pas pressée de retourner au bureau (elle n'avait pas encore digéré le savon que le capitaine Jennings lui avait passé à cause de la débâcle avec Littlejohn), s'attarda sur le trottoir animé, cherchant désespérément une tâche à laquelle se consacrer qui n'impliquerait pas d'être à son bureau.

Elle se rappela soudain que le défunt avait été photographe amateur. Elle était à peu près sûre que l'une des étudiantes à qui elle avait parlé avait mentionné qu'il avait même gagné des prix et que ses clichés avaient été publiés dans un magazine local. D'accord, c'était un peu tiré par les cheveux, mais qui sait, elle pourrait découvrir quelque chose de nouveau.

Après une rapide recherche à la bibliothèque, elle tomba sur *Oxford through the Lens*, un mensuel dédié aux photographes locaux et à leur travail, dont d'anciens numéros contenaient plusieurs originaux de Chadworth.

Elle trouva leur siège dans une petite allée non loin de l'ancienne prison. Dans le minuscule bureau, elle ne vit qu'un employé, un certain Richard Fosdyke, un vieil homme grand et maigre, un peu desséché. Il reconnut immédiatement le nom de Derek Chadworth.

Elle se présenta, lui montra sa carte et lui expliqua les raisons de sa visite.

— Ah oui. Pauvre Derek ! Une grande perte pour la photographie, ma chère demoiselle. Euh, pardon, madame l'agent. Je lui ai toujours dit qu'il pourrait devenir photographe professionnel si seulement il passait plus de temps à perfectionner son art. Hélas, il était plus intéressé par ses études et… euh, oui, s'interrompit-il en regardant Trudy, l'air mal à l'aise.

Trudy sourit, devinant ce qu'il s'apprêtait à dire. Derek n'avait pas dû cacher son intérêt pour le beau sexe.

Sentant qu'elle n'irait pas loin avec ce témoin si elle ne suivait pas la méthode officielle, elle lui rappela sèchement que la police enquêtait toujours sur son décès.

— Je me demandais ce que pouviez me dire sur lui, monsieur, dit-elle d'une voix neutre, en sortant son carnet d'un air solennel. L'appréciiez-vous ?

— L'apprécier ?

Le vieil homme parut surpris par la question.

— Eh bien… euh… je ne sais pas… j'appréciais son travail. Il faisait de magnifiques clichés de la ville à l'aube, en noir et blanc. Nous en avons publié un bon nombre dans notre magazine pendant l'année écoulée. Je l'ai encouragé à en présenter un ou deux dans une compétition nationale, et je crois qu'il a gagné un prix assez prestigieux.

— Il était très bon, alors, résuma brusquement Trudy, que ses prouesses avec un appareil-photo n'intéressaient pas. Vous a-t-il paru différent pendant les semaines précédant sa mort ?

— Différent ?

— Oui. Peut-être était-il plus sombre ? Ou anxieux ? Un peu sur les nerfs ?

— Oh non. Rien de tel. Il était aussi exubérant que d'habitude, répondit Richard Fosdyke avec un sourire en coin. Il n'a jamais manqué de confiance en lui, ce Derek. Enfin, j'imagine qu'il avait toutes les raisons d'être heureux. Il comptait bien réussir ses examens, et il était très apprécié des dames. Et évidemment, il ne manquait jamais d'argent, poursuivit Fosdyke sans se rendre compte qu'il avait soudain capté l'attention de la jolie policière. J'imagine que c'était un héritier, comme la plupart des jeunes de notre belle ville, conclut-il avec une pointe de jalousie.

Mais Trudy, qui savait que ce n'était pas le cas, fit un grand sourire.

— Oh ? Qu'est-ce qui vous faisait croire qu'il était riche ? Il était toujours bien habillé, c'est ça ? Généreux, peut-être ?

— Hmm ? Oh non. Enfin, pas spécialement. En fait, je pensais à son studio. Les meilleurs équipements, les appareils-photo les plus performants, et une chambre noire qui était, honnêtement, encore plus sophistiquée que la mienne, répondit le vieil homme sans cacher sa jalousie.

— Un studio de photographie ? répéta Trudy, le cœur battant.

C'était la première fois qu'ils en entendaient parler. En tout cas, Clement n'avait rien dit de tel. Pas plus que les parents du garçon.

— Savez-vous où il était situé ?

— Oh ! vers Jericho, je crois. Il donnait sur le canal. Derek louait un ancien garage double, il me semble.

— Très bien, monsieur. Avez-vous l'adresse ?

— Non, je ne crois pas. Mais il m'y a emmené une fois, pour me montrer des clichés qui séchaient... Voulez-vous que je vous dessine un plan ? proposa-t-il gentiment.

Trudy se retint de l'embrasser. Elle se contenta de lui faire un grand sourire qui illumina sa journée.

— Oui, monsieur, ce serait merveilleux.

*

Plus ou moins à l'autre bout de la ville, lord Jeremy Littlejohn franchit les portes du club de boxe et remarqua que le malabar habituel somnolait sur sa chaise. Les lèvres retroussées, il savoura d'avance le moment où il donnerait un coup de pied sur la chaise, réveillant l'homme pour exiger un combat dans le ring vide.

Il était d'humeur à frapper une brute épaisse pendant une ou deux heures.

Il se dirigea vers son casier dans le vestiaire, laissant tomber par terre le sac contenant ses affaires de sport.

Il enleva sa veste et ouvrit la porte, tendant machinalement la main pour extraire un des cintres qui pendaient habituellement d'une barre en haut du casier.

Mais avant qu'il puisse toucher le cintre, quelque chose tomba dans un bruit sourd sur ses Richelieu immaculés.

En voyant de quoi il s'agissait, lord Jeremy Littlejohn glapit et bondit en arrière, secouant sa chaussure pour se débarrasser du pitoyable cadavre couvert de fourrure.

Il eut un accès de nausée soudain et dut ravaler de la bile pendant quelques secondes.

Pendant un instant, il resta immobile, examinant le corps du rongeur. Ses deux dents de devant jaunes, obscènes, occupaient sa mâchoire béante, et ses deux pattes antérieures étaient un peu courbées dans une parodie d'une garde de boxeur. En grimaçant, il l'attrapa très délicatement par le bout de la queue.

Il eut un haut-le-cœur en sentant la vague odeur de pourriture.

Scandalisé, il voulut d'abord balancer le petit cadavre sur les genoux du gardien endormi et lui demander à quoi il servait s'il ne pouvait pas empêcher des intrus de laisser des messages pareils dans les casiers des membres.

Mais il retrouva vite son bon sens.

La dernière chose dont il avait envie était qu'on apprenne qu'il était victime d'une campagne d'intimidation. Il devait maintenir la situation sous contrôle jusqu'à ce qu'il découvre de quoi il retournait. Moins les autres en savaient, mieux c'était.

Il passa donc plutôt par la porte de derrière qui donnait sur une minuscule cour pavée où ils rangeaient les poubelles, et il jeta le petit cadavre avec le reste des ordures.

Puis il passa aux toilettes et se lava les mains vigoureusement, plusieurs fois, dans de l'eau chaude en utilisant le morceau de savon noir devenu tout sec qui traînait là depuis des temps immémoriaux.

Plus d'humeur à s'entraîner, il prit sa veste, se promit de demander un autre casier, et ressortit.

Même s'il essayait de se rassurer en se disant qu'il n'avait pas vraiment perdu son sang-froid, il était néanmoins conscient que son cœur battait bien plus vite qu'il ne l'aurait voulu, et qu'il avait besoin d'un petit remontant.

Avec le bout de papier sur lequel était noté l'emplacement du studio de photographie serré dans son poing comme de l'or, Trudy utilisa la première cabine téléphonique qu'elle put trouver et appela le bureau de Clement. Quand elle lui fit part de sa découverte, le coroner convint vite que sa paperasse pouvait attendre.

Ils se donnèrent rendez-vous au bout de Walton Street, et guidés par la carte de Fosdyke, ils empruntèrent le labyrinthe de rues délabrées qui étaient ponctuées ici et là par le genre de commerces qui proliféraient dans les quartiers pauvres de toutes les villes du monde. Des prêteurs sur gage, des bureaux de paris, des boutiques d'achat à crédit qui louaient des vieux appareils électroménagers mal rafistolés. Plusieurs enfants jouant dans la rue les regardèrent d'un air curieux et plutôt hostile tandis qu'ils cherchaient le studio de Derek.

Il était situé dans un petit carré de vieux garages et de bureaux miteux, avec des mauvaises herbes poussant dans le macadam et pas une seule fenêtre propre en vue. Même l'air sentait l'humidité par cette chaude journée d'été. Sans doute à cause du canal qui devait passer juste derrière les bâtiments.

— Pas précisément chic, hein ? commenta Trudy quand ils arrivèrent enfin devant le petit cube de ciment marqué d'un X sur le plan de Fosdyke.

— Ça n'avait pas besoin de l'être, si ? répondit Clement d'un air pensif. C'était juste un endroit où il développait ses photographies. Pas cher et dans un quartier discret. Je doute qu'il laissait ses appareils-photo ici, par contre. Ils auraient été piqués en un tournemain. J'imagine qu'il les gardait dans sa chambre au *college*. Mais il devait laisser ici le révélateur, le papier et je ne sais quoi d'autre – pas de quoi intéresser un voleur.

Le bâtiment avait effectivement l'air d'être un ancien garage double. Deux minuscules fenêtres crasseuses situées en hauteur ne devaient pas laisser filtrer beaucoup de lumière, mais Trudy et le coroner virent que d'épais rideaux sombres les recouvraient de toute manière. Ils étaient au bon endroit. Une petite porte avait été maladroitement découpée dans un côté des grandes portes doubles, fermée avec un simple cadenas.

Clement le secoua, mais la serrure ne céda pas.

— La clé était probablement dans les affaires de Derek, remarqua-t-il, faisant soupirer Trudy.

Maintenant, ils allaient devoir faire tout le chemin inverse…

— Heureusement, j'ai pensé à apporter son trousseau de clés, poursuivit-il en souriant devant son air soulagé. J'ai demandé à ses parents si je pouvais garder certaines affaires à lui jusqu'à la fin de l'enquête. Alors… ah, ça ressemble à une clé de cadenas.

Il tenait une minuscule clé carrée brillante, qu'il introduisit dans le cadenas. Elle tourna facilement. Invitant Trudy à passer devant lui, il franchit la porte. Tandis que Trudy cherchait à l'aveuglette un interrupteur, Clement ferma la porte derrière eux.

Il régnait encore une faible odeur de produits chimiques et de papier, et quand Trudy appuya enfin sur un interrupteur, une ampoule faible s'alluma en clignotant, comme à contrecœur, éclairant un espace étonnamment bien rangé.

Une grande table en bois trônait au centre. L'un des murs était couvert de hauts meubles de classement en étain vert. Un mur de séparation au fond, qui allait du sol au plafond, perpendiculaire au mur, donnait clairement sur sa chambre noire : une petite ampoule rouge était suspendue au-dessus.

À l'intérieur, il n'y aurait sûrement que des éclairages infrarouges. Trudy, qui ne connaissait rien à la photographie, savait tout de même que la lumière du jour pouvait abîmer les clichés.

Sur un mur sans meubles, elle remarqua plusieurs colonnes de papier de 1 m 80. Elle soupçonnait que c'était des décors peints ou photographiés, car une grande ottomane en velours rouge était poussée contre le mur. Elle imaginait facilement quelqu'un assis dessus, avec la tour de Pise ou autre en guise d'arrière-plan.

Elle ne savait pas que Derek Chadworth faisait des portraits en plus des paysages. C'était étrange que personne ne l'ait mentionné.

Un lit une place, couvert d'une peau de mouton, occupait un coin. Trudy fronça les sourcils, étonnée. Derek ne dormait quand même pas là ? Il avait une chambre agréable et bien chauffée à St Bede's College.

De longues ficelles pendaient du plafond, et plusieurs photographies étaient attachées dessus à l'aide de pinces à linge, à l'envers, si bien qu'on ne voyait que le verso blanc.

— Regardez – il a fait sécher des photographies juste avant sa mort, dit Trudy en s'approchant.

Quelques pas plus loin, pourtant, elle ralentit.

Elle prit une grande inspiration.

— Docteur Ryder, regardez ! C'est… c'est… dégoûtant !

Alarmé par son ton, Clement, qui s'apprêtait à aller fouiner dans les meubles de classement, la rejoignit. Quand ses yeux, moins perçants que les siens, commencèrent à distinguer les images des clichés complètement secs, il fit une grimace écœurée.

— Alors c'était ça, son petit jeu, commenta-t-il.

À contrecœur, il en attrapa une et l'observa calmement, en se détachant mentalement du sujet, comme quand il examinait une patiente nue au début de sa carrière de médecin.

Trudy détourna les yeux de l'image d'une très jolie fille, torse nu, qui souriait d'un air provocateur à l'appareil. Elle était assise sur l'ottomane rouge, avec une reproduction de New York en arrière-plan. Trudy rougit. Bêtement. Ils avaient été formés à la lutte contre la pornographie et ce genre de choses à l'école de police.

— Eh bien, ça change tout, n'est-ce pas, remarqua Clement d'un ton sec.

— Vous croyez qu'il les vendait à des magazines cochons ? demanda Trudy, en essayant d'avoir l'air détaché.

— J'en suis sûr.

Clement se dirigea vers l'un des meubles de classement, qu'il commença à fouiller.

— Et ça ne m'étonnerait pas qu'il ait fait des tirages groupés qu'il vendait aux pubs du coin, dit-il.

Il mit la main sur un genre de registres, avec des

colonnes de chiffres et les noms de plusieurs boîtes de nuit connues dans les quartiers miteux.

Trudy soupira.

— Pourquoi les filles font-elles ça ? demanda-t-elle en se détournant de la série de clichés pour aller fouiller un autre meuble.

Il ne contenait que des dossiers comprenant des photographies de paysages et d'autres travaux respectables, plus quelques articles de journaux louant ses œuvres récompensées par des prix.

Elle les laissa dans les tiroirs et passa au meuble suivant, ouvrant le premier dossier.

Elle écarquilla les yeux et gémit, si bien que le coroner la rejoignit à la hâte. Elle s'empressa de fermer le dossier et de le lui tendre. Mais l'image qu'elle avait vue était gravée dans sa mémoire.

Il ne s'agissait pas de poses coquettes torse nu. Mais d'un jeune homme et d'une fille, tous les deux nus, en train de…

Trudy fit les cent pas. C'était affreux. Elle avait envie à la fois de vomir et de glousser bêtement. Mais c'était hors de question. Elle était une professionnelle, et elle se comporterait comme telle !

— Je dois informer le capitaine Jennings, docteur Ryder, se força-t-elle à dire d'un ton brusque. Clairement, cela relève de la lutte contre la pornographie. La brigade des mœurs va devoir être informée.

Elle se dirigeait déjà vers la porte. Elle avait besoin d'air.

— Oui, bien sûr, répondit Clement en la rejoignant. Faites votre rapport, je monterai la garde ici, dit-il d'un ton aussi détaché que le sien, en évitant soigneusement de croiser son regard.

Trudy acquiesça, sortit et respira profondément l'air frais. Puis elle partit d'un pas vif vers le commissariat.

Même si elle n'avait pas particulièrement hâte d'informer son supérieur de ses trouvailles.

En temps normal, découvrir un scandale pareil lui aurait valu des félicitations, et aurait été bénéfique à sa carrière. Mais étant donné les ramifications possibles, elle sentait que le capitaine Jennings allait lui en vouloir d'avoir déniché une affaire potentiellement gênante.

En effet, il ne fut pas ravi. Mais il retourna consciencieusement au studio avec elle une demi-heure plus tard, accompagné d'un détective de la brigade des mœurs.

Clement attendait sagement à l'extérieur, mais il n'avait pas perdu son temps. Dès que Trudy était partie, il avait parcouru efficacement les clichés les plus scabreux, malgré son dégoût, et il avait trouvé ce à quoi il s'attendait.

Ce n'était pas tant les visages des filles qui l'avaient intéressé que l'identité des hommes sur les photographies. Et il était à peu près sûr qu'il en reconnaissait au moins quatre, qui avaient été sur la liste des témoins appelés à la barre pendant l'enquête sur le décès de Chadworth. Ce qui voulait dire qu'ils étaient probablement tous étudiants – et membres du Marquis Club.

Tout comme Trudy, il ne savait que trop bien que cela avait l'étoffe d'un scandale propre à ébranler l'université. Pas étonnant que Jennings le regarde avec une haine non dissimulée.

— Docteur Ryder, je vous présente le lieutenant James Hewson, de la brigade des mœurs.

Clement fit un signe de tête à l'homme vieillissant et corpulent, qui le regarda avec curiosité et lui adressa un bref sourire.

— Vous avez trouvé quelque chose qui relève de mon expertise, si j'ai bien compris.

Clement désigna d'un geste le bâtiment derrière lui et s'éloigna.

— Nous allons vous laisser travailler tranquille,

répondit-il. J'imagine que Mlle Loveday vous a informé des circonstances qui nous ont menés ici ? demanda-t-il à Jennings. Vous pensez toujours qu'il n'y a rien de louche dans la « noyade accidentelle » de Chadworth ? ajouta-t-il à voix basse, en s'assurant de ne pas être entendu du lieutenant.

Jennings le fusilla du regard.

— Dois-je vous rappeler, docteur Ryder, qu'il s'agit désormais d'une enquête de police ? Une enquête séparée et en cours de résolution ? Je peux compter sur votre discrétion ? demanda-t-il d'un ton agressif.

— Bien sûr, répondit Clement d'une voix onctueuse. Je serai muet comme une carpe.

Jennings poussa un profond soupir puis, apercevant Trudy qui se dandinait nerveusement à quelques mètres de là, il lui dit d'un ton sec :

— Ce sera tout, mademoiselle. Vous pouvez retourner travailler. Et remettez votre uniforme, s'il vous plaît.

Jennings savait qu'il devait lui être reconnaissant d'avoir trouvé cet endroit répugnant en premier. Si un journaliste était tombé dessus… rien que de penser aux conséquences, il était parcouru de frissons. Cependant, il ne pouvait s'empêcher de penser qu'elle l'avait forcé à s'impliquer dans cette affaire, et la voir suffisait à le faire bouillir.

Il imaginait déjà ses supérieurs le sommer d'enterrer cette affaire au plus vite. Mais au moins, ce serait le problème de la brigade des mœurs, pensa-t-il avec satisfaction. Pas le sien.

— Oui, monsieur, répondit sagement Trudy.

Elle se doutait qu'une humble stagiaire dans son genre n'aurait pas le droit de participer à l'enquête, mais malgré tout, elle se sentait dépitée. Sans le Dr Ryder et elle, la police n'aurait rien su de ce trafic d'images pornographiques.

— J'imagine que votre chef vous a déjà ordonné de ne pas dire un mot sur cette affaire ? lui demanda Clement à voix basse tandis qu'ils se dirigeaient vers le centre-ville.

— Oui. En fait, il m'a dit que je serais renvoyée si la rumeur filtrait, répondit Trudy, l'air un peu surprise.

— Vous devinez pourquoi, non ? À mon avis, si les demoiselles sur les photographies n'intéressent pas les autorités, ce ne sera pas le cas de leurs prétendants.

— Pardon ?

— Notre Derek a peut-être séduit, payé ou forcé les femmes à poser pour des clichés scabreux, mais je crois que les hommes étaient tous des volontaires enthousiastes. Vous n'en avez reconnu aucun ?

— Je dois avouer que je ne les ai pas regardés de près, avoua-t-elle.

— Eh bien, moi si. Plusieurs d'entre eux étaient clairement des étudiants – et je serais prêt à parier qu'ils étaient membres du Marquis Club.

Trudy s'arrêta en pleine rue, fixant le coroner d'un air éberlué. Puis, lentement, elle se mit à sourire.

— Je vous en prie, dites-moi que lord Littlejohn en faisait partie ! supplia-t-elle.

Mais Clement secoua la tête.

— Il y avait des photographies d'un homme mince aux cheveux blonds et bouclés, en effet, mais il a pris soin d'être toujours photographié de dos – on ne voit même pas son profil. Plutôt malin de sa part, quand on y pense. Ses petits camarades étaient peut-être trop enthousiastes ou ivres pour se soucier d'être capturés sur pellicule pour la postérité, mais le fils du duc était trop prudent pour se laisser avoir. En fait, je ne serais pas surpris qu'il ait insisté pour voir tous les négatifs et détruit les photographies qui auraient pu prouver qu'il était impliqué.

Trudy eut l'air déçue.

— Ça ne m'étonnerait pas ! Ce type se débrouille toujours pour sauver sa peau. Et Derek Chadworth avait l'air d'être son âme damnée, non ?

— Croyez-vous ? murmura Clement. Vous savez, je commence à me poser la question ! Et je ne serais pas du tout étonné que notre étudiant noyé ait eu en tête des projets plus ambitieux qu'une petite affaire de pornographie.

— Que voulez-vous dire ? demanda Trudy, fascinée, le cœur battant.

Quelque chose lui disait qu'ils approchaient de la fin de leur enquête – et que toutes leurs questions trouveraient bientôt une réponse.

— Réfléchissez, dit Clement. Les photographies scabreuses représentaient un petit revenu confortable pour Derek Chadworth. Ça explique en tout cas d'où il tirait son argent. Cela lui permettait de payer son équipement de photographie et tout le reste, et de suivre le train de vie des membres du Marquis Club. Payer une ronde de champagne ne devait pas être donné ! Mais si nous avons appris quelque chose sur lui pendant ces derniers jours, c'est qu'il était ambitieux et prévoyant, et qu'il planifiait sur le long terme. Je vous parie que d'ici quelques années, quand tous les garçons immortalisés sur ses clichés auraient fait carrière et épousé des femmes respectables, notre M. Chadworth leur aurait rendu visite, avec des copies de ses photographies.

— Du chantage ! glapit Trudy en attrapant la manche de Clement dans son enthousiasme. Ils auraient tous été à sa merci !

— Exactement. Et il ne se serait peut-être pas contenté de leur soutirer de l'argent. Les hommes qu'il avait sous son emprise auraient été très utiles à un juriste en pleine ascension. Des capitaines d'industrie, des magistrats, des politiciens… Il les aurait forcés à l'aider à faire fortune et à accéder à des postes de pouvoir.

Trudy frissonna. Puis elle en resta bouche bée.

— Oh ! Pas étonnant qu'ils aient dû le tuer !

Clement poussa un petit soupir.

— Pas si vite, l'avertit-il prudemment. Il faut bien y réfléchir. Retournons à mon bureau.

Mais quand ils furent de retour à Floyds Row, assis autour du bureau du coroner en grignotant des biscuits arrosés de thé, Trudy tremblait d'excitation.

— Mais tout s'explique, maintenant, insista-t-elle en faisant les cent pas tandis que Ryder l'observait en dissimulant son amusement. Derek a dû aller trop loin ! Peut-être qu'ils ont découvert qu'il vendait les photographies et que ça ne leur a pas plu ? Ils le faisaient pour s'amuser ou pour je ne sais quelle raison scabreuse, mais lui cherchait uniquement à faire du profit. Ou peut-être qu'un des membres du Marquis Club a soudain réalisé qu'ils étaient dans une position délicate, en s'étant laissé photographier comme ça… et décidé de prendre les choses en main ! Après tout, ça a dû leur paraître drôle sur le moment, surtout s'ils étaient tous ivres ou drogués ou je ne sais quoi. Mais une fois qu'ils ont eu le temps de réaliser à quel point ils avaient été bêtes… ne se seraient-ils pas senti vulnérables ?

— Peut-être, répondit Clement. En même temps, n'oubliez pas à quel point ils sont puissants. Littlejohn aurait pu l'écraser comme une fourmi s'il l'avait voulu. Il aurait facilement pu engager quelqu'un pour brûler le studio et menacer de casser les jambes de Chadworth s'il tentait quoi que ce soit.

Mais Trudy n'était pas disposée à écouter.

— C'est forcément Littlejohn, insista-t-elle. C'est lui qui a organisé la fête, ajouta-t-elle en comptant sur ses doigts. C'est lui qui commandait, et tous les autres obéissaient. Et c'est lui qui avait le plus à perdre, si une de ces photos était arrivée entre les mains de son père. Il faut l'interroger !

— Avec quelles preuves ? demanda Clement d'une voix calme. Nous n'avons plus les photographies – elles sont entre les mains de la brigade des mœurs, et donc des puissants. Et même si nous en avions des copies, lord Littlejohn n'est identifiable sur aucune d'entre elles. Après tout, beaucoup de jeunes gens ont de longs cheveux blonds.

— Il n'y avait pas un grain de beauté ou une tache de naissance ou je ne sais quoi qui permettrait de l'identifier ? insista Trudy, pleine d'espoir.

— J'ai bien peur que non. En plus, je ne pense pas que ces photographies seront un jour présentées devant un tribunal, si ? Peu importent les protestations de ce sympathique lieutenant de la brigade des mœurs.

— Que voulez-vous dire ? demanda Trudy d'un ton suspicieux en s'immobilisant au milieu de la moquette.

— Allons, vous devez bien savoir comment marche le monde, lui dit gravement Clement.

Cela ne lui plaisait pas de dissiper ses illusions, mais tôt ou tard, un jeune agent de police devait découvrir les aspects les plus choquants de son travail.

— Les garçons sur ces photographies sont tous issus des plus grandes familles du pays. Leurs parents sont des gens puissants et influents, et vous pouvez parier qu'ils remueront ciel et terre et demanderont toutes les faveurs possibles pour s'assurer qu'elles soient détruites. Pensez-vous vraiment que l'université acceptera de faire l'objet d'un scandale pareil, par ailleurs ? Des étudiants et des filles de la ville, photographiés en flagrant délit ? Ils voudront faire disparaître le problème autant que les étudiants et leurs familles. Peut-être même plus !

Trudy le fixait, de plus en plus pâle.

— Ils vont enterrer l'affaire, n'est-ce pas ? demanda-t-elle. C'est pour ça que le capitaine Jennings a insisté pour que je n'en parle à personne, pas même à nos collègues.

Clement haussa les épaules en signe d'impuissance.

— Mais ils ne peuvent pas faire ça ! Ce sont des preuves ! cria-t-elle.

— De quoi ?

— De meurtre ! hurla Trudy, exaspérée. Ça ne peut quand même pas être une coïncidence ! Vous devez être certain, maintenant, que Derek Chadworth a été assassiné, non ?

— Oh oui, acquiesça le coroner à voix basse. C'est ce que je pense depuis un petit moment. Mais nous sommes très loin de pouvoir le prouver, ajouta-t-il hâtivement en levant la main pour la faire taire alors qu'elle s'apprêtait à protester. Et nous n'aurons probablement pas le droit d'utiliser les photographies que nous avons trouvées pour appuyer nos assertions.

Trudy se laissa tomber dans un des fauteuils près du bureau, au bord des larmes. C'était tellement injuste !

— Allez-vous les laisser s'en tirer aussi facilement ? demanda-t-elle d'un ton amer en le fusillant du regard.

Clement Ryder eut un sourire sinistre.

— Votre foi en moi me touche, mademoiselle Loveday, mais je ne suis ni Superman, ni Green Lantern, répondit-il d'un ton las. Je ne peux pas affronter les autorités, l'université, le maire et qui sait d'autre à moi tout seul !

— Alors c'est fini ? demanda Trudy, amère. Vous allez laisser tomber ?

Le coroner prit un autre petit gâteau et mordit dedans.

— Qui a parlé de laisser tomber ? rétorqua-t-il d'un ton aimable en examinant son biscuit.

22

Reggie Porter ferma boutique plus tôt que d'habitude. Il n'arrivait pas à se concentrer et avait envie de passer ses nerfs sur les clients comme sur les employés. Depuis que son père lui avait montré ces photographies répugnantes de Becky, il avait envie de tout casser.

Bien sûr, elles ne l'avaient pas complètement étonné, puisqu'il avait trouvé des clichés torse nu de sa petite sœur juste avant sa fugue. Assise sur une ottomane rouge, avec un tissu en soie blanche qui couvrait pudiquement ses épaules avant de s'ouvrir, de courir sur sa taille et de tomber élégamment en plis sur le sol. Son joli visage affichait un sourire innocent qui lui brisait le cœur, ses petits seins pointus offerts à la vue de n'importe quel homme qui avait de quoi payer ces clichés.

Il l'avait immédiatement confrontée, lui hurlant dessus, allant jusqu'à la secouer par les épaules, l'effrayant pour de bon, tandis qu'il exigeait de savoir qui les avait prises. Bien sûr, elle avait fini par lui donner le nom de Derek Chadworth. Pendant presque une semaine, il avait arpenté les pubs et les boîtes de nuit des quartiers louches de la ville avant d'apercevoir le type en question, en train de vendre des photographies.

Il en avait même acheté un paquet, pour observer de près l'homme qui avait corrompu sa sœur. Heureusement, quand il les avait examinées, elles ne contenaient pas de photos de Becky, ou il aurait peut-être étranglé ce salopard au beau milieu du pub, et tant pis pour les conséquences.

Il avait cru être au courant du pire. Et quand Becky avait quitté la maison, il avait jugé Derek responsable.

Mais il ignorait que son père aussi connaissait l'existence des photographies. Et qu'il avait cédé au chantage.

Il n'avait rien su des *autres* photographies. Celles que son père lui avait agitées sous le nez, furieux. Plus que de simples images torse nu, des clichés de Becky – sa petite sœur, Becky – avec des hommes… des hommes laids, obscènes, qui riaient.

Bien sûr, il savait qui cela devait être. Des étudiants, et presque certainement des membres de ce foutu Marquis Club. La bande de salopards débauchés et corrompus jusqu'à la moelle de lord Littlejohn.

Après avoir suivi Derek Chadworth depuis le pub jusqu'à son *college*, il n'avait pas fallu longtemps à Reggie pour tout savoir sur lui, y compris son allégeance à Littlejohn et à sa petite bande scabreuse.

Le compte de Chadworth avait déjà été réglé, pensa Reggie en arpentant les rues jusqu'à un caviste où il acheta la meilleure bouteille de champagne qu'il pouvait se permettre. Il alla ensuite chez un pharmacien et, affirmant qu'il était diabétique, acheta un sachet de seringues hypodermiques. Puis il finit par Coppers, une grande mercerie qui vendait de tout, et il acheta de l'herbicide et de la mort-aux-rats.

Après la fureur, la honte et l'impuissance qu'il avait ressenties en découvrant ces ignobles photographies de sa petite sœur bafouée, Reggie avait retrouvé son sang-froid.

Derek Chadworth était mort.

Et maintenant, c'était au tour du chef du Marquis Club.

23

— Je n'arrive pas à croire que vous avez gardé certaines des photographies ! dit Trudy en fixant les trois images que le coroner venait de sortir de la poche de sa veste.

Il avait dû les plier un peu, mais elles étaient assez nettes pour ce qu'ils comptaient en faire.

— Le lieutenant de la brigade des mœurs ne va pas s'en apercevoir ? demanda-t-elle nerveusement.

Quand le coroner lui avait dit ce qu'il avait fait, elle n'avait pas su si elle devait applaudir ou se sentir consternée. Tout en les regardant, elle ne put s'empêcher de penser que le capitaine Jennings aurait sa peau s'il savait qu'elles étaient en sa possession.

— Comment saura-t-il qu'il en manque ? rétorqua Clement d'un ton nonchalant. J'ai choisi ces trois-là parce qu'elles montrent toutes une fille et un homme différents. Il faut tous les identifier. Je m'occupe des hommes. Je suis à peu près sûr qu'ils font partie du cercle d'amis proches de Littlejohn et ce sera plus facile pour moi d'aller leur rendre visite dans leur *college* et de découvrir l'identité de nos Princes charmants. Et j'ai gardé celle-là, ajouta-t-il en tapotant la quatrième et dernière photographie, à cause de lui.

Pendant un instant, ils fixèrent tous les deux l'arrière d'une tête blonde. Il avait été pris torse nu, en train de regarder une fille allongée sur un lit couvert d'une peau de mouton. En arrière-plan, une photo de Rome la nuit tentait de créer une atmosphère romantique et glamour. La fille était plutôt petite, mais son charme à la garçonne attirait l'œil.

— Vous devez essayer d'identifier les filles, poursuivit Clement. Ceci dit, je pense que nous connaissons déjà le nom de l'une d'entre elles.

— Ah bon ? répondit Trudy, surprise.

Après une seconde de réflexion, elle fit la grimace.

— Oh. Oui. Bien sûr – Jennifer Morrison ! Cette pauvre fille ! Elle a dû être séduite par Derek et… oh, c'est terrible. Elle croyait qu'il l'aimait, qu'il était son petit ami, alors que depuis le début, il se préparait à l'impliquer dans ce répugnant…

Elle s'interrompit, incapable de continuer, et conclut :

— Pas étonnant qu'elle ait fini par se suicider.

— Ce qui signifie qu'il est plus important que jamais de retrouver les victimes encore en vie, lui rappela Clement d'une voix douce mais ferme. Ces femmes sont peut-être prêtes à témoigner.

— Très bien, répondit Trudy en relevant le menton. Mais si le capitaine Jennings apprend ce que je fais…

Elle pâlit.

— Ne le lui dites pas, rétorqua Clement, d'un ton bien trop nonchalant au goût de Trudy. Il croit que vous interrogez toujours des étudiants à propos de la mort de Derek.

— Il ne me laissera pas continuer très longtemps à travailler avec vous, prédit Trudy d'un air malheureux. Pas après cette histoire.

Le coroner pouvait bien se permettre d'être flegmatique, pensa-t-elle, un peu amère, il n'y avait pas autant de gens qui le surveillaient ! Qui plus est, des gens qui pouvaient facilement briser sa carrière !

— Dans ce cas, nous avons intérêt à avancer, n'est-ce pas ? répondit Clement d'un ton brusque.

— Oui. Je prendrai la photographie de Littlejohn et je commencerai par la femme sur la peau de mouton.

— Pourquoi ne suis-je pas surpris ? demanda Clement en réprimant un sourire. Vous voulez vraiment traîner Sa Seigneurie dans la boue, hein ? Je ne vous en veux pas – mais souvenez-vous. Laissez-le tranquille pour l'instant et concentrez-vous sur l'identité de sa compagne.

Trudy promit, et ils se séparèrent pour la journée.

Le lendemain matin, lord Jeremy Littlejohn contempla la bouteille de champagne qu'on avait laissée devant sa porte. Il revenait tout juste du club de boxe, où, heureusement, il n'avait pas trouvé de rat mort dans son casier, mais cette bouteille le laissait perplexe.

La veille, après avoir trouvé le cadavre puant du rongeur et prudemment questionné le soi-disant portier du club, il avait appris qu'un inconnu, grand et roux, était venu poser des questions sur les frais d'inscription un peu plus tôt.

Et à présent, cela.

En se détournant de la porte sans toucher à la bouteille, il se dirigea vers la loge du concierge.

Et il apprit que ce dernier avait effectivement remarqué un grand gentleman mince aux cheveux flamboyants, qui était entré avec un petit groupe d'étudiants en premier cycle tôt ce matin-là.

Pendant un instant, Littlejohn hésita à faire un scandale, puis il décida qu'au moins pour l'instant, la prudence s'imposait. Il ne voulait pas que son père entende dire qu'il était, une fois de plus, mêlé à une affaire louche.

Il retraversa lentement la cour et se surprit, agacé, à regarder autour de lui pour voir si un roux l'observait.

Vraiment, cela devenait intolérable, se dit-il. D'abord, les lettres de menace anonymes, qui, au début, l'avaient plus amusé qu'autre chose. Puis le rat mort dans son casier, et à présent, ce mystérieux champagne.

Quelle serait la prochaine étape ? se demanda lord Jeremy Littlejohn, soucieux.

Devant sa porte, il ramassa la bouteille – en jetant un coup d'œil méprisant à l'étiquette bas de gamme – avant d'entrer. Il l'examina attentivement devant sa fenêtre. Elle paraissait intacte, mais il voulait s'en assurer. Il dénicha dans le tiroir de son bureau une vieille loupe que le précédent locataire de la chambre avait laissée et observa le bouchon.

Et en effet, dans le papier doré, il aperçut un minuscule trou rond qui traversait sans doute le bouchon. Quelqu'un avait injecté quelque chose dans le champagne.

Malgré lui, il frissonna.

La bouteille était-elle vraiment empoisonnée ? Ou sombrait-il dans la paranoïa ?

Peut-être qu'un ami du Marquis Club avait laissé la bouteille, en y injectant simplement un laxatif. C'était tout à fait le genre de blagues puériles dont ils raffolaient.

Ou était-il possible que les menaces de mort qu'ils avait reçues soient sérieuses ? Que quelqu'un – un grand échalas roux – ait vraiment l'intention de le tuer ?

Puis il pensa à Derek. Derek, qui était mort. Qui nourrissait les pissenlits par la racine.

Et l'aristocrate se dit que oui, il était tout à fait possible que quelqu'un veuille l'assassiner.

En jurant, il ouvrit la porte du placard et descendit une valise. Il avait eu l'intention de quitter la ville la semaine suivante, mais là, tout de suite, il voulait s'éloigner d'Oxford aussi vite que possible.

Bien sûr, il commencerait par aller à Londres, probablement dans l'appartement familial de Mayfair, puis il partirait à l'étranger. Après tout, sa famille possédait de nombreuses résidences à travers le monde, où des générations de Littlejohn avant lui avaient mené la belle vie. Il n'avait que l'embarras du choix.

En temps normal, il aurait demandé à un serviteur de faire ses bagages, puisqu'il avait besoin de plusieurs valises pour contenir sa vaste garde-robe. Mais il ne voulait pas perdre de temps.

Se sentant fiévreux, il commença à jeter ses affaires dans la valise.

À l'extérieur, dans la rue, confortablement installé à l'ombre, Reggie Porter attendait et observait.

Il savait déjà qu'il y avait très peu de places de parking au sein des vénérables enceintes des *colleges*, si bien que la plupart des professeurs comme des étudiants étaient obligés de garer leur voiture dans l'une des petites rues adjacentes.

Même s'il espérait qu'en ce moment même, Sa Seigneurie buvait son champagne, et qu'en temps voulu, il regarderait avec satisfaction une ambulance puis un corbillard s'approcher, il voulait être prêt.

Juste au cas où.

Parce que si le coup du champagne ne marchait pas, se dit Reggie Porter avec un sourire carnassier, il restait le plan B.

Les postiers d'Oxford, qui ignoraient les diverses intrigues qui se jouaient autour d'eux, faisaient leur ronde habituelle dans la ville, très occupés par leur routine quotidienne. Au bureau du coroner, l'un d'eux déposa du courrier à la réception, où une secrétaire le tria et le distribua au personnel auquel il était adressé.

Tandis que sa propre secrétaire lui apportait son courrier, et le déposait avec un sourire sur son bureau, Clement Ryder ne se doutait pas que l'une de ces lettres allait changer le cours de sa journée.

Et bouleverser la vie de quelqu'un d'autre.

*

Trudy plia avec précaution la photographie en deux, cachant le dos nu de l'homme blond, puis elle la replia de façon à ce que seul le visage de la fille soit visible. Elle serra ensuite l'épaisse photographie pour l'empêcher de reprendre sa forme d'origine. Elle ne connaissait peut-être pas l'identité de la jeune femme, ni ce qui l'avait poussée à accepter de participer à ce petit jeu, mais elle était décidée à préserver autant que possible sa pudeur et sa dignité.

Elle pénétra dans le huitième café du jour, un énième repaire des étudiants de la ville, mais cette fois-ci, au lieu de se mêler aux conversations, elle se dirigea vers le comptoir et les employés.

Elle avait déjà découvert ce matin-là – à sa grande déception – qu'échanger des ragots sur la mort d'un étudiant était une chose, mais que montrer une photographie et chercher à identifier une inconnue en était une autre.

Les étudiants l'avaient regardée bizarrement toute la matinée, à chaque fois qu'elle leur montrait le visage de la fille. Et les gens qui auraient pu parler avec désinvolture se fermaient rapidement à la vue du cliché.

Trudy était heureuse d'avoir déjà rassemblé toutes les bribes d'information possibles sur Derek, parce qu'elle était certaine que sa couverture était bel et bien éventée. Même si elle n'avait pas remis son uniforme, qui d'autre que la police posait des questions aussi spécifiques qu'elle l'avait fait toute la matinée ?

Il n'était donc peut-être pas étonnant que les étudiants qu'elle avait interrogés sur la fille de la photographie aient eu l'air mal à l'aise et affirmé ne pas la connaître. Impossible de savoir si c'était vrai ou s'ils ne faisaient pas confiance à Trudy. Peut-être pensaient-ils qu'elle cherchait à se venger. Ou même qu'elle était folle !

En tout cas, ils étaient décidément cachottiers. C'était ce que les sergents du commissariat avaient toujours affirmé – les gens n'aiment pas être mêlés à des histoires louches, et peuvent se montrer sourds, muets et aveugles quand ça les arrange.

Ou peut-être leur réticence était-elle due au fait qu'ils connaissaient la fille, que c'était une étudiante et que, par solidarité, ils prétendaient ne rien savoir ? Juste au cas où ce dernier scénario se révélerait être le bon, elle avait décidé d'adopter une tactique différente et d'interroger plutôt les serveuses.

Peut-être parce qu'elles s'ennuyaient et trouvaient irrésistible la perspective de s'amuser un peu, ou peut-être parce qu'elle leur inspirait confiance, les deux serveuses auxquelles s'adressa Trudy se montrèrent plus disposées à l'aider que tous ceux à qui elle avait parlé ce matin-là.

À sa grande joie, l'une d'elles affirma reconnaître la fille sur la photographie.

— Elle venait souvent, petite, affirma d'un air las la serveuse, une femme d'un certain âge au décolleté impressionnant et aux cheveux en bataille. Tu te souviens d'elle, Maeve ?

Son amie haussa les épaules, puis acquiesça lentement.

— Elle traînait avec un groupe de filles, toujours en train de glousser, et des garçons les suivaient, l'air plein d'espoir. Vous voyez le tableau ?

Trudy sourit.

— Vous ne connaissez pas son nom, par hasard ?

— Vous pensez que je m'en souviens ?

— Je vous en prie, c'est important, insista Trudy. Regardez-la bien. Elle a un visage dont on se souvient, non ? Elle a un air un peu garçonne…

L'autre serveuse claqua soudain des doigts.

— Bien sûr que je m'en souviens. C'est la fille de ce vieux Porter. Celle qui s'est enfuie à Londres il y a un moment. Il vit vers Cowley, je crois… ou peut-être Osney… comment c'est, déjà ?

Tandis que Trudy attendait patiemment que la serveuse retrouve l'adresse, lord Littlejohn finissait de jeter ses habits pêle-mêle dans une valise, qu'il ferma à clé. Pendant un instant, il examina la pièce, cherchant quelque chose dont il risquait d'avoir besoin et qu'il ne devait pas laisser derrière lui, puis il tapota sa poche pour s'assurer qu'il avait son portefeuille.

Il portait un pantalon crème, avec une chemise blanche et un blazer d'été en lin. Il poussa un soupir de satisfaction en sentant la masse dure et rassurante de son portefeuille contre son torse, puis il chercha ses clés de voiture.

Il conduisait une Morgan verte (une voiture de course, bien entendu) qu'il garait dans une petite allée à quelques centaines de mètres de là. Il s'imaginait déjà la conduire à toute allure sur les autoroutes situées à la sortie de la ville, vers High Wycombe, laissant cet endroit loin derrière lui.

Avec un peu de chance, il se débarrasserait du type qui le suivait ces derniers temps, et il se ferait discret jusqu'à ce que l'affaire Derek Chadworth se soit calmée.

En sifflotant maladroitement, il mit la main sur ses clés de voitures, puis descendit sa valise dans les escaliers. C'était pénible. Même s'il n'employait pas de valet au *college*, il avait tout de même l'habitude que d'autres se chargent de ce genre de tâches ingrates. Mais au moins, il n'était pas garé loin.

Dans quelques jours, il pourrait avoir quitté le pays – peut-être irait-il à Biarritz. Ou aux Caraïbes ? Maintenant qu'il y pensait, ce vieux Mungo Peake-Smythe, dit Casse-Pieds, n'avait-il pas un yacht à Capri ? Et Casse-Pieds, qui avait bien mérité son surnom, avait dû lui demander une douzaine de fois de l'accompagner.

Oui. Faire le tour des îles de Méditerranée serait parfait.

Avec un sourire, Littlejohn fit un signe de tête au concierge et sortit dans la ville bruyante.

Quelques minutes plus tard, il quittait les rues très fréquentées et empruntait l'une des nombreuses petites allées médiévales qui quadrillaient la ville. Certaines d'entre elles étaient trop étroites pour qu'une voiture puisse y circuler.

Les hauts murs nus des *colleges* et des bâtiments commerciaux qui l'entouraient le faisaient se sentir petit. La ruelle était tranquille, sans même un passant ou un employé venu emprunter ce raccourci pour le déranger. Il entendait à peine la circulation sur High Street ou Broad Street, et aucune vitrine de magasin n'interrompait les murs en pierres pâles des Cotswold.

C'est à cet instant que Littlejohn entendit un bruit de pas derrière lui, et commença à faire volte-face.

Du coin de l'œil, il vit une tignasse rousse qui flamboyait au soleil.

Et un geste brusque dirigé contre lui.

24

Stanley Porter parut surpris de voir la jolie fille devant sa porte. Avec ses longs cheveux bruns bouclés et ses grands yeux marron, elle ne ressemblait pas du tout à sa fille, Becky, et pourtant quelque chose en elle lui serra le cœur. Sa fille lui manquait.

Mais quand elle lui montra sa carte de police, il eut l'air inquiet. Et nerveux. June, sa femme, était partie faire les courses, et comme c'était son jour de repos, il était censé l'aider, mais sans surprise, il avait trouvé un prétexte pour ne pas y aller – la chaleur, en l'occurrence.

À présent, il regrettait de ne pas l'avoir accompagnée, même si faire les courses l'ennuyait.

À contrecœur, il fit entrer la jeune femme dans la cuisine, dont les deux fenêtres étaient ouvertes pour laisser passer une brise tiède qui ne suffisait pas à dissiper l'odeur tenace du bacon du petit déjeuner. La vaisselle sale était toujours dans l'évier, ce qui n'aidait probablement pas.

Comme s'il en était conscient, Stanley Porter s'excusa vaguement pour le « bazar ».

— Pas de problème, monsieur, répondit Trudy avec un sourire pour le mettre à l'aise. Je voulais juste vous poser quelques questions sur une enquête en cours. Pour commencer, pourriez-vous s'il vous plaît confirmer qu'il s'agit de votre fille, Rebecca ?

Elle lui montra la photographie soigneusement pliée.

L'homme se décomposa. Il déglutit et se laissa tomber sur l'une des chaises entourant la table en bois carrée, comme si ses genoux ne supportaient plus son poids.

— Je savais que ça arriverait, dit Stanley Porter, l'air nauséeux. Depuis que ces foutues photos sont arrivées par la poste. J'étais sûr que ça arriverait…

Trudy, le cœur battant, resta debout en observant Stanley Porter de près. Elle ne s'était pas attendue à obtenir une confession pareille aussi vite et elle était un peu décontenancée.

Qu'était-elle censée faire, à présent ? Appeler des renforts ? Mais ça ne lui semblait pas être une bonne idée. Le temps que quelqu'un d'autre arrive du commissariat, son témoin risquait d'avoir repris ses esprits et décidé de se taire.

Non, il fallait battre le fer tant qu'il était chaud ! Elle sortit son carnet et se mit à prendre des notes rapides.

— Vous dites que vous avez reçu par la poste ce genre de photographies, monsieur ? répéta-t-elle pour qu'il confirme, tout en regrettant de ne pas avoir demandé au Dr Ryder de l'accompagner.

Ainsi, il aurait posé les questions et elle aurait pu se contenter d'ouvrir grand les yeux et les oreilles.

Mais sur le moment, dans le café où la serveuse avait enfin trouvé une adresse, trop heureuse d'avoir identifié l'une des filles, elle n'avait pas voulu perdre de temps.

Elle examina rapidement la pièce, prenant conscience du silence. De toute évidence, la maîtresse de maison n'était pas là : elle n'entendait aucun des bruits caractéristiques d'une maison occupée.

Stanley Porter était le genre d'hommes qui avait l'air d'aimer utiliser ses poings. Pour l'instant, il semblait docile et prêt à répondre à ses questions, mais s'il devenait agressif ou colérique…

Mais elle avait son sifflet, et sa petite matraque, se dit

bravement Trudy. Et elle savait utiliser son arme. C'était l'une des choses auxquelles ses professeurs à l'école de police l'avaient formée.

En plus, elle s'inquiétait probablement pour rien. Son témoin n'avait pas l'air d'humeur violente.

Enfin, pas encore, en tout cas.

— Quand est-ce que c'est arrivé, monsieur ? demanda-t-elle calmement, décidée à être exhaustive mais à y aller doucement pour ne pas lui faire perdre son calme.

— Oh ! il y a des mois. Avec une lettre demandant de l'argent.

Le cœur de Trudy battait de plus en plus vite, et elle se força à respirer profondément.

— Vous avez été victime de chantage, monsieur ? demanda-t-elle d'un ton neutre dont elle était fière.

Stanley Porter sourit soudain, l'air amer.

— Ouais. Mais on m'a pas demandé grand-chose. Je n'ai pas grand-chose à donner, si ?

Il jeta un coup d'œil sombre à la cuisine.

— Je ne suis pas exactement Rockefeller, vous voyez. Mais toutes les semaines, régulièrement, je postais l'argent.

— À quelle adresse, monsieur ?

— Oh ! il n'y avait pas de nom ni d'adresse, ma petite, répondit Stanley Porter avec un sourire las. Ce connard était trop malin pour ça. Il savait probablement que si je lui avais mis la main dessus, je lui aurais tordu le cou.

Il poussa un profond soupir et poursuivit :

— Non, c'était un casier dans un bureau de poste. En ville. J'y ai été une fois, pour essayer de voir qui le récupérait, mais ça servait à rien. J'avais pas le temps de traîner par là-bas toute la journée, tous les jours, vous voyez. Il fallait bien que je bosse, hein ? En plus, il y avait trop de gens qui entraient et sortaient et ouvraient des casiers. Et, dans la lettre suivante, le salopard m'a demandé plus. Il m'a dit qu'il m'avait vu le regarder.

J'avais été coquin, qu'il m'a dit, comme ma Becky. Donc je devrais payer un peu plus. Petit connard insolent, grogna-t-il d'un ton brusque.

Mal à l'aise, Trudy se demanda si Stanley y était retourné – peut-être sous un déguisement quelconque. Et si, la deuxième fois, il avait eu plus de chance et avait réussi à suivre Derek Chadworth. Avait-il ensuite… Quoi ? Été au pique-nique et noyé Derek ?

Ridicule, se dit Trudy. Cet ouvrier quinquagénaire aurait fait tache au milieu du Marquis Club.

— Puis-je parler à votre fille, monsieur ? J'ai besoin de…

— Je ne sais pas où elle est, mademoiselle, l'interrompit Stanley, l'air fatigué. Elle disait toujours qu'elle partirait à Londres et elle a fini par y aller.

Trudy réprima un soupir. C'était donc vrai – les serveuses lui avaient dit que la jeune fille avait fugué.

— Elle a brisé le cœur de sa mère, continua Stanley.

Puis il fit un drôle de sourire. Un sourire torve, méchant, qui fit frissonner Trudy.

— Et celui de son frère encore plus, à mon avis. Il l'a toujours idolâtrée, notre Reggie. Il en était fou. C'était pas normal.

Il s'interrompit soudain, vira au cramoisi et jeta un coup d'œil à Trudy. Elle remarqua qu'il regardait un buffet où trônait une photo de famille.

Trudy alla examina le cliché encadré. Elle reconnut immédiatement Stanley. La femme d'un certain âge qu'il étreignait devait être sa femme – une dame pâlichonne, aux cheveux blond-roux. Et la fille de la photographie pornographique les regardait, l'air innocent. Quel âge avait-elle ? Treize ans, peut-être. À ses côtés se tenait un grand homme aux cheveux roux flamboyants – son frère aîné, apparemment.

Un grand roux.

— Monsieur, où est votre fils ? demanda Trudy.

Il n'y avait pas de temps à perdre.

— Reggie ? Au boulot, j'imagine, répondit Stanley d'un air indifférent. Il travaille dans une boutique sur High Street.

Mais son père avait tort.

Reggie Porter n'était pas dans son magasin.

En cet instant précis, Reggie Porter se jetait sur lord Jeremy Littlejohn dans une ruelle déserte, les mains tendues vers la gorge exposée de Sa Seigneurie.

Littlejohn vit la tignasse rousse flamboyante au soleil, puis un visage laid, déformé par la rage, qui lui sautait dessus comme dans un cauchemar. Les mains tendues et crochetées, telle une créature de film d'horreur.

Lord Littlejohn n'hésita pas. Ce n'était pas pour rien qu'il était l'un des meilleurs batteurs de son lycée.

En utilisant sa valise encombrante comme une batte de cricket, lord Jeremy la fit voltiger et poussa un grognement de satisfaction en frappant l'autre homme juste en dessous du menton, le forçant à reculer pour ne pas perdre l'équilibre.

Reggie Porter hurla de douleur, se mordant la langue sous l'effet du coup inattendu, et sa vision se brouilla tandis qu'il pleurait, ses larmes ruisselant pour se mêler au sang qui gouttait déjà de son menton.

Des semaines de rage contenue et de peur stimulèrent Littlejohn quand il vit son ennemi désarçonné, et avec un cri sauvage si différent de l'air sophistiqué et nonchalant qu'il se donnait habituellement que c'en était comique, l'homme en blanc commença à assener des coups de pied féroces à son adversaire.

Dans son bureau, Clement Ryder s'empara de son coupe-papier – une lame de Tolède sous forme de dague ornementée que sa femme lui avait offerte un Noël. Il commença à ouvrir son courrier. Il préférait s'en charger lui-même plutôt que de déléguer cette tâche à sa secrétaire.

La première lettre était une invitation à une conférence à Cheltenham. Ça avait l'air ennuyeux, mais il la mit de côté pour y réfléchir. La deuxième était un mot d'un ancien étudiant, qui demandait une lettre de recommandation. La troisième, un message du bureau du maire qu'il lut en diagonale.

La quatrième, écrite à la main, commençait ainsi :

Cher Monsieur,

*Je me permets de vous écrire en réponse à l'annonce que vous avez publiée dans l'*Oxford Mail, *demandant que les témoins qui avaient été à Port Meadow le matin de la mort de l'étudiant Derek Chadworth vous contactent…*

Trudy venait à peine de rentrer au commissariat quand l'appel arriva. En fait, elle n'avait même pas eu le temps de frapper à la porte du capitaine Jennings qu'elle l'entendit à la radio derrière elle.

Rodney Broadstairs, qui faisait sa ronde, avait interrompu une bagarre entre deux hommes. Il demandait de l'aide, mais ce fut le nom d'une des personnes impliquées qui attira immédiatement l'attention de Trudy.

Le cœur battant, elle se retourna pour répondre à l'appel, mais le sergent O'Grady la devança.

— Oui ? D'accord… quelqu'un a besoin d'une ambulance ? Très bien, amène-les tous les deux. Oui, au commissariat. On pourra appeler un médecin s'ils en ont besoin. Quoi ? Non, laisse le capitaine Jennings s'en charger. Je vais l'informer immédiatement. Bien. À dans cinq minutes. Ils ne se débattent pas ? Parfait.

Trudy, qui avait scruté le visage du sergent, fascinée, pendant toute la conversation, le regarda frapper à la porte du capitaine, puis entrer.

À peine une minute plus tard, ils ressortirent tous les deux.

— Bien, faites-les venir dans mon bureau, disait Jennings. Si nous avons besoin de les séparer et de les interroger individuellement ensuite, nous le ferons. Broadstairs vous a-t-il donné des informations sur l'agresseur de Sa Seigneurie ?

— Pas grand-chose, sauf…

— Monsieur…

Trudy ne tenait plus en place. Ignorant (tout en frissonnant intérieurement) l'air agacé du capitaine qui se tourna vers elle, elle s'empressa de demander au sergent :

— Est-ce un grand homme, avec des cheveux roux flamboyants ?

— Oui, ça correspond à la description de Broadstairs, répondit-il en la regardant d'un air un peu méfiant – tout comme leur officier supérieur.

— Mademoiselle Loveday, dit le capitaine Jennings avec un calme forcé qui ne présageait rien de bon, que savez-vous au juste sur cette affaire ?

Trudy déglutit.

25

— Monsieur, je m'apprêtais à faire mon rapport, commença-t-elle hâtivement.

Mais on ne la laissa pas se défendre davantage.

Jennings regarda sa montre et soupira.

— Dans mon bureau, tout de suite, aboya-t-il. O'Grady, appelez le médecin de la police et demandez-lui de venir immédiatement. Je sais que Broadstairs a dit qu'ils n'étaient pas blessés gravement, mais nous n'avons pas envie que le duc nous tombe dessus s'il s'avère que son fils chéri avait besoin de soins et que nous ne les avons pas prodigués.

— Oui, monsieur, répondit le sergent.

Il fusilla Trudy du regard en passant. Comme la plupart des anciens du commissariat, il n'approuvait pas son partenariat avec le coroner mal embouché, même si ça l'occupait et l'empêchait de traîner dans leurs pattes.

Mais, tout comme Jennings, il n'avait pas imaginé que ça puisse mal tourner.

À présent, il n'en était plus si sûr. Surtout que ça semblait lui donner des grands airs, alors que ce n'était qu'une humble stagiaire.

— Alors, mademoiselle Loveday, commença Jennings d'un ton sinistre en la faisant entrer dans son bureau, puis en s'asseyant. Vous avez dit que vous vouliez me faire un rapport ? Allez-y, et ne traînez pas.

— Oui, monsieur.

Trudy se lança dans un rapport complet mais qu'elle espérait concis de ses faits et gestes depuis qu'elle avait quitté le studio de Derek Chadworth. Elle prit soin de ne pas mentionner le fait que le docteur Ryder avait « emprunté » quatre des photographies, préférant dire qu'elle avait noté une description précise de certaines des femmes qui apparaissaient sur les clichés pour pouvoir les identifier.

Tout en mentant maladroitement, elle se sentit rougir, et à l'expression sceptique de son supérieur, elle vit qu'il ne la croyait pas. Peut-être connaissait-il le coroner mieux qu'elle et avait-il deviné ce qu'il avait fait. Mais si c'était le cas, il décida de toute évidence qu'il valait mieux fermer les yeux, et il n'interrompit pas son rapport.

De plus en plus cynique, Trudy se dit que cela arrangeait Jennings d'être en mesure de démentir avoir eu connaissance de photographies manquantes, si ses supérieurs lui tombaient sur le dos. L'important était de pouvoir nier, commençait-elle à réaliser.

— J'ai donc appris que le nom d'une des filles était Rebecca Porter, monsieur, et j'ai trouvé son adresse…

Elle décrivit son entretien avec Stanley Porter, qui avait admis avoir reçu des lettres le faisant chanter – presque certainement du défunt, Derek Chadworth – puis la photographie de famille.

— Je me suis tout de suite rappelée que, d'après les rapports, plusieurs des témoins du coroner ont dit avoir vu un roux au pique-nique, monsieur. Un certain nombre d'étudiants que j'ai interrogés en civil l'ont aussi mentionné. C'est pourquoi, quand j'ai entendu parler de l'agression récente de lord Littlejohn…

— Oui, oui, l'interrompit Jennings, qui se leva en entendant des cris. On dirait qu'ils sont arrivés. Et Loveday, ajouta-t-il froidement, je n'aime pas la façon dont vous associez les activités du défunt et lord Littlejohn. Il n'y a rien qui suggère que Sa Seigneurie était au courant des pratiques de son camarade. Alors arrêtez de spéculer, c'est compris ? Restez-en aux faits et laissez-moi la réflexion. C'est clair ?

Trudy cilla et ravala la rage qui grandissait en elle. Bien sûr, elle ferait tout ce qui était en son pouvoir pour que l'aristocrate soit puni comme il le méritait, mais il serait inutile – et risqué – de le faire savoir au capitaine Jennings.

— Bien sûr, monsieur. Mais, monsieur, peut-être que je devrais être présente aux interrogatoires, s'entendit-elle dire.

Surprise par sa propre audace, elle vit le capitaine, qui se dirigeait vers la porte, se retourner pour la fusiller du regard.

— Ah, vraiment ? Peut-être voulez-vous diriger les interrogatoires vous-même, mademoiselle Loveday ? suggéra-t-il, sarcastique.

Trudy rougit mais ne se laissa pas intimider.

— Non, monsieur. C'est juste que, pour le moment, je suis la seule à avoir une vision globale de l'affaire, et je serai capable de reconnaître les mensonges ou les esquives des deux témoins, fit-elle remarquer avec une logique implacable.

Puis elle ajouta malicieusement, avec un sourire angélique :

— À moins que vous préfériez que le Dr Ryder vienne, monsieur ?

Le capitaine Jennings poussa un profond soupir.

— Très bien, Loveday, dit-il en grinçant des dents.

Puis il désigna d'un geste dramatique un coin à l'arrière de son bureau.

— Mais vous restez là, vous écoutez, et vous ne dites pas un mot – pas un mot, vous m'entendez ? Et prenez des notes – autant que vous serviez à quelque chose.

Après – j'ai bien dit, après – la fin de l'interrogatoire, je vous consulterai, et si vous avez remarqué quelque chose qui vous semble significatif, vous me le direz, et j'interrogerai à nouveau le témoin si nécessaire. Est-ce clair ?

— Oui, monsieur, répondit Trudy, toute contente.

Et elle alla se planter dans un coin, en ayant l'impression d'être une écolière rabrouée par un professeur exaspéré.

Mais elle s'en fichait. Pour une fois, elle allait participer à l'enquête au lieu d'être mise sur la touche !

Elle jeta un regard avide à la porte tandis que le capitaine l'ouvrait, et entendit lord Littlejohn déclarer, avec son accent d'aristocrate exaspérant :

— J'espère que quelqu'un a appelé mon avocat. J'ai donné à ce flic le nom du cabinet qu'emploie mon père.

Trudy vit Jennings hocher la tête à travers la vitre de la porte.

— Bien sûr, lord Littlejohn. Sergent O'Grady, vérifiez que l'avocat de Sa Seigneurie est informé.

— Dites-lui de venir ici tout de suite, exigea le pair du royaume d'un ton arrogant. Il peut bien quitter Londres, pour une fois.

— Amenez le prisonnier, Broadstairs, ordonna Jennings en tenant la porte tandis que Rodney poussait un homme turbulent qui se débattait dans la pièce.

Il était effectivement grand et mince, avec des cheveux roux flamboyants et un visage pâle, couvert de taches de rousseur et de sang.

Trudy espéra que c'était le sang de lord Littlejohn, mais quand le jeune homme le suivit d'un air dégagé, elle constata à sa grande déception que son visage était intact. Ses vêtements blancs, par contre, étaient tout froissés, et elle aperçut quelques taches de sang sur les poignets de son blazer et sur sa chemise.

Rodney ne vit pas Trudy plantée dans un coin, mais

Littlejohn, lui, lui jeta un regard noir. Heureusement, le capitaine Jennings reprit la parole, le distrayant.

— Si vous voulez bien vous asseoir, milord, je suis sûr que nous pourrons régler ça rapidement. Sergent O'Grady, si vous voulez bien vous charger de… connaissons-nous le nom de ce monsieur, Broadstairs ?

— Non, monsieur, répondit Rodney avec raideur. Le monsieur refuse de donner son nom.

Il plaça ses grandes mains sur les épaules de Reginald Porter, le forçant à s'asseoir sur l'une des chaises en face du bureau du capitaine.

Le prisonnier jura copieusement, arrachant un sourire appréciateur à lord Littlejohn.

— Je vois, commenta Jennings d'un ton neutre. Vous pouvez nous laisser, Broadstairs.

— Bien, monsieur, répondit Rodney sans cacher sa déception.

Ce n'est qu'en reculant pour laisser O'Grady prendre sa place derrière le prisonnier qu'il remarqua Trudy, toujours dans son coin.

Elle tourna une page de son carnet d'un air nonchalant et lui fit un petit sourire. Elle savait que ça n'avait pas plu à Rodney qu'elle ait le droit d'enquêter en civil « comme un vrai détective » : elle l'avait entendu en parler aux autres policiers. Et à présent, en voyant qu'elle allait assister à un interrogatoire dont il était exclu, ses grands yeux bleus lancèrent des éclairs.

Trudy lui fit un sourire mielleux.

N'osant pas dire un mot devant le sergent et le capitaine, Broadstairs s'en alla en fermant la porte derrière lui. On n'entendit plus que la respiration essoufflée de Reginald Porter, furieux.

— Bien, récapitulons, dit le capitaine en se rasseyant derrière son bureau. Milord, si vous voulez bien commencer ?

— Certainement, euh, capitaine… Excusez-moi, j'ai oublié votre nom.

Le capitaine sourit calmement.

— Jennings, monsieur.

— Oui, Jennings. Eh bien, je retournais à ma voiture – une jolie petite Morgan que je gare dans une des ruelles en face de mon *college*, vous voyez – quand cet individu m'a sauté dessus. Naturellement, je ne me suis pas laissé faire ! Je l'ai frappé avec ma valise – comme quand je faisais du cricket. Puis on s'est un peu bagarrés, et votre flic est arrivé et a pris les choses en main. J'ai accepté de venir pour aider à mettre les choses au clair, mais vous savez, je comptais être à Londres pour le dîner.

Sa Seigneurie, qui était affalé d'un air indolent sur une chaise, jeta un coup d'œil à sa montre en or avant de conclure :

— J'espère que ce ne sera pas trop long.

— Je verrai ce que je peux faire, milord, répondit Jennings, avec une amabilité si fausse que Trudy, qui griffonnait dans son carnet, grimaça.

— Bien, monsieur…

Jennings se tourna vers le roux agressif.

— Vous êtes monsieur Reginald Porter, je crois ?

L'autre en resta bouche bée.

— Oh oui, nous vous connaissons bien, monsieur Porter, ajouta Jennings en exagérant un peu. Vous voulez nous donner votre version des événements ?

Reginald le fusilla du regard sans rien dire.

— Non ? Dans ce cas, je peux peut-être vous aider, proposa Jennings avec une fausse bonhomie. J'ai cru comprendre que vous en vouliez à Sa Seigneurie. C'est à propos de votre petite sœur, Rebecca Porter, n'est-ce pas ?

— Oh ! ne me dites pas que toute cette histoire est à cause d'une petite traînée, commenta Littlejohn.

Il leva le pied pour frapper Reginald au ventre quand celui-ci essaya de se jeter sur lui.

Mais le coup n'atterrit pas puisque, retenu par les grandes mains du sergent O'Grady, Reggie Porter ne put pas se lever.

— Calmez-vous, tous les deux, gronda Jennings. Hors de question que vous vous bagarriez dans mon bureau.

— Alors dites-lui de ne pas insulter ma sœur ! hurla Reggie.

— Peut-être vaudrait-il mieux rester poli, milord, suggéra Jennings d'un ton égal.

Lord Jeremy Littlejohn poussa un profond soupir et leva les yeux au ciel.

— Très bien, si vous insistez. Mais ce petit cul-terreux me harcèle depuis des mois, dit-il en regardant ses ongles. Enfin, j'imagine que c'était lui et qu'avec cette agression, il a enfin décidé de sortir de l'anonymat.

— Comment ça, milord ? demanda Jennings, sincèrement curieux.

— Oh ! vous savez. Les bêtises habituelles, répondit Littlejohn en bâillant ostensiblement. Des menaces de mort – anonymes, bien sûr. On ne peut pas s'attendre à ce qu'un lâche pareil…

Il s'interrompit quand, une fois de plus, Reginald essaya de se jeter sur lui, et en fut empêché une fois de plus.

— Des rats morts laissés dans mon casier, expliqua Littlejohn. Oh ! et la dernière fois, il a laissé du champagne empoisonné devant ma porte. Non mais franchement ! Comme si j'allais le boire ! Il me prend pour un imbécile ?

— Empoisonné ? releva Jennings. Vous en êtes sûr, monsieur ? Je veux dire, milord ?

— Eh bien, il faudrait que vous fassiez analyser la bouteille, bien sûr, répondit Littlejohn d'un air las. Elle est dans ma chambre au *college* si vous la voulez.

— J'enverrai quelqu'un la chercher et je la ferai examiner, milord, promit Jennings.

Puis il se tourna vers l'autre homme, qui fixait ses pieds d'un air boudeur.

— Alors, Porter ? Qu'avez-vous à dire pour votre défense ?

— Il le méritait ! rétorqua Porter d'un ton brusque. Vous savez ce que son copain et lui fabriquaient ? Vous êtes au courant ?

Pour la première fois, le capitaine eut l'air mal à l'aise. Bien sûr, grâce à ce fichu coroner et à sa stagiaire, il savait exactement ce qu'ils avaient fabriqué. Et il aurait préféré l'ignorer !

— Oh ! grandis un peu ! intervint lord Littlejohn, lui évitant de répondre à l'accusation. Si des petites traînées idiotes veulent gagner de l'argent en se déshabillant devant un appareil-photo, qu'est-ce que ça peut bien faire ?

— Tu avoues, alors ! s'énerva Reggie en essayant une fois de plus, en vain, de se jeter sur lui.

— Vous devriez faire très attention à ce que vous dites, milord, l'avertit Jennings.

Il jeta un regard nerveux à Trudy, qui notait tout scrupuleusement en sténo.

— Oh ! je ne dis que ce que je pense, tenta de se rattraper Littlejohn. Derek se vantait parfois de son petit commerce, mais nous ne savions jamais s'il fallait le croire ou pas.

Le fils du duc haussa les épaules d'un air dégagé.

— Nous, milord ? releva Jennings.

— Mes camarades du Marquis Club, expliqua lord Jeremy en bâillant à nouveau. Nous trouvions cela hilarant. Pas très net, mais hilarant. Mais ensuite, Chadworth… eh bien, disons simplement qu'il n'était pas vraiment des nôtres, n'est-ce pas ? Son père était un petit avocat minable du Nord. Pas franchement un sang bleu. Alors, à quoi pouvions-nous nous attendre ?

Lord Jeremy regarda à nouveau sa montre.

— En parlant d'avocats, je me demande ce que fabrique mon propre spécimen ?

— Il ne nous reste que quelques questions, monsieur, dit Jennings. Le jour où M. Chadworth s'est noyé, avez-vous remarqué M. Porter au pique-nique ? Ou l'avez-vous vu près de Port Meadow ?

— Hmm ? Lui ?

Littlejohn jeta un coup d'œil distrait à Reginald Porter, soudain immobile et alerte.

— Vous savez, maintenant que j'y pense, c'est bien possible. Oui ! Je me souviens qu'une grande perche avec ces cheveux bizarroïdes est arrivé sur les rives avec les filles qui avaient installé la nourriture. Je me suis dit que l'une d'elles l'avait amené.

— Eh bien, monsieur Porter, reprit le capitaine Jennings à voix basse. Étiez-vous présent ce jour-là ?

Mais il semblait que Reginald Porter n'avait soudain plus rien à dire. Il se contenta de regarder ses pieds d'un air rebelle.

Littlejohn l'observa d'un air fasciné.

— Donc c'est toi qui as liquidé ce pauvre Derek ! Qui l'eût cru. Alors comme ça, il a pris des photographies compromettantes de ta sœur ? Le coquin.

— Milord, je ne pense pas que vos commentaires aident, le réprimanda Jennings. En fait, sergent O'Grady, je crois que compte tenu des circonstances, vous devriez mettre M. Porter en cellule. Nous l'interrogerons plus officiellement tout à l'heure.

Le sergent s'empressa de relever l'homme blafard.

— Écoutez, j'ai pas tué ce foutu pervers ! cria soudain Reginald Porter. Et vous pouvez pas le prouver, ou me faire dire le contraire !

Lord Littlejohn lui fit un petit signe impertinent tandis qu'il était traîné vers la porte, et Reginald Porter se débattit furieusement entre les mains du sergent.

— Et lui, alors ! cracha Reginald. Je parie que c'est lui qui a tué son copain ! Il avait peur de trop se mouiller et il voulait faire taire Chadworth ! Hein ?

Reginald hurlait toujours des accusations et des injures quand le sergent le poussa hors de la pièce.

— Bien, milord, reprit Jennings quand le bruit s'éteignit enfin. Fermez la porte, mademoiselle, dit-il soudain à Trudy, qui sursauta puis s'exécuta.

— Ah oui, la jolie Loveday, commenta lord Jeremy en lui jetant un regard froid. Je me demandais ce qu'elle faisait là, capitaine. Je pensais avoir clairement dit quand je vous ai appelé que je ne voulais plus être harcelé par cette femme ?

— Notre Mlle Loveday peut parfois se montrer utile, milord, répondit Jennings d'un ton aimable. Elle et le Dr Ryder, le coroner qui a présidé à l'enquête sur la mort de M. Chadworth, ont été très actifs dans cette affaire. En fait, la plupart des informations que nous avons sur votre agresseur sont le fruit de son travail acharné.

— Ah. Donc elle a été mon ange gardien tout du long ? demanda Littlejohn d'un ton haineux avant de lui souffler un baiser. Merci infiniment ! Si j'avais su que vous aviez mes intérêts à cœur depuis tout ce temps, nous nous serions peut-être beaucoup mieux entendus.

Trudy serra son crayon avec tant de vigueur qu'elle fut surprise qu'il ne se casse pas.

Cependant, se rappelant que le capitaine lui avait ordonné de ne pas dire un mot, elle réussit à ravaler sa rage – et sa langue – et garda le silence. Mais elle se sentait amère.

— Bien, revenons au jour de la mort de M. Chadworth, dit Jennings, faisant soupirer Sa Seigneurie.

— Faut-il vraiment revenir là-dessus ? J'ai déjà dit que je pense avoir vu ce fichu Porter. Demandez aux autres, d'accord ? Je suis sûr qu'ils peuvent le confirmer, rétorqua lord Jeremy, l'air de s'ennuyer à mourir.

— Oui, milord. Mais si vous voulez bien m'accorder un moment…

L'avocat de lord Littlejohn finit par faire son apparition et, horrifié par ce que son client avait déjà dit, s'empressa de mettre fin à l'interrogatoire.

Trudy se demanda, cynique, qui était le plus soulagé – le fils du duc ou le capitaine. De toute évidence, il était mécontent d'avoir un homme aussi éminent dans son bureau, faisant des déclarations qui risquaient de leur retomber dessus à tous les deux.

On décida que lord Littlejohn retournerait à sa chambre accompagné d'un policier, lui donnerait la bouteille de champagne et passerait la nuit au *college* avant de repartir pour Londres le lendemain matin. De cette façon, s'ils avaient besoin de lui poser d'autres questions après l'interrogatoire de Reginald Porter, il serait disponible.

Quelques minutes plus tard, quand Trudy (à nouveau autorisée à assister à l'interrogatoire en prenant des notes) vit leur prisonnier, elle devina à son air déterminé et rebelle qu'ils n'en tireraient pas grand-chose.

Et elle avait raison.

Reginald Porter admit « s'être promené » à Port Meadow le jour de la mort de Derek Chadworth, avant de retourner travailler, point barre. Et il les défia de trouver un témoin qui l'ait vu dans la rivière, ou s'éloigner avec des habits mouillés, pendant le pique-nique.

— Clairement, il est certain de ne pas avoir été vu, commenta le capitaine Jennings d'un air dégoûté quand ils retournèrent dans son bureau. Ou alors, il n'avait rien à voir avec la noyade, et c'était bien un accident, finalement, ajouta-t-il en lui jetant un regard perçant.

— Oui, monsieur, répondit Trudy. Mais le Dr Ryder est certain qu'il s'agit d'un meurtre.

— Vraiment ? releva Jennings. Eh bien, tapez vos notes, et ensuite, vous pourrez reparler aux étudiants de ce pique-nique. Combien d'entre eux ont vu un homme correspondant à la description de Porter, et que faisait-il ?

— Monsieur, protesta Trudy, consternée, la plupart d'entre eux ont dû quitter Oxford et s'éparpiller aux quatre coins du pays.

— Alors passez-leur un coup de fil, Loveday, grogna-t-il.

Puis il ajouta d'un ton conciliant :

— Vous pouvez demander à Broadstairs de vous aider, si vous voulez.

— Oui, monsieur, répondit Trudy en réprimant un sourire.

Ça allait plaire au chouchou, qu'on lui demande de l'assister pendant son enquête !

Mais elle s'était à peine rassise à son bureau (sans avoir eu le temps de donner la bonne nouvelle à Rodney !) que son téléphone sonna.

Elle reconnut tout de suite la voix du coroner.

— Trudy, pouvez-vous venir immédiatement à mon bureau ? J'ai reçu une lettre qu'il faut que vous voyiez.

— Oui, d'accord, acquiesça-t-elle avec enthousiasme, oubliant commodément les ordres du capitaine. En fait, j'ai aussi des choses à vous dire. Vous n'allez pas croire ce qu'il s'est passé…

— Eh bien, arrêtez de perdre du temps et venez, alors, rétorqua Clement Ryder d'un ton abrupt avant de raccrocher.

Trudy fixa le combiné et grimaça.

— Bien, docteur Ryder, à vos ordres, docteur Ryder.

Mais elle souriait déjà.

À l'extérieur, elle s'empara d'une des bicyclettes du commissariat et se mit à pédaler à toute vitesse.

L'énigme allait bientôt être résolue. Elle le sentait !

Et elle avait hâte de découvrir ce qui avait enthousiasmé le coroner. Mais elle était sûre que les nouvelles qu'elle lui portait étaient encore plus importantes !

Elle atteignit Floyds Row un peu plus tard et laissa sa bicyclette contre un mur en briques rouges non loin de la morgue, puis elle se dépêcha de rejoindre le bureau du Dr Ryder.

Elle venait à présent si souvent que sa secrétaire ne se leva même pas pour l'annoncer.

Clement leva les yeux quand elle surgit dans son bureau, les joues rouges et les yeux brillants.

— Vous ne devinerez jamais ce qu'il s'est passé ! s'écria-t-elle sans lui laisser le temps de parler.

Elle se jeta dans un des fauteuils devant son bureau et commença à tout lui raconter, si vite qu'elle avait du mal à rester cohérente.

Clement l'écouta avec attention, l'interrompant simplement pour poser une ou deux questions quand elle n'était pas suffisamment claire.

Quand elle eut enfin fini, il acquiesça et sourit, jubilant.

— Oui, la situation progresse, à n'en pas douter. Maintenant, venez lire ça et dites-moi ce que vous en pensez, l'encouragea-t-il.

Un peu déçue par sa réaction, Trudy se leva et se posta derrière lui, en se penchant tout près de lui pour lire la lettre placée sur le buvard devant lui.

Il expira et elle sentit une odeur prononcée de menthe.

Pendant un instant, son cœur battit plus fort. Des pastilles à la menthe ! Il avait sucé une pastille – juste avant son arrivée, étant donné l'intensité de l'arôme de menthe poivrée. Tout ce que le vieux Swinburne lui avait expliqué sur les gens qui buvaient en cachette lui revint soudain.

Est-ce que cela voulait dire que le coroner avait bu

pendant le déjeuner ? Ce n'était pas normal, si ? La plupart des gens ne buvaient pas en plein milieu de la journée, au travail. À moins qu'ils aient un problème d'alcoolisme…

— Vous serez probablement tout de suite frappée par la même chose que moi, déclara Clement, la détournant de ses ruminations.

Se forçant à se concentrer sur la lettre, elle commença à l'étudier attentivement. Elle était couchée sur du beau papier, d'une écriture moulée et fluide. La première phrase révéla qu'il s'agissait d'une réponse à l'appel à témoins publié par le coroner dans le journal.

Avec un soupir, elle s'obligea à arrêter de s'éparpiller et se mit à lire à voix haute.

Cher Monsieur,

*Je me permets de vous écrire en réponse à l'annonce que vous avez publiée dans l'*Oxford Mail, *demandant à ce que les témoins qui avaient été à Port Meadow le matin de la mort de l'étudiant Derek Chadworth vous contactent.*

J'habite non loin de Port Meadow et, pendant mes heures de repos, j'ai parfois l'occasion de me promener près de la rivière. Le matin de la noyade, c'est précisément ce que je faisais. Cependant, je me vois dans l'obligation de vous prévenir immédiatement que, bien que j'aie remarqué, et entendu, le rassemblement assez exubérant d'étudiants à ses débuts, je n'ai pas été témoin de la collision des barques, pas plus que je n'ai vu ou entendu quoi que ce soit qui m'ait inquiété.

Cependant, puisque vous avez demandé des informations détaillées, je me sens obligé d'écrire cette lettre pour vous communiquer mes observations de ce jour-là.

Je marchais sur le trottoir en face de la prairie et j'approchais d'une section de la route où les automobilistes aiment se garer, quand j'ai remarqué un pêcheur qui remontait la pente de la prairie et se dirigeait vers une vieille Riley bleu foncé.

J'ai bien peur d'être incapable de donner plus de détails sur cette voiture, d'autant que je n'en possède pas pour ma part (par exemple, je n'avais pas de raison de noter le numéro d'immatriculation).

J'ai remarqué ce pêcheur en particulier, car il semblait encombré non seulement par ses cannes à pêches et ses appâts, mais aussi par un fauteuil roulant pliable – du genre qui s'est répandu après la guerre. J'ai pensé qu'il avait utilisé cet appareil soit pour s'asseoir pendant qu'il pêchait, soit pour l'aider à transporter son matériel.

En ce qui concerne le monsieur en question, je n'ai pas fait très attention à son apparence, mais j'ai simplement vu qu'il portait l'un de ces chapeaux en tissu mou ornés d'appâts colorés, ainsi que des lunettes de soleil. Il n'était ni jeune, ni vieux, et plutôt grand et bien bâti. Mais c'est tout ce que je peux dire.

Je l'ai dépassé, et j'ai croisé un peu plus tard sa voiture, qui se dirigeait vers la route du dessus – c'est-à-dire qu'il aurait pu soit tourner sur Woodstock Road pour regagner la ville, ou prendre la direction opposée – peut-être vers Kidlington ou Yarnton.

Je ne sais pas du tout si ce témoignage pourra vous être utile et ne peux qu'espérer ne pas vous avoir fait perdre votre temps précieux.

Je vous prie, Monsieur, de bien vouloir agréer l'expression de mes sentiments distingués.

Clive M. Horton, Esquire.

— Un peu pompeux et long, vous ne trouvez pas ? commenta Trudy en retournant s'asseoir, pensive.

Elle regarda le coroner relire la lettre. Avait-il l'air ivre, se demanda-t-elle, inquiète ?

Après l'avoir observé quelques secondes, elle conclut que non. Mais quand il reprit la parole, elle tendit l'oreille pour voir s'il bredouillait légèrement ou faisait particulièrement attention à sa prononciation.

— Oui, il est clairement du genre pédant, acquiesça Clement de sa voix habituelle. Mais ça fait de lui un témoin modèle. J'imagine qu'il a passé beaucoup de temps à écrire cette lettre, et qu'il a seulement noté méticuleusement et avec exactitude ce qu'il a observé. Ce qui est très intéressant, vous ne trouvez pas ?

Détectant soudain son insistance, Trudy cessa de se soucier du degré d'alcoolémie de son mentor et prêta attention à ce qu'il disait. Elle se redressa.

— Vraiment ? demanda-t-elle au bout d'un instant. Nous savons déjà grâce au témoin qui promenait son chien qu'il y avait des pêcheurs près de la rivière ce jour-là. Deux, en fait.

— Oui. Vous n'avez pas réussi à retrouver leur trace, j'imagine ? intervint Clement.

— Non, j'ai bien peur que non, avoua Trudy qui devait bien avouer n'avoir pas fait beaucoup d'efforts.

— Hmm. La pêche est interdite entre mars et la mi-juin, remarqua le coroner. Il est donc possible que nos pêcheurs aient anticipé la saison de quelques jours, et n'aient pas envie de l'admettre – de peur d'avoir une amende, ou le garde-pêche sur le dos. Ou on pourrait en tirer une interprétation bien plus sinistre. Vous ne croyez pas ?

Mal à l'aise, Trudy s'apercevait lentement mais sûrement qu'elle ratait quelque chose – et peut-être quelque chose d'évident. En tout cas, Clement ne l'avait pas manqué.

— Excusez-moi. Que voulez-vous dire, exactement ? fut-elle forcée de demander.

— Pourquoi un pêcheur, déjà encombré par ses cannes et son matériel, s'encombrerait d'un fauteuil roulant pliable ?

— Pour s'asseoir dessus ? Comme l'a suggéré M. Horton ?

— De toute évidence, vous ne pêchez pas, rétorqua Clement avec un sourire, ou vous sauriez que la plupart d'entre nous emportons, tout en plus, un petit tabouret en tissu pliable, ou bien une caisse d'équipement rembourrée sur le dessus. Je pêche depuis plus de quarante ans, et je n'ai jamais vu un pêcheur valide en fauteuil roulant.

Trudy soupira.

— Peut-être avait-il un ami handicapé ? Nos témoins ont décrit deux pêcheurs sur la rive, ce matin-là, non ?

— Donc vous suggérez que notre ami dans la vieille Riley bleue a… quoi ? Piqué le fauteuil roulant de son ami ? Et l'a laissé assis sur la berge sans aucun moyen de rentrer chez lui ? releva Clement avec un grand sourire. Notre ami n'a mentionné qu'un seul homme qui montait en voiture dans sa lettre, vous vous souvenez ?

Trudy se gratta le menton, pensive. Présenté comme cela, ça semblait effectivement étrange.

— Et bien sûr, il y a autre chose que vous remarquez immédiatement en la lisant, n'est-ce pas ? demanda Clement en la fixant.

Trudy se tortilla dans son fauteuil, mal à l'aise. Une fois de plus, elle avait l'impression d'être testée et d'échouer. Le problème, c'était qu'elle avait tellement envie que lord Littlejohn soit coupable que ça l'obnubilait. Mais à moins qu'elle se trompe, cette description de pêcheurs mystérieux et de fauteuils roulants poussait l'enquête dans une tout autre direction.

Avec un effort, elle se força à réprimer sa colère, son

excitation, sa frustration et son sentiment d'injustice (ce qui résumait bien sa journée jusque-là !) pour penser rationnellement.

Un pêcheur. Un fauteuil roulant. De quoi d'autre parlait la lettre ? D'une vieille Riley bleu foncé…

— Une vieille Riley bleu foncé, commenta lentement Trudy. Ça me dit quelque chose. Nous en avons vu une récemment. Mais où… oh.

Elle s'assombrit en faisant le lien.

Clement acquiesça.

— Oui. Il y avait une vieille Riley bleue garée devant la maison de Keith Morrison à Islip, quand nous sommes allés l'interroger.

Trudy se redressa encore davantage.

— Oui. Mais il doit y avoir un bon nombre de vieilles Rileys bleues, se sentit-elle obligée de faire remarquer. Et M. Clive Horton n'a pas noté de plaque d'immatriculation.

— C'est vrai. Mais réfléchissez, Trudy, répondit le coroner, les yeux brillants. Nous savons que la fille de M. Morrison a été la petite amie de Derek Chadworth. Ce qui veut dire, étant donné ses penchants, qu'il l'a très probablement exploitée, comme tant d'autres filles, en la faisant poser pour les photographies pornographiques qu'il vendait.

Il s'interrompit pour respirer et poussa un profond soupir.

— Nous savons que Jennifer Morrison s'est suicidée à la fin de l'année dernière. Nous savons, grâce aux Porter, que Derek Chadworth, non content de vendre ses clichés pornographiques, ne se gênait pas pour faire du chantage. Et s'il extirpait à un ouvrier comme Porter quelques billets de temps en temps, il est très probable qu'il ait plumé un homme bien plus riche, tel que Keith Morrison.

Trudy ouvrit la bouche pour protester, puis s'aperçut qu'il n'y avait pas d'objection possible.

Clement lui sourit d'un air las.

— Je sais que vous voulez absolument que l'assassin soit Littlejohn, reprit-il d'un ton compatissant, mais reprenez l'affaire depuis le début. Quel était notre – d'accord, mon – problème principal dans cet affaire ? Qu'est-ce qui a attiré mon attention au début ?

— Vous n'aimiez pas la façon dont les étudiants témoignaient. Ils ne voulaient pas dire si, oui ou non, Derek avait été sur la barque quand elle a chaviré, répondit promptement Trudy.

— En effet. À présent, prenons un peu de distance et examinons l'affaire du point de vue de Littlejohn, poursuivit Clement. Vous dites que cet homme roux, Porter, le harcelait depuis un certain temps ? Avec des lettres de menaces et ce genre de choses ?

— Oui, en effet, acquiesça Trudy.

— Donc il savait déjà que quelqu'un lui en voulait. Il a peut-être soupçonné que cela avait un rapport avec les activités extra-curriculaires de Derek. Ou qui sait, il a peut-être même soupçonné Derek. Je ne pense pas que la loyauté et l'amitié aient été la priorité des membres du Marquis Club. Mais soudain, le corps de Derek est retrouvé flottant dans la rivière quelques heures après la promenade en barque et le pique-nique qu'il avait organisés. Une fête où il y avait eu une collision accidentelle entre les barques. Quelle a été sa première pensée ?

Trudy soupira, ne voyant que trop clairement où le coroner voulait en venir.

— Il s'est dit que l'auteur des lettres de menace avait peut-être tué Derek. Soit pour lui faire peur, soit pour se venger.

— Exactement. Et après la mort de Chadworth, Sa

Seigneurie se doutait certainement que son persécuteur était le mari ou un membre de la famille d'une des filles qu'ils avaient corrompues. Alors, si vous êtes Littlejohn, que faites-vous ? l'encouragea Clement. Vous ne savez pas ce que compte faire l'assassin à présent. Et s'il essayait de vous faire porter la responsabilité de la mort de Derek ? Si vous dites que Derek était bel et bien sur l'une des barques, vous risquez d'être soupçonné. Après tout, c'était l'occasion parfaite de le noyer ! Mais d'un autre côté, et si ce n'était pas une tentative de vous faire porter le chapeau du meurtre ? Et si l'assassin voulait simplement tuer Chadworth, et que l'histoire s'arrêtait là ? Dans ce cas, il suffisait de se faire discret et d'attendre que les choses se calment. Vous ne voulez pas non plus dire que Derek n'était pas sur les barques, parce que ça risque de mettre à mal la théorie de l'accident et d'attirer l'attention non seulement de la police, mais aussi de l'assassin. Si le meurtrier croit qu'il a échappé aux accusations, il ne sera pas content qu'on fasse des vagues, pour ainsi dire.

Trudy acquiesça. À présent, elle voyait clairement la situation délicate de Littlejohn.

— Donc il faut rester neutre et attendre de voir dans quelle direction le vent souffle, commenta-t-elle. De cette façon, vous pouvez pencher d'un côté ou de l'autre, en fonction de ce qui vous arrange. En d'autres termes, il jouait sur les deux tableaux à la fois. Et il obligeait ses laquais à l'aider.

— Cela explique que certains des étudiants aient été évasifs pendant leur témoignage devant mon tribunal, renchérit Clement. Et vous remarquerez que ce sont les étudiants qui avaient le moins à perdre, comme notre Mlle Maria DeMarco, qui partait bientôt pour l'étranger, ou qui avaient une conscience, comme notre étudiant en théologie, Lionel Gulliver, qui ont dit le plus clairement que Derek n'était pas à la fête.

— Oui, je vois. Donc vous dites que lord Littlejohn est innocent, dit-elle d'un air sombre. Et que ce pauvre M. Morrison est l'assassin ?

26

— Mais est-ce que ça tient vraiment ? se plaignit Trudy après avoir réfléchi un instant. Posséder une vieille Riley bleue ne justifie pas d'être accusé de meurtre. Et je ne veux même pas imaginer la réaction du capitaine Jennings si nous lui disons que c'est la seule preuve dont nous disposons.

Clement sourit.

— Alors voyons ce que nous pourrons trouver d'autre, hmm ? Vous êtes d'accord, au moins, que Morrison a un sérieux mobile ?

— Si jamais il a entendu parler des photographies, rétorqua Trudy, toujours prête à jouer l'avocat du diable.

— Je pense que nous pouvons partir du principe qu'il en a entendu parler. En fait, je ne crois pas trop m'avancer en supposant que, comme M. Porter, M. Morrison a reçu des photographies et une lettre de chantage par la poste – et qu'il payait depuis un certain temps.

— D'accord, concéda Trudy. Mais ensuite, sa fille se suicide – la pauvre, elle ne supporte pas la honte. Et l'attitude de M. Morrison change rapidement. Il devient amer et cherche à se venger.

— Et il fait ce que M. Porter avait aussi tenté – c'est-à-dire qu'il cherche à identifier le maître chanteur. Mais, étant plus intelligent, il y parvient, reprit Clement. Peut-être même qu'il a engagé un détective privé pour découvrir à qui appartenait la boîte postale.

— Donc désormais, il sait qui est Derek Chadworth, poursuivit Trudy, en filant leur théorie. Et puis quoi… il décide de le tuer ? D'un coup ?

— Pourquoi pas ? Comme nous le savons tous les deux, on a commis des meurtres pour bien moins que cela, lui rappela le coroner d'un air sombre. Derek Chadworth a fait une erreur simple mais fatale : il a poussé à bout un homme désespéré et endeuillé. Et il en a payé le prix.

— D'accord. Partons du principe que nous avons raison, pour l'instant. Mais comment Keith Morrison accomplit-il le meurtre ? Au début, vous avez vous-même fait remarquer qu'il est difficile de noyer quelqu'un dans la rivière sans être vu. La victime – un jeune homme en bonne santé – aurait pu se débattre, ou n'importe quel passant promenant son chien dans la prairie aurait pu l'apercevoir. Ou même quelqu'un en voiture qui regarde par la fenêtre.

— Oui. Mais il n'a pas noyé Derek dans la rivière à Port Meadow, rétorqua Clement.

— Quoi ? glapit Trudy. Non – attendez une minute. Si, forcément ! Il n'aurait pas pu le noyer dans une baignoire, un tonneau d'eau de pluie ou je ne sais quoi. L'analyse médico-légale a prouvé qu'il avait de l'eau de la rivière dans les poumons.

— Oui. Riche en sédiments, qui plus est, acquiesça Clement. Mais repensez à notre entretien avec Keith Morrison, Trudy. Où étions-nous ?

— Dans son jardin… devant la rivière ! La rivière passe par Islip ! Bien sûr – je n'y avais pas pensé, avoua-t-elle, l'air abattu.

Clement sourit en voyant son expression découragée.

— Mais qui dit qu'il n'aurait pas été vu par un promeneur de chien, s'il l'avait noyé dans la rivière là-bas ? objecta-t-il. L'argument tient, qu'il s'agisse de Port Meadow ou d'Islip.

Trudy jeta un regard frustré au coroner.

— Mais… s'il ne l'a pas noyé dans la rivière derrière chez lui, à quoi bon mentionner le jardin ? demanda-t-elle, agacée.

Elle savait que c'était parce qu'elle se sentait idiote. Le Dr Ryder avait tout compris, et elle nageait encore dans la semoule. Sauf si, bien sûr…

— Quoi d'autre… commença Clement, mais Trudy avait déjà eu l'illumination.

— La mare ! cria-t-elle, tout excitée. Il a rempli la mare par une tranchée menant à la rivière. Donc l'eau de la mare contient aussi de l'eau de rivière ! Et comme c'était une mare, c'était un espace plus confiné et donc plus chargé en sédiments, qui n'avaient pas eu le temps de tous se poser au fond ! Et il aurait été plus facile de noyer Derek dans une mare – il aurait eu beaucoup moins de chances de s'échapper !

— Exactement, acquiesça Clement, fier de sa vivacité d'esprit. Donc, supposons qu'il attire Derek chez lui – peut-être en lui promettant une large somme pour récupérer les photographies une fois pour toutes. Ou peut-être le menace-t-il : il a découvert l'identité de Derek et si celui-ci refuse de renégocier les termes du chantage, il ira voir la police. Bref. Nous verrons les détails plus tard. Il attire Derek chez lui ce matin-là. À présent, il doit se débarrasser du corps. Comment ?

Trudy hochait déjà la tête.

— Il le déguise en pêcheur – avec le chapeau et les lunettes pour cacher le fait qu'il est mort. Il le porte dans sa voiture, et met dans le coffre un vieux fauteuil roulant, qu'il devait avoir sous la main. Peut-être que sa mère en avait eu besoin par le passé et qu'il l'avait gardé ? Ou, s'il a tout prévu, il en a acheté un quelque temps auparavant. En tout cas, il se rend à la prairie qui longe la rivière et, quand il n'y a personne, il met le cadavre de Derek dans le fauteuil, le pousse jusqu'à la rivière et s'installe sur les berges – un peu plus haut. Jimmy Roper, notre promeneur de chien, les a vus en passant. Il avait dû plier le fauteuil roulant et le cacher dans l'herbe à côté de lui.

— Très juste, répondit Clement en prenant le relais. Ensuite, il n'avait qu'à attendre le début du pique-nique, enlever son chapeau et ses lunettes au « pêcheur » et faire glisser discrètement le corps dans l'eau. En faisant attention à ne pas se mouiller, bien sûr, au cas où quelqu'un l'apercevrait plus tard. Puis il n'avait plus qu'à remballer son matériel et retourner à sa voiture.

— Et c'est là que notre ami, l'auteur de la lettre, l'a vu, conclut Trudy. Mais attendez une minute, objecta-t-elle soudain. Comment savait-il qu'il y aurait un accident de barque ? Pour justifier le décès ?

— Peut-être qu'il n'en savait rien ? répondit le coroner. Peut-être qu'il a simplement eu de la chance.

— C'est une drôle de coïncidence, non ? rétorqua Trudy, l'air incertain.

— Les coïncidences existent bel et bien. Sinon, nous n'aurions pas inventé un mot pour les désigner. De plus, il y a toujours des zones grises et des détails inexpliqués dans une enquête, ajouta-t-il d'un ton las. Ce n'est que dans les livres et au cinéma que tout finit bien ficelé avec un beau ruban. L'important, c'est que ce scénario concorde avec toutes les preuves que nous avons récoltées. Et même si l'accident de barque n'était pas arrivé, nous aurions tout de même pensé que cette fête étudiante était la cause la plus probable du décès, fit-il remarquer. Après tout, si on trouvait un étudiant mort dans l'eau, et qu'on apprenait ensuite que des jeunes ivres avaient barboté dans la rivière quelques heures plus tôt… Eh bien, on supposerait que le garçon avait participé aux festivités, s'était trouvé mal et que personne ne l'avait remarqué.

Finalement, l'accident de barque était superflu et n'a fait que brouiller les pistes.

Trudy acquiesça prudemment, pas complètement convaincue. Clement lui sourit.

— La vie, la vraie, a tendance à être imprévisible et chaotique. Et une partie de votre travail de policière sera de séparer le bon grain de l'ivraie. De distinguer ce qui est important et nécessite une enquête plus approfondie de ce qui ne compte pas et peut être négligé. Restez concentrée sur les preuves et ne prenez rien pour acquis.

Consciente que le Dr Ryder était bien plus expérimenté qu'elle, elle écouta ses conseils de bonne grâce.

— Je crois que le capitaine voudra que le rôle de Sa Seigneurie dans cette histoire soit passé sous silence, dit-elle soudain, avec une amertume qui attrista le coroner.

De toute évidence, cette affaire lui avait fait perdre une bonne partie de ses illusions sur son travail, et sur ses supérieurs en particulier. Mais c'était presque inévitable, vu les circonstances, se dit sombrement Clement. Trudy Loveday grandissait vite – et apprenait encore plus vite. Elle devrait s'endurcir davantage si elle voulait faire carrière dans la police.

— Et vous préféreriez que cela n'arrive pas, répondit Clement avec un sourire. Moi aussi. Je propose donc que nous nous séparions, suggéra-t-il d'un ton brusque sans lui laisser le temps de ruminer. Je m'occupe de M. Morrison – je vais voir ce qu'il a à dire pour sa défense et tâter le terrain. Et vous, vous devez retourner voir lord Littlejohn et l'avertir qu'il est peut-être encore en danger.

— Quoi ! glapit Trudy. Je suis vraiment obligée ? Rien ne dit que M. Morrison – s'il est bien l'assassin – est même au courant de l'existence de lord Littlejohn. Sans parler de prévoir d'en faire sa seconde victime.

Le coroner lui jeta un regard pensif.

— Je sais que vous n'aimez pas notre Adonis aux

cheveux d'or, mais croyez-vous vraiment que vous vous sentiriez mieux si vous laissiez Keith Morrison l'assassiner ?

Trudy pâlit, puis elle soupira et se leva.

— Lord Littlejohn est retourné à son *college*. Il y a de bonnes chances qu'il soit toujours dans sa chambre.

Mais elle n'était pas particulièrement enthousiaste, et elle se demanda, un peu plus tard, en regardant la voiture du coroner s'éloigner, si elle avait eu raison de laisser le Dr Ryder aller affronter le suspect seul.

27

Lord Jeremy Littlejohn était bien dans sa chambre. Il avait donné la bouteille de champagne aux forces de l'ordre et, maintenant qu'il était à nouveau seul, il fêtait la fin de ses ennuis en vidant consciencieusement une demi-bouteille de très bon cognac.

Il se sentait donc agréablement éméché quand on frappa à sa porte. En portant à ses lèvres son beau verre en cristal presque bicentenaire, il tituba vers la porte et l'ouvrit.

Clement Ryder arriva vite à Islip, mais Keith Morrison n'était pas chez lui. À cette heure-ci, il était au bureau, l'informa son épouse. Elle lui donna volontiers l'adresse.

En se maudissant de ne pas y avoir pensé, ce qui lui aurait évité de perdre son temps, Clement remonta dans sa voiture et retourna vers la ville.

Trudy Loveday pédala d'un bon rythme vers le *college* de Littlejohn d'un air renfrogné. Peu importait ce qui arrivait, elle ne laisserait pas cet homme la faire sortir de ses gonds. Elle se répéta ce mantra jusqu'à la porte du *college*.

Heureusement, le concierge se souvenait d'elle et, puisqu'elle était à nouveau en uniforme, il lui rappela de bonne grâce le numéro de la chambre de Littlejohn et sa localisation. Elle le remercia poliment, traversa la cour intérieure en tapant du pied avec une mauvaise humeur presque comique, puis elle monta en courant l'étroit escalier en colimaçon.

En arrivant sur un petit palier, elle eut la surprise de constater que la porte de Sa Seigneurie était entrouverte. Elle la poussa discrètement et se figea un instant en entendant un drôle de bruit. C'était une sorte de grattement furtif interrompu de temps en temps par un gargouillement encore plus étrange.

Pendant un instant, quasi hystérique, elle se demanda si elle avait surpris le fils du duc en plein bain de bouche. Elle réprima un sourire en imaginant son expression outragée si elle le surprenait en train de faire quelque chose d'aussi plébéien (elle avait cherché le mot) que de se brosser les dents ! Elle le voyait bien être du genre à faire très attention à son image. S'il prenait soin de s'habiller toujours en blanc et d'entretenir ses belles boucles dorées, c'était qu'il se doutait de l'effet qu'il produisait. Sans parler de ses manières nonchalantes et de son air arrogant et supérieur…

Le surprendre en train de cracher dans un lavabo serait trop beau pour être vrai !

Mais son amusement se dissipa quand elle poussa la porte, passa devant le portemanteau à côté de l'entrée, et pénétra dans la chambre proprement dite.

Pendant un instant, elle eut l'impression que le temps s'arrêtait pour lui permettre de comprendre la scène qui se déroulait sous ses yeux. La première chose que son cerveau éberlué nota fut le visage de lord Jeremy Littlejohn – principalement en raison de sa teinte cramoisie étonnante, qui menaçait de tourner au violet. Il avait les yeux exorbités et sa bouche entrouverte formait un grand O. Dans cette posture, il était si laid qu'elle eut du mal à le reconnaître.

Tandis que son cerveau cherchait une explication à ce spectacle surprenant, ses yeux se posèrent sur le dos et les larges épaules du second homme présent dans la pièce, qui lui tournait le dos.

Ses grandes mains serraient la gorge de Littlejohn.

Il lui fallut moins d'une seconde pour évaluer la scène, mais cela lui sembla durer une éternité. Et alors même que Trudy se jetait en avant, ses souvenirs d'entraînement à l'école de police et la façon dont on lui avait appris à réagir dans un cas pareil lui revinrent en mémoire.

Sans qu'elle en ait conscience, ses membres se mirent en mouvement.

Sors ta matraque. Assure-toi de tenir fermement la poignée.

Brandis-la.

Souviens-toi de choisir le meilleur point de contact possible – attaque-toi aux bras ! Aux bras !

Il est impératif que tu desserres sa prise pour permettre à la victime de respirer.

Donne un bon coup de matraque directement sur l'avant-bras – tant pis si tu casses le cubitus.

Trudy entendait presque la voix de son professeur dans sa tête – calme et costaud, ce sergent à la retraite avait réprimé bien des émeutes en son temps.

Une fois que le contact entre la victime et l'agresseur est établi, souviens-toi qu'il faut le neutraliser.

Sans en avoir vraiment conscience, Trudy se précipita en obéissant à la série d'instructions qui défilait dans sa tête. Elle percevait vaguement les battements effrénés de son cœur, elle transpirait sous l'effet de l'adrénaline et elle haletait peut-être un peu. Mais rien de cela n'avait d'importance.

Et quand le grand homme hurla de douleur et tomba à terre avant de faire volte-face, elle retournait déjà la matraque pour brandir le bout arrondi. Si bien que quand Keith Morrison – *évidemment que c'était Keith Morrison, pensa Trudy, fataliste* – se retourna pour diriger son attaque contre elle, elle visa le plexus solaire et le frappa d'un bon coup de matraque.

Hors d'haleine, l'homme se laissa tomber à quatre pattes, pris de hauts-le-cœur, luttant pour respirer.

Il tituba un peu, puis s'effondra lentement sur le côté, ses genoux ramenés vers son estomac en un geste protecteur.

Maintenant que la menace immédiate avait été neutralisée, Trudy se tourna vers la victime. Littlejohn était lui aussi tombé par terre et respirait à grand-peine – mais même s'il était toujours rouge, l'inquiétante teinte bleu-violet qui avait coloré son visage se dissipait déjà, et elle constata avec soulagement qu'il arrivait à inspirer.

Mais dans un cas de strangulation, les voies respiratoires de la victime pouvaient se mettre à enfler après coup, entraînant sa mort, se souvint-elle. Il n'y avait donc pas de temps à perdre !

À mesure que la menace se dissipait, son calme laissait place à des tremblements. Elle se secoua. Pas question de perdre le contrôle.

Elle chercha des yeux un téléphone, sachant qu'un homme aussi important que Sa Seigneurie en avait forcément un. Il n'aurait pas supporté l'humiliation de devoir descendre dans la salle commune et de risquer qu'un passant écoute sa conversation. Elle le localisa immédiatement, sur une petite table près de la fenêtre, et appela sur-le-champ une ambulance.

Ce n'est qu'à cet instant que, se sentant défaillir, elle se laissa tomber sur une chaise et commença à rire.

Elle se reprit aussitôt. Elle était sous le choc, et elle devait se calmer.

Elle inspira profondément plusieurs fois et se força

à réfléchir, tout en gardant un œil sur Keith Morrison, haletant et toujours allongé sur le côté.

Il y avait forcément quelque chose d'autre à faire. De quoi s'agissait-il… mais bien sûr !

D'une main encore un peu tremblante, elle reprit le téléphone et appela le commissariat.

Le capitaine Jennings écouta son rapport dans un silence stupéfait, lui ordonna de ne rien faire et de ne toucher à rien jusqu'à ce qu'il arrive avec des renforts, et raccrocha.

Par terre, dans son coin, lord Jeremy Littlejohn commença à vomir de manière spectaculaire.

Trudy observa la scène répugnante avec une grande satisfaction.

Puis elle regarda nerveusement Keith Morrison glisser une main sous lui et se redresser un peu. Il lui jeta un coup d'œil.

— Je suis désolé, dit-il dans un râle. Je ne voulais pas vous faire peur. Vous avez l'âge que ma fille aurait eu…

Il secoua tristement la tête.

— Je ne vous ai pas fait mal, si ? demanda-t-il d'un air contrit.

Trudy secoua la tête.

— Tant mieux. Les hommes qui lèvent la main sur une femme devraient être fusillés, dit-il simplement, entre deux respirations difficiles.

Il était clair qu'après le coup à l'estomac, chaque inspiration le faisait souffrir.

Pendant un instant, elle se sentit coupable de lui avoir fait mal. Puis elle réalisa qu'elle devait se secouer et faire son devoir de policière, et elle lui demanda en choisissant bien ses mots :

— Monsieur Morrison, dites-moi ce qu'il s'est passé ce jour-là. Vous avez bien tué M. Chadworth, n'est-ce pas ? l'encouragea-t-elle en retenant presque son souffle, craignant de lui avoir fait peur.

Mais elle n'avait pas à s'inquiéter. De toute évidence, il se sentait vaincu.

— Oh oui, avoua-t-il simplement. Je l'ai tué. Et je ne le regrette pas.

— Parce qu'il a fait du mal à votre fille, répondit-elle doucement.

— Oui. J'ai découvert son identité, vous voyez. Je le payais depuis un certain temps, depuis que les photographies étaient arrivées par la poste avec une lettre de chantage anonyme exigeant de l'argent. Mais une fois que ma fille s'est suicidée parce que… enfin, vous savez… elle ne supportait pas la honte… eh bien, je devais la venger. L'homme qui l'avait poussée à poser pour ces photographies infâmes était responsable de sa mort ! Donc j'ai engagé un détective pour surveiller la boîte postale où j'envoyais l'argent.

— Et vous avez obtenu le nom de votre maître chanteur, répondit Trudy. Et une fois que vous avez découvert son identité, vous avez commencé à planifier ?

Elle l'encourageait avec douceur, discrètement, tout en notant tout dans son carnet.

Elle était heureuse que Keith Morrison fixe le tapis devant lui et ne voie pas ce qu'elle faisait. De toute évidence, il se repassait mentalement les événements, perdu dans un autre lieu et un autre temps.

— Oui. Ça a dû lui faire un sacré choc de découvrir que je connaissais son identité ! Mais je l'ai attiré chez moi en lui promettant un dernier paiement très généreux. Je savais que ce salaud cupide ne résisterait pas à la tentation. Je lui ai dit que nous nous verrions dans un espace ouvert, dans mon jardin, pour qu'il se sente en sécurité. Il savait qu'il pouvait toujours m'échapper en courant si je lui jouais un tour – il était bien plus jeune et rapide que moi. Et il était tellement arrogant qu'il se croyait invincible. Mais j'avais tout prévu. J'avais creusé spécialement la mare, vous voyez – en avance. L'attirer près de la rivière aurait été trop risqué, nous aurions pu être surpris par un villageois promenant son chien ou je ne sais qui. Et Chadworth aurait peut-être hésité à s'approcher d'une grande étendue d'eau. Mais une petite mare ? Il n'y a même pas pensé. Je le voyais bien, ajouta-t-il d'un ton dégoûté. Donc tout ce que j'avais à faire, c'était de m'approcher peu à peu, jusqu'à ce que je sois assez près pour l'attraper et ensuite…

Les traits déformés par la colère, il ajouta :

— Croyez-moi, une fois que je lui ai mis la main dessus, je n'ai pas hésité à le noyer comme un rat dans un tonneau d'eau.

Dans un coin, lord Littlejohn gardait le silence, atterré par la confession de l'homme. C'était sans doute une leçon salutaire pour ce jeune aristocrate gâté. Après tout, la vie n'était pas qu'une longue série de fêtes.

— Je prévoyais depuis le début de me débarrasser du corps dans la rivière, loin d'Islip, et j'avais acheté un fauteuil roulant d'occasion la semaine précédente, poursuivit Keith Morrison avant de s'esclaffer, à la grande surprise de Trudy. Et je sais que c'est incroyable, mais quand nous nous sommes retrouvés près de la mare, ce petit connard m'a dit qu'il ne pouvait pas rester longtemps parce qu'il allait à un pique-nique d'étudiants à Port Meadow.

Il lui jeta un coup d'œil éberlué, comme pour l'inviter à partager son incrédulité, et elle s'empressa d'arrêter de noter dans son carnet pour le regarder.

— Ça a dû vous mettre en rage, répondit-elle doucement, non sans éprouver une sincère compassion.

— Ah, ça oui. L'idée qu'il allait siffler des coupes

de champagne et mener la grande vie pendant que ma pauvre petite était dans la tombe…

Keith secoua la tête.

— Mais finalement, j'ai presque eu l'impression que c'était un signe. Vous savez – comme si c'était le destin. Soudain, j'ai vu à quel point cela m'arrangeait. Je pouvais me débarrasser de son corps en aval de Port Meadow et tout le monde se dirait qu'il avait simplement trop bu ou qu'il s'était empêtré dans des algues ou je ne sais quoi. Ça me paraissait tellement parfait, comme si c'était…

Il chercha ses mots.

— Le karma ? lui suggéra Trudy.

— Oui, c'est tout à fait ça. Précisément ! En tout cas…

Il se mit sur le dos et contempla le plafond, et Trudy se remit à prendre des notes.

— J'ai mis la main dans la poche comme pour prendre l'argent, et bien sûr, Chadworth s'est approché pour regarder, impatient de mettre la main dessus, j'imagine. Et soudain, j'ai tendu le bras, je l'ai attrapé et c'était fini. Il a crié, et j'ai vite mis la main sur sa bouche. Il a eu beau se débattre, j'ai réussi à le traîner jusqu'à la mare et j'ai plongé sa tête dans l'eau. Il était peut-être plus rapide que moi, mais j'étais plus costaud. Ce petit porc assassin ne pouvait pas m'échapper.

Trudy déglutit, se sentant vaguement nauséeuse. Dans son coin, lord Littlejohn se remit à vomir.

— Quand je lui ai levé la tête pour voir s'il était mort, ce sale petit rat m'a supplié de l'épargner et a tout avoué, poursuivit Keith, l'air épuisé, comme s'il voulait simplement se rouler en boule et dormir. Il a aussi essayé de se dédouaner pour sauver sa peau. C'est là qu'il m'a dit que ses amis de la haute société posaient aussi sur les photos pornographiques, et l'encourageaient à corrompre toujours plus de filles. Il tenait à me dire que ce n'était pas son idée, et que le vrai instigateur de leurs jeux pervers avait toujours été ce parasite d'aristo.

Il leva la tête pour contempler lord Jeremy Littlejohn, toujours prostré, qui se figea et lui rendit son regard, pâle comme un linge, l'air atterré.

— Si bien que Sa Seigneurie est devenu votre nouvelle cible, reprit Trudy. Oui, je comprends pourquoi, ajouta-t-elle, en tentant de garder son calme mais en fusillant du regard l'homme blond.

Elle ne l'aurait pas cru possible, mais lord Littlejohn blêmit encore davantage.

— Oui, confirma Keith en poussant un profond soupir. Quand le coroner et vous êtes venus m'interroger, j'ai compris que vous en saviez peut-être plus que je ne le croyais et que je risquais de ne pas avoir autant de temps que je l'espérais pour planifier aussi minutieusement un second meurtre. Donc j'ai décidé de prendre le risque de le faire rapidement. J'ai attendu que le concierge ait quitté sa loge et je suis monté dans la chambre de Littlejohn. J'avais prévu de passer la journée ici après avoir fini, pour m'assurer que je n'avais pas laissé d'empreintes digitales ni d'indices, et de sortir discrètement une fois la nuit tombée. D'après ce que Derek Chadworth m'avait dit avant de mourir, je savais que Sa Seigneurie était un vrai salaud, et qu'il y avait des chances qu'il y ait pas mal de monde disposant d'un mobile suffisant pour le tuer.

Keith soupira et se frotta les yeux d'un air las.

Trudy, qui n'avait pas quitté des yeux lord Littlejohn, horrifié, eut un petit sourire amer.

— Vous avez raison, monsieur, répondit-elle simplement. Si nous avions trouvé le cadavre de Sa Seigneurie, nous aurions eu un nombre embarrassant de suspects, qui auraient tous eu de multiples raisons de vouloir sa mort. Et vous espériez donc qu'on ne remonterait jamais jusqu'à vous ?

En guise de réponse, Keith Morrison lui tourna le dos et se mit à pleurer en silence.

À cet instant, Trudy fut soulagée d'entendre les sirènes de police qui approchaient de l'entrée du *college*. Les renforts étaient enfin arrivés.

28

— Donc, avions-nous raison ? lui demanda le Dr Clement Ryder, une heure plus tard. Le crime s'est-il déroulé comme nous le pensions ?

Ils étaient dans un couloir du commissariat devant le bureau principal, loin de la frénésie qui y régnait.

— Oui, répondit Trudy d'un air las, en s'adossant au mur.

Et elle lui raconta tout.

Maintenant que tout était fini et que Morrison était emprisonné, elle n'avait qu'une envie, rentrer chez elle pour retrouver ses parents et faire un câlin au chat. Ce qui était impossible, bien sûr. Elle devait taper ses notes et le capitaine demanderait certainement qu'elle lui fasse un rapport en personne.

Elle espérait simplement qu'il lui restait assez d'énergie pour tout faire.

Clement lui jeta un regard inquiet. Elle avait l'air complètement lessivée. Mais il n'était pas assez bête pour lui suggérer de rentrer se reposer.

Elle n'était pas du genre à aimer qu'on la couve, se dit-il, fier d'elle.

Trudy bâilla longuement, puis eut soudain l'air pensive.

— Il va être pendu, n'est-ce pas ? demanda-t-elle, un peu abattue. M. Morrison ? Ça paraît tellement triste. Il a perdu sa fille et maintenant, lui aussi va mourir. Sa pauvre femme ! Qu'est-ce qu'elle va souffrir !

Penser à la douleur de Mme Morrison lui rappela celle d'une autre épouse qu'elle avait rencontrée récemment – la femme de la victime d'une collision qui était dans le coma à l'hôpital. Deux femmes – deux tragédies si différentes.

— La vie est vraiment injuste, commenta-t-elle tristement.

— Je n'imaginerais pas le pire aussi vite, si j'étais vous, répondit Clement à voix basse, en jetant un coup d'œil par-dessus son épaule pour vérifier qu'on ne les entendait pas. Entre nous, je ne serais pas étonné qu'un accord soit conclu.

— Un accord ? Que voulez-vous dire ? demanda Trudy, soudain alarmée.

— Le duc est un homme puissant, expliqua simplement Clement. Il ne voudra pas qu'on sache que son fils fréquentait un pornographe et maître chanteur notoire. À mon avis, lui, les autorités judiciaires, votre capitaine Jennings et ses supérieurs vont se concerter pour proposer un marché à Morrison. Peut-être en lui suggérant de plaider la folie ? De ne pas parler de son mobile, et d'échapper à la potence en échange ? Quelque chose de ce genre, en tout cas.

— Vous croyez qu'il acceptera ? demanda Trudy, ne sachant pas trop si elle était choquée ou heureuse.

— Vous refuseriez, à sa place ? rétorqua Clement d'un ton pragmatique.

— Et ils y arriveront ? s'étonna Trudy, horrifiée.

— Pourquoi pas ? Les seuls qui pourraient protester et faire un scandale sont les parents de Derek. Ils ne seront sûrement pas ravis que l'assassin de leur fils soit simplement condamné à la prison à vie. Mais d'un autre côté, pensez-vous qu'ils voudront que les activités de leur fils soient déballées devant un tribunal, en public – à la grande joie des journalistes ? À leur place, préféreriez-vous que votre fils soit vengé – et qu'on révèle que c'était un petit pornographe minable et un maître chanteur sans cœur ? Ou choisiriez-vous plutôt de le laisser reposer en paix, avec sa réputation intacte ?

Trudy soupira. Tout cela était si compliqué. Et elle se sentait tellement fatiguée !

— D'un côté, je plains M. Morrison et sa femme. Ils ont tellement souffert. Et une partie de moi ne peut pas s'empêcher de penser que Derek Chadworth était un tel monstre que…

— Il méritait ce qui lui est arrivé ? compléta Clement sans prendre de gants.

À son grand soulagement, elle secoua immédiatement la tête.

— Non. Non, ce n'est pas ce que j'allais dire, mais… Je ne sais pas. Je n'ai pas non plus envie d'être responsable de ce qui va arriver à M. Morrison. L'idée qu'il risque d'être pendu me terrifie !

Le coroner la regarda tristement. Elle avait l'air à bout. Il aurait voulu lui taper dans le dos et lui dire que tout irait bien. Mais c'était impossible. Il ne pouvait pas la protéger de la dure réalité du métier de policier. La vérité, c'était que si elle faisait bien son travail, des gens iraient en prison à cause d'elle. Ils seraient peut-être même exécutés.

— Pauvre Trudy, murmura-t-il. Cette affaire a été difficile pour vous, n'est-ce pas ? Vous réalisez que vos supérieurs ont des pieds d'argile, que la justice et la vérité sont des concepts fluctuants et que la frontière entre le bien et le mal est plus ténue que vous le croyiez. Est-ce que cela vous donne envie de changer de métier ? demanda-t-il doucement.

Même si elle était épuisée et abattue, elle releva immédiatement le menton.

— Non, pas du tout.

Et elle ajouta, avec une grande dignité :

— Je ne suis pas une enfant, docteur Ryder. Je sais que dans la vie, tout n'est pas blanc ou noir. C'est juste que…

— Vous n'aimez pas trop les nuances de gris, devina-t-il avec un sourire. Comme la plupart des gens, mademoiselle Loveday. En parlant de nuances de gris, reprit-il, plus solennel, j'imagine que le capitaine Jennings va bel et bien essayer de retrouver la sœur disparue de Reginald Porter ? Je sais que tout le monde raconte qu'elle est partie à Londres, mais maintenant que nous en savons davantage sur Derek, sa disparition pourrait prendre une tournure plus sinistre…

— Oh non, tout va bien, s'empressa de le rassurer Trudy, heureuse d'avoir de bonnes nouvelles pour une fois. Le capitaine a contacté le bureau de Londres il y a quelque temps, et ils l'ont vite retrouvée. Apparemment, elle venait de recevoir un avertissement pour racolage, donc elle était déjà dans leurs fichiers, ajouta-t-elle un peu tristement. On dirait que son rêve de devenir une star ne s'est pas réalisé. J'espère simplement que son frère ne saura pas ce qu'elle a fait.

— Qui le lui dira ? demanda le coroner d'un ton cynique.

— Personne, j'espère. Apparemment, elle va rentrer quelque temps, dit Trudy avec un grand sourire. D'après ce qu'ont dit les collègues de Londres, elle avait l'air soulagée qu'on l'ait retrouvée et d'avoir une excuse pour abandonner son rêve londonien pour un moment. Vous savez, sa mère est inquiète et veut qu'elle rentre à la maison. Et je ne serais pas étonnée que Becky reste chez ses parents pour de bon. Au moins, son frère sera content !

Il se redressa et remit son chapeau avant de reprendre d'un ton brusque :

— Donc puis-je partir du principe que la prochaine

fois que j'aurai besoin d'un agent de police pour m'assister, vous voudrez toujours travailler avec moi ?

— Oh oui, répondit Trudy avec enthousiasme, sans même avoir besoin d'y réfléchir.

La vérité, c'était que collaborer avec le coroner, quels que soient les problèmes et les compromis que cela impliquait, était quand même cent – non, mille – fois plus gratifiant que de s'acquitter des tâches ingrates que le capitaine Jennings lui assignait.

Puis elle se décomposa.

— Mais je crois qu'après tout ce bazar… les photographies pornographiques, le scandale potentiel et tout ça… le capitaine Jennings ne voudra plus que je travaille avec vous, avoua-t-elle tristement.

Mais Clement Ryder lui fit un grand sourire.

— Oh ! je n'en serais pas si sûr, à votre place, répondit-il, les yeux pétillants. Après tout, maintenant, un duc vous doit une faveur. Vous avez sauvé la vie de son fils, vous vous souvenez ?

— Oh ! dit Trudy, un peu surprise. Mais je ne crois pas…

— Et une fois que j'aurai parlé au préfet, il n'est pas impossible qu'une certaine stagiaire reçoive une médaille de bravoure pour avoir maîtrisé à elle seule un dangereux criminel.

— Mais je n'ai pas été courageuse du tout, protesta Trudy.

— Ça m'étonnerait que beaucoup de gens partagent votre avis, objecta Clement. Et si vous recevez une médaille ou des compliments, lui conseilla sagement le coroner sans lui laisser le temps de se récrier davantage, vous feriez bien de les accepter avec gratitude. Après tout, vous devez rassembler toutes les armes à votre disposition si vous voulez devenir détective un jour, ajouta-t-il en lui souriant.

Trudy cilla. Pourrait-elle vraiment prétendre à un poste aussi important ?

Voyant que son regard brillait à nouveau, Clement lui tira son chapeau et s'éloigna.

Une minute plus tard, le capitaine Jennings sortit de la salle d'interrogatoire et la vit traîner dans le couloir.

— Loveday ! beugla-t-il. Qu'est-ce que vous faites encore là ? Retournez à l'hôpital de Radcliffe. Il semblerait que la victime de l'accident soit finalement tirée d'affaire, et s'apprête à reprendre conscience. Dès que ce sera le cas, je veux que vous soyez à ses côtés, prête à prendre des notes.

Ça l'occuperait pendant que ses supérieurs et lui démêlaient l'affaire Morrison/Chadworth/Littlejohn. Et une chose était certaine, se dit Jennings, furieux – si la stagiaire s'imaginait qu'elle pourrait suivre le reste de l'affaire, juste parce que c'était elle qui l'avait résolue, elle se mettait le doigt dans l'œil.

Il la fusilla du regard, s'attendant à ce qu'elle proteste et impatient de lui administrer le sermon qu'il préparait déjà.

— Oh ! Oh ! monsieur, je suis si heureuse ! s'exclama Trudy, en lui adressant un sourire lumineux. Quelle bonne nouvelle ! Je plaignais tellement sa femme. J'y vais tout de suite, monsieur, promit-elle joyeusement en courant récupérer sa sacoche avant de se dépêcher d'aller prendre son vélo.

C'était pour cette raison – pour aider les victimes, et attraper ceux qui leur avaient fait du mal – qu'elle était entrée dans la police !

Jennings, bouche bée devant tant d'enthousiasme, la regarda se précipiter avec perplexité.

Remerciements

Je voudrais remercier tous ceux qui ont bien voulu me confier leurs souvenirs des années 1960 et d'Oxford.

Composé et édité par HarperCollins France.

Imprimé en septembre 2021
par CPI Black Print (Barcelone)
en utilisant 100% d'électricité renouvelable.
Dépôt légal : octobre 2021.

MIXTE
Papier issu de
sources responsables
FSC® C159065

Pour limiter l'empreinte environnementale de ses livres, HarperCollins France s'engage à n'utiliser que du papier fabriqué à partir de bois provenant de forêts gérées durablement et de manière responsable.

Imprimé en Espagne.